Rolf Düfelmeyer
Kaltschwarze Rache

Im Verlag CW Niemeyer sind bereits folgende Bücher des Autors erschienen:

Septemberwut
Sonnenuntergang

Bibliografische Information der Deutschen Nationalbibliothek
Die Deutsche Nationalbibliothek verzeichnet diese Publikation in der Deutschen Nationalbibliografie; detaillierte bibliografische Daten sind im Internet abrufbar über http://dnb.ddb.de

www.niemeyer-buch.de

Der Umschlag verwendet Motive von shutterstock.com
Grunge Room Valentin Agapov 2014, Kitchen Knife stuart.ford 2014
Druck und Bindung: Nørhaven, Vibrog
Printed in Denmark
ISBN 978-3-8271-9567-8

Rolf Düfelmeyer

Kaltschwarze Rache

Frank Sommers dritter Fall

CW Niemeyer

Der Roman spielt hauptsächlich an allseits bekannten Orten von Ostwestfalen, doch sind die Geschehnisse reine Fiktion. Sämtliche Handlungen und Charaktere sind frei erfunden.

Über den Autor

Rolf Düfelmeyer, geboren 1953 in Herford, lange Jahre als evangelischer Pfarrer und Religionslehrer in Werther und Lübbecke tätig, legt nach „Septemberwut“ und „Sonnenuntergang“ nun mit „Kaltschwarze Rache“ seinen dritten Krimi vor. Er lebt mit seiner Frau, einer gebürtigen Bielefelderin, in Werther bei Bielefeld. Sie haben zwei erwachsene Söhne. Zusammen mit dem älteren und ihrer Schwiegertochter freuen sie sich über eine Enkeltochter.

Mehr über Rolf Düfelmeyer erfahren Sie auf:
www.rolf-duefelmeyer.de

Prolog

Noch steht die Sonne hoch am Himmel an diesem warmen Juniabend. Aber die Schatten werden länger. Bald wird die Dämmerung einsetzen. Die Nacht steht bevor.

Ich versuche die letzten Strahlen auf dem Balkon zu genießen, aber es fällt mir schwer. Er ist wieder aufgetaucht. Nach Jahren der Ruhe hat er mich aufgespürt, werde ich eingeholt von den Ereignissen, die ich glaubte, hinter mir gelassen zu haben. Aus den schwarzen Tiefen meiner Erinnerung ist er hervorgekrochen und ist zu mir gekommen. Die Wohnung, in der ich lebe, hat aufgehört, ein sicherer Zufluchtsort zu sein. Die Angst ist zurückgekehrt und greift nach mir. Die Tage verdüstern sich. Sogar die Sonne scheint dunkler zu scheinen und die Wärme des Sommers verliert ihre Kraft.

Wie konnte er mich finden? Wie weit soll ich laufen, um nicht aufgespürt zu werden? Plötzlich stand er wieder vor meiner Tür und mein ganzes Denken kreist erneut um ihn und um alles, was er mir und meinen Kindern angetan hat. Ich will diese Gedanken nicht. Ich wünsche mir, sie abstellen zu können. Aber es gelingt nicht. Gefangen im kaltschwarzen Strudel meiner Angst werde ich in die Tiefe gezogen. Meine mühsam zurückgewonnene Sicherheit verfliegt wie Staub im Wind. Oder ist die Ruhe immer nur eine Täuschung, eine Illusion gewesen?

Alles habe ich hinter mir gelassen. Selbst zu meiner Mutter ist der Kontakt selten geworden. Sogar sie hat er mir geraubt. Ich kann es nicht mehr ertragen, in jener Stadt zu sein, in der alles Erinnerung ist, bittere, dunkle Erinnerung. Niemals wieder seit damals bin ich zurückgekehrt.

Wohin kann ich fliehen, wie weit rennen, um endlich Ruhe zu finden für mich und für meine Tochter, das einzige Kind, das mir geblieben ist? Gezeichnet ist sie von ihm, hat unter ihm zu leiden bis heute. Niemals wieder darf er in ihre Nähe kommen. Sie gilt es zu schützen, unbedingt. Aber was kann ich tun? Ich weiß es nicht. In Schockstarre erdulde ich seine Besuche, lasse sie über mich ergehen. Und ich weiß: Er wird keine Ruhe geben. Er wird wiederkommen, immer wieder. Jedes Geräusch an der Tür versetzt mich in Angst und Schrecken. Die Dämmerung hat eingesetzt, die Nacht kommt.

Erster Teil

Vergangenheit

Kapitel 1

Göttingen 2007

Durch einen hinter ihm mit Lichthupe heranrasenden Porsche wurde er aus seinen Gedanken geholt. Er lenkte seinen Passat auf die rechte Spur, nachdem er einen Lkw überholt hatte. Links durch das Seitenfenster konnte er, angestrahlt von der im Westen stehenden Sonne, einige markante Häuser in Göttingen erkennen. Bald würde er zu Hause sein.

Große Veränderungen standen bevor, Veränderungen, die er selbst verursacht, ja gewollt hatte, die Olaf Henneberger aber nun mehr und mehr in Unruhe versetzten. Schließlich betrafen sie nicht nur ihn, sondern die ganze Familie.

Seit Monaten schon pendelte er wegen seiner neuen Stelle zwischen Wolfsburg und Kassel hin und her. Eine neue, gut bezahlte Position bei VW war ihm in der Autostadt angeboten worden, die er, so hatte es auch der Familienrat empfunden, nicht ablehnen durfte. Jetzt aber, da der Abschied immer näher rückte, waren ihm mehr und mehr Zweifel gekommen. War es die richtige Entscheidung, wegen des höheren Gehalts alles aufzugeben und einen Neuanfang zu wagen? Gab es noch einen Weg zurück? Schwierig, aber vielleicht nicht unmöglich. Er musste unbedingt noch einmal in aller Ruhe mit Anke und den Kindern sprechen. Allerdings: Es wurde höchste Zeit! Heute Abend bereits sollte es eine letzte große Grillparty in Kassel geben. Danach würden alle Zeichen unwiderruflich auf Umzug gestellt.

Eine Dreiviertelstunde noch, dachte er. Ein Blick auf die entsprechende Anzeige seines Navis bestätigte sein Gefühl. Zeit, sich anzukündigen. Auf dem Handy wählte er die eins, die Kurzwahl für Zuhause. Bereits nach dem dritten Klingeln wurde abgenommen.

„Hallo Papa!" Die Stimme seiner Tochter Julia klang wie immer fröhlich beschwingt. „Wie geht's? Wo bist du gerade? Du kommst doch pünktlich?"

„Ja sicher! Keine Sorge. Bin schon in Göttingen. Wenn alles klappt, bin ich um ...", er schaute erneut auf das Navi, „... um halb acht zu Hause."

„Ist das Papa?" Im Hintergrund hörte er seine Frau rufen. „Gib mir mal das Telefon."

„Hallo Olaf! Ich bin's!" Ups, dachte er, in Ankes Stimme lag etwas Irritierendes. Vorsichtig fragte er zurück: „Ist irgendwas los? Du klingst so genervt."

„Na ja, ist schon sehr viel Arbeit, die wir mit der Vorbereitung des Grillabends haben. Ich hoffe, du hast an den Wein gedacht, den du in Wolfsburg besorgen wolltest. Das hast du doch nicht vergessen, oder?"

„Nein, keine Sorge, alles erledigt."

Anke wurde hörbar ruhiger. Es wäre nicht das erste Mal, dass er etwas zu besorgen vergaß, wenn er bei seiner Arbeit noch aufgehalten wurde und dann überhastet losfuhr. Aber heute war alles in Ordnung.

„Hast du auch an den Rosé-Wein gedacht und nicht nur an deinen Roten?", schob seine Frau dennoch sicherheitshalber nach.

„Ja, auch Rosé. Hab ihn extra zusammen mit Eisakkus in die Kühlbox gelegt, damit er nicht vollkommen warm ist, wenn ich ankomme. Sechs Flaschen, ich hoffe, das reicht! Und sechs Rote."

„Ja sicher, das reicht.“ Ankes Stimme klang jetzt entspannter. Es würde ein schöner Abend werden mit ihren Freunden, unter denen sich auch seine wichtigsten Arbeitskollegen befanden. Ein bisschen wehmütig war aber auch ihr zumute, so schien es Olaf. Er meinte das aus ihrer Stimme herauszuhören. Oder waren es nur seine eigenen Zweifel, die er in die Stimme seiner Frau projizierte? Sie hatte gern in Kassel gewohnt. Den Bergpark Wilhemshöhe unterhalb des Herkules' würde sie vermissen, das wusste Olaf, auch die Karls-Aue und nicht zuletzt alle fünf Jahre die Documenta, die auch dauerhaft künstlerische Spuren in der Stadt hinterlassen hatte. Andererseits, ihre Arbeitsstelle in Kassel hatte sie in den letzten Jahren immer weniger gemocht. Da käme ihr, hatte sie gesagt, der Wechsel in eine andere Stadt verbunden mit einem beruflichen Neuanfang nicht ganz ungelegen. Aber Wolfsburg?

„Na, denn“, schloss Anke das Gespräch, „bis gleich, und fahr vorsichtig. Es ist noch genügend Zeit und wir haben hier alles im Griff. Nicht, dass noch irgendetwas passiert ...“

„Scheiße! Nein! Anke! Anke!“

Seine letzten Worte gingen unter in einem schier entsetzlichen Angstschrei, der durchs Telefon zu ihr drang.

„Olaf?“ Sie horchte in das Telefon. „Olaf? Was ist los?“ Ankes Stimme bebte. „Was ist passiert? Antworte doch!“

Statt einer Antwort, quietschende Bremsen, ein dumpfer Knall, kreischende Reifen. Noch einmal ein Angstschrei ihres Mannes. Schließlich ein ohrenbetäubender, krachender, splitternder Knall und das scheppernde Geräusch, wenn Metall über Asphalt schlittert. Dann plötzlich Ruhe, vollkommene, gespenstische

Ruhe. Verwirrt und ungläubig sah sie auf das Display ihres Telefons. Der Teilnehmer hat das Gespräch beendet, las sie dort. Die Leitung war tot.

„Olaf, Olaf!" Ihre Stimme wurde lauter. Sie überschlug sich, als könne Anke Henneberger ihren Mann so zur Antwort zwingen. Aber die Leitung blieb tot. Kraftlos, wie erstarrt, lag ihr Blick auf dem Display. Der Teilnehmer hat das Gespräch beendet, stand dort nach wie vor menetekelhaft. Dann fiel ihr der Hörer aus der Hand und sie bemerkte gerade noch, dass sie von irgendjemandem gehalten und gestützt wurde, bevor sie in sich zusammensackte.

„Mama? Was ist passiert? Was ist los? Mama!" Julia war es gewesen, die ihre Mutter aufgefangen hatte und nun auf einen Stuhl hinunterließ. Mit angsterfüllten Augen stand sie vor ihr und hielt sie mit beiden Händen an den Schultern. Auch Ankes Schwester Sabine und Jan, Julias Bruder, waren dazugekommen. Von draußen waren sie hereingestürzt, die Festvorbereitungen unterbrechend. „Gib mir das Telefon", sagte Sabine mit gewollt fester Stimme. Dann wählte sie Olafs Handynummer.

Als sie die Ansage hörte, ließ sie sich neben ihrer Schwester auf einen Stuhl fallen. „Der gewünschte Gesprächsteilnehmer ist vorübergehend nicht erreichbar."

„Anke!" Sie griff nach dem Arm ihrer Schwester. „Was ist geschehen? Erzähl doch! Bitte!"

„Was? - Ich - weiß nicht - Unfall", stammelte Anke. Ihre Stimme war kaum zu hören. Dann schwieg sie. Ihr Gesicht wirkte grau und eingefallen. „Anke, Anke!", fuhr sie nach einer Weile fort, „immer wieder hat er meinen Namen gerufen. Dann nichts mehr. Nur noch Krachen." Ankes Entsetzen schien sich noch zu vergrößern. „Immer wieder meinen Namen, immer wieder. Er braucht mich! Ich muss sofort ..." Sie wollte aufspringen, wurde aber von ihrer Schwester daran gehindert. Kraftlos fiel sie auf den Stuhl zurück.

„Wir müssen die Polizei anrufen. Wo war Olaf, als er anrief?", erkundigte sich Sabine, aber Anke blickte nur noch starr auf die gegenüberliegende Wand. Ihre Hände zitterten.

„Papa hat irgendwas von Göttingen gesagt und dass er in einer Dreiviertelstunde da sein wollte." Julia wirkte gefasster als ihre Mutter.

„Auf der Autobahn?", fragte Sabine nach.

„Weiß nicht", antwortete Julia. „Ja, wahrscheinlich."

„Dann ruf ich da jetzt an. Welche Nummer hat denn die Poli... Ach egal, ich wähle die 110." Auch Sabine kämpfte mehr und mehr um ihre Fassung. Mit dem Telefon in der Hand, das sie vom Boden aufgehoben hatte, blieb sie einen Augenblick fast regungslos sitzen. Dann wählte sie.

„Leitstelle der Polizei Kassel."

„Ja, hallo, ich bin Sabine Wolter." So gefasst wie möglich versuchte sie die schreckliche Situation zu erläutern. Der Beamte der Leitstelle strahlte wohltuende Routine aus. Ein paar wichtige Fragen konnte Sabine mit Hilfe von Julia beantworten. Dann schloss er: „Bleiben Sie unbedingt zu Hause. Ich werde die Autobahnpolizei Göttingen informieren und sie bitten, Sie anzurufen, damit Sie Klarheit haben. Zur Vorsicht gebe ich Ihnen die Nummer. Vielleicht meldet sich aber auch ein Kollege von der Polizeiwache ganz in Ihrer Nähe. Deshalb, zwanzig bis dreißig Minuten sollten Sie schon warten, auch wenn das sehr schwer fällt. Haben Sie etwas zu schreiben?"

Sabine ließ sich schnell Stift und Papier geben und notierte die Nummer. Dann bedankte sie sich und legte auf.

Es dauerte fast eine ganze Stunde, bis ein Beamter der zuständigen Polizeiwache an der Tür klingelte. Sabine öffnete. Neben dem älteren Polizisten stand ein jüngerer Mann in Jeans und Sporthemd, der sich als der örtliche Gemeindepfarrer vorstellte. Augenblicklich wurde Sabine klar, was das bedeutete. Etwas sehr Ernstes war geschehen.

„Guten Abend", begann der Polizist. „Sie sind Frau Henneberger, Frau Anke Henneberger?"

„Nein, nein, ich bin die Schwester, Sabine Wolter. Aber kommen Sie doch herein. Die anderen sind alle im Wohnzimmer. Die Kinder Julia und Jan sind auch da."

„Ich glaube, es ist besser, wenn ich vorgehe", sagte der junge Pfarrer an den Polizisten gerichtet. „Ich kenne die Familie seit der Konfirmation der Tochter im letzten Jahr." Jetzt erinnerte sich Sabine daran, ihn im Gottesdienst gesehen zu haben. Aber im Talar hatte er natürlich anders gewirkt. Drinnen ging der Pfarrer direkt auf Anke Henneberger zu, die bleich im Gesicht und mit angstvoll verzerrten Zügen aufstand, sich aber nicht vom Fleck bewegte. „Herr Seydel, was ist passiert?" Ihre Stimme zitterte.

„Ich habe tatsächlich keine guten Nachrichten", begann der Pastor. „Wie die Autobahnpolizei Göttingen mitgeteilt hat, ist Ihr Mann in einen schweren Unfall verwickelt gewesen und ..."

„Unfall, ja. Wo ist Olaf jetzt? Wohin haben sie ihn gebracht? Kann ich ihn besuchen?" Ankes Stimme zitterte nicht mehr, jetzt überschlug sie sich.

„Frau Henneberger, Ihr Mann lebt nicht mehr. Er ist tot."

Klar und deutlich sprach der junge Geistliche. Seine Sachlichkeit ließ keinen Zweifel an der Wahrheit des Gesagten zu.

Julias Schrei war schrill und angstvoll. Jan rannte kreidebleich aus der Tür. Sabine ging ihm sofort nach. Anke schlug die Hände vor ihr Gesicht und ließ sich wieder auf das Sofa fallen. Gespenstische Ruhe breitete sich aus. Seydel setzte sich neben Frau Henneberger und legte ihr eine Hand auf den Arm. Der Polizist schluckte heftig und setzte sich schließlich in einen freien Sessel. Niemand sagte etwas.

Nach einiger Zeit kam Sabine wieder herein. Jan war hinter ihr, blieb aber im Flur an der geöffneten Tür stehen. Schließlich war es Ankes Schwester, die als Erste etwas fragte: „Was ist denn geschehen? Was genau ist passiert? Weiß man das schon?"

„Die genauen Umstände sind noch nicht gänzlich geklärt", antwortete der Polizist. „Fest steht bis jetzt nur, dass es einen schweren Unfall auf der A 7 bei Göttingen gegeben hat, in den mehrere Pkw und ein Lkw verwickelt waren. Offenbar war ein Geisterfahrer die Ursache. Die Autobahn ist noch gesperrt. Es gab einige Verletze, darunter zwei Schwerverletzte, und ..." Er zögerte fortzufahren. „... es gab einen Toten. Der Tote wurde als Ihr Mann identifiziert." Lautes Schluchzen der Frauen unterbrach ihn.

„Aber wieso denn? Woher wollen Sie das denn wissen? Das ist doch gerade erst gewesen. Das könnte doch auch ... Papa ist doch kein Geisterfahrer!" Jan war wieder ganz in den Raum zurückgekommen und schrie in Richtung des Polizisten.

„Nein. Du hast recht. Dein Vater war nicht der Geisterfahrer", versuchte der Beamte so sachlich wie möglich zu antworten. „Er wollte wohl noch ausweichen.

Und dabei wurde sein Wagen vom nachfolgenden Verkehr erfasst, wenn ich die Kollegen aus Göttingen richtig verstanden habe. Aber ..." Der Beamte seufzte tief. „Dein Vater ist tatsächlich der Tote. Daran gibt es offenbar keinen Zweifel. Die Kollegen haben entsprechende Ausweisdokumente sichergestellt."

„Das glaube ich erst, wenn ich Papa gesehen habe." Und nach einer Pause fügte Jan hinzu: „Ich ruf ihn jetzt an. Der antwortet bestimmt sofort auf seinem Handy." Dabei flogen seine Finger schon über die Tastatur. Mit sichtbarer Anspannung horchte er in den Hörer. Aber es dauerte nur wenige Sekunden, dann ließ er den Apparat mit versteinert enttäuschter Miene sinken. Stumm rutschte er am Türrahmen hinunter und blieb schließlich am Boden sitzen.

Kapitel 2

Ostwestfalen – Gegenwart

Es versprach ein schöner Morgen zu werden. Marina Burmann hatte an diesem Samstag länger als erwartet geschlafen, jedenfalls wenn sie bedachte, dass sie Bereitschaftsdienst hatte. Da kann ich von Glück sagen, dachte sie, dass ich bisher noch nicht gestört wurde.

Seit einem Jahr war sie Kommissarin bei der Bielefelder Mordkommission und sie hatte den Schritt von Minden nach Bielefeld nie bereut, jedenfalls beruflich nicht. Sehr gut war sie in das Team um den Leiter Frank Sommer aufgenommen worden. Vor allem mit ihrem Kollegen Karsten Linnemann verstand sie sich wunderbar. Auch er musste heute abrufbereit sein.

Sie blickte aus dem Fenster ihrer kleinen Dachgeschosswohnung. Bielefeld-Schildesche, dachte sie wieder einmal, eine Welt für sich mitten in der Großstadt, besonders der Kern hinter der Stiftskirche. Nach rechts konnte sie erkennen, dass der Wochenmarkt schon gut besucht war. Besser kann man es nicht haben, Marktstände direkt vor der Haustür. Dann glitt ihr Blick nach links zur Buchhandlung Welscher. Auch hier war schon geöffnet. Kurz nach ihrem Einzug in die Wohnung vor etwa einem Jahr hatte sie dort zum ersten Mal hineingeschaut. Sie bezeichnete sich selbst gern als Leseratte, und eine Buchhandlung vor der Tür, an diesen Gedanken konnte sie sich sofort gewöhnen. Inzwischen war sie bereits so etwas wie eine Stammkundin und wurde jedes Mal mit einem freundlichen

Hallo wie eine alte Bekannte begrüßt. Besser kann man es nicht haben, dachte sie erneut.

Sie wandte sich vom Fenster ab und stellte die Kaffeemaschine an. Nach einem Jahr wirkten diese Samstage schon sehr eingeübt. Dann ging sie ins Bad. Frisch geduscht trank sie anschließend im Stehen eine erste Tasse Kaffee. Dann war der richtige Zeitpunkt gekommen, sich unten auf dem Markt frische Brötchen zu holen.

Auf dem Kirchplatz mit seinem bunten Markttreiben spürte sie die angenehme, warme Juniluft. Man konnte aber ahnen, dass die Temperatur im Laufe des Tages deutlich ansteigen würde. Dann wurde es oben in ihrer Wohnung immer recht stickig. Das war jedoch, so empfand sie es, der einzige Nachteil. Das heißt, nein, einen weiteren Nachteil gab es noch, auch wenn der nichts mit den Räumen zu tun hatte. Sie wohnte allein, als Single, und dieser Umstand machte ihr gelegentlich zu schaffen. In Minden hatte sie mit ihrem damaligen Freund zusammengelebt. Als sie sich beruflich veränderte und nach Bielefeld wechselte, ging die Beziehung in die Brüche, etwas, was sie bis heute nicht verstehen konnte. Nie im Leben hatte sie daran gedacht, dass ihr Lebensgefährte sie deswegen verlassen würde, zumal er vorher immer wieder das Gegenteil signalisiert hatte. Offenbar, das war Marina im Laufe der Zeit bewusst geworden, hatte er die Beziehung schon vorher nicht mehr ernsthaft gewollt und nur auf eine günstige Gelegenheit gewartet, sie zu beenden. So war sie schließlich allein nach Bielefeld gezogen und mit ihren dreiunddreißig Jahren wieder solo. Aber eben nicht freiwillig, wie sie seufzend feststellte. Dazu kam, dass auch ihre Arbeit als Kriminalkommissarin nicht besonders beziehungsfreundlich war.

„Nun, meine Dame, was darf's sein?" Marina Burmann wurde durch die ungeduldige Stimme des Händlers aus ihren Gedanken gerissen. Erschrocken sah sie sich um und blickte in die fragenden Gesichter der hinter ihr stehenden Kunden.

„Ein Croissant und ein Kornbrötchen bitte", beeilte sie sich zu sagen. „Ja, und ein Landbrot."

„Geschnitten?"

„Nein danke, am Stück bleibt es länger frisch." Der Händler tat Brötchen und Brot in jeweils eine Tüte.

„Darf es sonst noch etwas sein?"

Marinas Blick fiel auf den Kuchen in der Auslage. „Ach, geben Sie mir doch noch ein Stück von dem Erdbeerplunder. Das war's dann. Vielen Dank."

Sie bezahlte und überlegte kurz, noch ein bisschen weiter über den Markt zu schlendern. Ihr Handy würde sich schon melden, wenn es etwas Wichtiges gäbe. An einem Obst- und Gemüsestand blieb sie stehen. Die Möhren sahen besonders gut aus. Sie würden einen wunderbaren Salat ergeben ... und dann noch Aprikosen, ihre Lieblingsfrüchte zu dieser Jahreszeit, zusammen mit Erdbeeren natürlich. Sie ließ sich alles einpacken und machte sich auf den Rückweg.

Unüberhörbar krächzte ihr Handy den Titelsong aus „Fluch der Karibik", gerade als sie die Tür zu ihrer Wohnung aufschließen wollte. Auf dem Display las sie den Namen ihres Kollegen: Karsten Linnemann. Mist, dachte sie, immer zum ungünstigsten Zeitpunkt. Sie öffnete die Tür und lief dann schnell in die Küche, um die Einkäufe abzulegen. Dann nahm sie das Gespräch an.

„Hallo Karsten. Was gibt's?" Sie war etwas außer Atem geraten.

„Wo bist du? - Ach, egal. Was auch immer du gerade tust, lass es stehen und liegen und komm her. Es gibt Arbeit."

„Okay! Adieu, du schöne Wochenendidylle."

„Hast du was anderes erwartet? Wir haben Bereitschaft." Karsten wurde am Telefon jetzt ernst und dienstlich. „Es gibt eine Leiche. Eine Frau wurde auf dem Dachboden des Hauses gefunden, in dem sie wohnt. Scheint sich aufgehängt zu haben. Eine Bewohnerin aus demselben Haus fand sie heute Morgen, als sie Wäsche aufhängen wollte. Vermutlich Suizid."

„Suizid? Und deshalb machst du so einen Wind? Suizide sind immer eine Tragödie, aber für uns Routine."

„Ja, vielleicht. Oder auch nicht. Der Notarzt, der noch kam, machte so komische Andeutungen. Ach, komm einfach her und sieh es dir selbst an. Den Gerichtsmediziner habe ich schon informiert, der müsste auch jeden Moment kommen. Dann bis gleich."

„Hallo, stopp mal! Wohin muss ich denn? Und wieso bist du schon da?"

„Äh, ja, sicher, nach Werther, Schlesierweg. Und ich bin schon da, weil ich nur einen Steinwurf von dort entfernt wohne. Im Flachskamp. Die Ersten vor Ort waren natürlich die Kollegen von der Streife und der Rettungswagen mit dem Doc. Konnte aber niemand mehr was machen, die Frau war schon tot. Aber jetzt komm, sonst ist unser Freund Lakefeld von der Gerichtsmedizin noch vor dir hier. Und das wollen wir doch beide nicht, oder?"

Nein, das wollen wir nicht, dachte Marina. Dieser Werner Meyer zu Lakefeld war ein ziemlich bärbeißiger Vertreter seiner Zunft, dem Marina eher in herzlicher Abneigung zugetan war. Brummig, immer ein wenig rechthaberisch, gab er ihr gegenüber gelegentlich auch den väterlichen Freund, der es natürlich nur gut meinte mit der jungen und unerfahrenen Kollegin. Seine Arbeit machte er ordentlich, aber die meisten waren sich einig, dass er wohl vor allem seine demnächst bevorstehende Pensionierung im Blick hatte.

Bevor sie das Haus verließ, trank sie noch rasch einen großen Schluck Orangensaft. Für heißen Kaffee reichte die Zeit nicht mehr. Die Brötchentüte nahm sie mit. Nach zwanzig Minuten war sie in Werther. Die Kleinstadt lag gleich hinter der Stadtgrenze von Bielefeld am Nordhang des Teutoburger Waldes, schon im Kreis Gütersloh. Eine sehr kleine Kleinstadt, hatte sie gedacht, als sie das erste Mal dort gewesen war, aber irgendwie auch nett.

Kurz vor dem Ortseingangsschild erkannte Marina Burmann durch die Bäume hindurch rechts unterhalb der Straße den Notarztwagen und einen Streifenwagen. Sie konnte auch eine Wohnsiedlung mit kleineren Mehrfamilienhäusern erkennen. Dorthin muss ich wohl, dachte sie und im selben Moment wurde sie vom Navi an einer Tankstelle nach rechts dirigiert. Nach wenigen hundert Metern war sie am Ziel. Sie parkte hinter dem Polizeifahrzeug. Linnemanns Wagen konnte sie nirgends ausmachen. Zielstrebig ging sie auf den Eingang des Hauses zu, vor dem der Rettungswagen stand. Es gehörte zu einer Siedlung von etwa einem Dutzend ähnlicher Gebäude, die allesamt sicher schon vor einigen Jahrzehnten gebaut, aber in der letzten Zeit gründlich renoviert worden waren. Die Außenwände machten einen frisch sanierten Eindruck, zudem waren offenbar Balkone angebaut worden. In jedem dieser Häuser wohnten vier oder sechs

Parteien. Als sie die Eingangstür passierte, bestätigte der Blick auf das Klingelschild ihre Vermutung: Hier gab es vier Wohnungen.

Im Treppenhaus wimmelte es von Leuten, offenbar die Bewohner des Hauses oder auch der Nachbarhäuser, wenn sie die Anzahl abschätzte. Burmann musste sich ihren Weg durch die Menschen geradezu hindurchbahnen. Als sie ihren Kollegen sah, der sie auf der Treppe in Empfang nahm, war sie froh.

„Hallo Karsten! Wohnst du so nahe, dass du zu Fuß gekommen bist?“ Marina sah ihn neugierig an.

„Ja, zu Fuß. Sind tatsächlich nur gut dreihundert Meter. Aber komm mit nach oben.“ Dem Kollegen war offenbar nicht nach Smalltalk zumute.

Auf der Treppe zur ersten Etage stand ein uniformierter Kollege, der den oberen Bereich absperrte. Marina war dankbar dafür, blieb aber noch einmal stehen. Mit aller Autorität und fester Stimme wandte sie sich an die Bewohner: „Ich bin Kriminalkommissarin Marina Burmann und das ist mein Kollege Karsten Linnemann. Wir sind von der Kripo aus Bielefeld. Offenbar hat es hier im Haus einen Suizid gegeben. In einem solchen Fall ist routinemäßig die Polizei zuständig. Ich kann verstehen, dass Sie ziemlich aufgeregt sind und erfahren wollen, was hier genau geschehen ist. Aber am meisten helfen Sie uns, wenn Sie das Treppenhaus verlassen. Gehen Sie in Ihre Wohnungen oder draußen auf die Wiese, das Wetter ist ja schön, aber halten Sie das Treppenhaus frei.“ Und an den Kollegen von der Streifenpolizei gewandt fügte sie hinzu: „Bitte, sorgen Sie doch dafür, dass das auch so geschieht.“

Da Marina Burmann es tatsächlich geschafft hatte, noch vor dem Gerichtsmediziner anzukommen, war zu diesem Zeitpunkt niemand auf dem Dachboden, außer der am Boden liegenden Leiche einer Frau, deren Alter sie auf irgendetwas zwischen dreißig und vierzig schätzte. Marina streifte sich wie Karsten Plastiküberzieher über die Schuhe und zog Latexhandschuhe an. Dann fragte sie ihn, was er ihr schon sagen könne.

„Im Grunde noch nicht viel", begann er. „Die Tote ist Dörthe Langer. Jedenfalls nach Aussage von Frau Kramer, der Bewohnerin, die sie gefunden hat. Sie wusste auch zu erzählen, dass Dörthe Langer eine Tochter hat, die in Bethel in einem Pflegeheim wohnt." Marina schaute Karsten fragend an. „Ja, diese Frau Kramer meinte, die Tochter sei, ich zitiere, irgendwie geistig behindert und müsse rund um die Uhr betreut werden."

Beim letzten Satz ihres Kollegen hatte sich Burmann schon der Szenerie auf dem Dachboden zugewandt. Die tote Frau war nur mit einem längeren T-Shirt bekleidet und lag links vom Treppenaufgang flach auf dem Estrichboden. Neben ihr war ein kleiner Hocker umgestürzt. Möglicherweise war Dörthe Langer auf den gestiegen, um dann hinunterzuspringen.

„Der Notarzt hat zusammen mit einem unserer Kollegen die Leiche heruntergeholt und so auf den Boden gelegt, wie wir sie jetzt sehen", kommentierte Karsten die Szenerie. „Das musste er, um feststellen zu können, ob es vielleicht noch irgendwelche Lebenszeichen gab. Aber sie war schon hinüber, mausetot." Marina sah Karsten wegen der flapsigen Ausdrucksweise tadelnd an, der dadurch ein wenig ins Stocken geriet. „Was ich sagen will, ist, dass da nichts mehr zu machen war. Der Doc ist übrigens schon wieder weg. Ein anderer Einsatz."

„Und was war mit den ‚komischen Andeutungen', die du am Telefon erwähnt hast?"

„Als er weggeholt wurde, hatte er es ziemlich eilig. Mehr oder weniger im Vorbeigehen sagte er noch irgendetwas von merkwürdigen Strangulationszeichen. Darauf sollten wir achten."

Burmann nickte mit dem Kopf: „Nun, wir werden sehen. Hat er schon einen Totenschein ausgefüllt?"

„Nein, das muss Lakefeld noch tun, wenn er gleich kommt. Der neue Einsatz ging vor. Der zweite Kollege von der Streife war so clever und hat Fotos und ein Video gemacht, wie die Frau da oben an dem Balken hing, beziehungsweise wie sie heruntergeholt wurde. So können wir uns eine Vorstellung davon machen, wie es hier ursprünglich ausgesehen hat. Auf dem Hocker, den du dort siehst, hat die Frau gestanden, bevor sie ihn umgestoßen hat. Der Doc hat ihn beiseitegeschoben. "

„Wie darf ich das verstehen?"

„Weiß ich nicht. Das waren jedenfalls seine Worte, als er verschwand. Auf den Bildern wird ja wohl auch das zu sehen sein."

Marina machte sich eine Notiz.

„Und wie sieht's mit einem Abschiedsbrief aus?", fuhr sie fort.

„Fehlanzeige! Bis jetzt wurde keiner gefunden. Aber sieh doch selbst. Der Boden ist ziemlich aufgeräumt, um nicht zu sagen: leer. Vielleicht liegt er ja in der Wohnung."

Professionell neugierig ging Marina auf die Tote zu und betrachtete sie von allen Seiten. Um den Hals der Toten lag ein eher dünnes Seil, eine Wäscheleine vielleicht. Sie sah zwei lose Enden, die vermutlich vorher um den Balken geknotet waren. Der Knoten war zu erkennen und auch, dass der Strick durchschnitten war.

„Wer hat das hier durchtrennt?", wollte sie wissen.

„Das war schon so, als ich ankam. Vermutlich waren es unser Kollege und der Doc, als sie sie heruntergeholt haben", antwortete Linnemann.

Marina gab sich damit zunächst zufrieden. Um die ursprüngliche Situation zu rekonstruieren, würden ihnen die Aufnahmen des Kollegen helfen. Dann sah sie sich weiter die Leiche an, natürlich ohne sie zu berühren. Um den Hals herum führte das Seil in einer doppelten Schlaufe. Es war gelockert worden, vermutlich auch vom Notarzt, sodass Marina die sogenannten Strangulationsfurchen erkennen konnte. Zwei dieser Furchen schienen auf den ersten Blick zum doppelt liegenden Seil zu passen. Sie verliefen wie zu erwarten aufwärts hinter den Ohren vorbei. Aber da war noch etwas, was ihre Neugier weckte. Es gab noch eine dritte Furche, die nicht parallel zu den anderen verlief, auch schwächer als diese, aber ohne Weiteres erkennbar.

„Karsten? Kommst du mal! Ist es das, was der Notarzt meinte?"

Marina wies ihren Kollegen auf die dritte Schürfstelle hin.

„Merkwürdig", fuhr sie fort. „So etwas sollte man nur direkt unter dem Seil vermuten, da, wo es sich zusammengezogen hat und dann die Luft wegdrückte. Und dann, in diesem Fall zumindest, auch nur zwei Abdrücke. Aber diese dritte Furche – komisch irgendwie. Das sollten wir uns wirklich merken." Sie machte sich eine weitere Notiz.

„Bist du jetzt unter die Kriminaltechniker und Gerichtsmediziner gegangen? Oder ist das der Erfolg deines letzten Fortbildungsseminars?", wollte Karsten mit einem Grinsen im Gesicht wissen.

„Wer macht mir da Konkurrenz?“ Die Kommissare blickten sich erschrocken um, als sie den brummenden Bass des Gerichtsmediziners hinter sich poltern hörten.

Linnemann reckte abwehrend und entschuldigend die Arme in die Höhe. „Keiner hat die Absicht, Ihnen Konkurrenz zu machen. Wir haben uns nur gerade über eine dritte Schürfstelle neben dem Seil gewundert, die wir uns nicht erklären können. Schließlich liegt das Seil nur in einer Doppelschlaufe um den Hals.“

„Na, dann lasst mal den Profi ran. Keine Sorge, ich krieg's schon raus und sag's euch dann. Und Sie, Frau Burmann, haben einen Fortbildungskurs gemacht? Mit welchem Inhalt, wenn ich fragen darf?“

„Es ging darum, unsere Sicht für eventuell verdeckte Tötungsdelikte, die als Suizide getarnt wurden, zu schärfen. Der Referent, übrigens ein Kollege von Ihnen aus Münster, war fest davon überzeugt, dass sehr viele Morde falsch eingestuft würden …“

„So, so! Ein Kollege aus Münster! Etwa dieser Professor Johannes Pfeiffer?“ Lakefeld konnte, so schien es Burmann, gar nicht genug Abscheu in die Aussprache des Namens legen.

„Ja, Professor Pfeiffer, das war der Referent“, bestätigte Marina mit einem Achselzucken.

„Oh, da hat unsere Kommissarin aber einen ganz Großen der Branche erlebt.“ Wieder triefte die Stimme des Bielefelder Rechtsmediziners vor Sarkasmus. Dann wandte er sich demonstrativ seiner Arbeit zu.

Für Burmann und Linnemann gab es im Augenblick auf dem Dachboden nichts mehr zu tun. Sie wollten aber unbedingt noch abwarten, ob es schon allererste

Ergebnisse gäbe. Vor allem der Todeszeitpunkt und die Frage der zusätzlichen Abschürfung interessierten sie.

„Lass uns doch inzwischen", meinte Marina, als sie die Bodentreppe hinunterstiegen, „in der Wohnung nachschauen, ob es dort etwas Verwertbares gibt. Irgendeinen Hinweis. Vielleicht auf Angehörige, die man benachrichtigen müsste. So vollkommen allein ist doch eigentlich niemand. Und eventuell gibt es ja dort einen Abschiedsbrief. Ehrlich, Karsten, ich habe ein ungutes Gefühl. Ich glaube, der Notarzt hat recht mit seiner Vermutung. Irgendetwas stimmt mit diesem Suizid nicht."

An dem Streifenbeamten vorbei, der nach wie vor auf der Treppe die Neugierigen zurückhalten musste, betraten sie vorsichtig die Räume der toten Dörthe Langer. Schuhüberzieher und Handschuhe behielten sie an. Die Wohnung war nicht sehr groß, drei eher kleine Zimmer, dazu Küche und Bad sowie ein Balkon in der Art, wie er Marina schon draußen aufgefallen war. Die Wände waren durchgängig mit Raufaser tapeziert und in unterschiedlichen, überwiegend hellen Tönen gestrichen. Neben dem Wohnzimmer gab es ein Schlafzimmer und eine Art Kinder- oder Jugendzimmer, das unbenutzt aussah.

„Hatte die Nachbarin nicht etwas von einer behinderten Tochter in Bethel erzählt? Vielleicht schläft sie ja gelegentlich hier", mutmaßte Marina. „Kannte sie eigentlich den Namen des Kindes?"

„Mia", gab Karsten unmittelbar zurück. Und nach einer kleinen Sekunde des Nachdenkens: „Ja, sie heißt Mia. Das hat diese Frau Kramer gesagt."

Karsten ging zuerst in die Küche, während Marina sich den Schlafraum der Mutter vornahm. Die Einrichtung wies keine Überraschungen auf. Ein Einzelbett, ein Kleiderschrank, eine Kommode und eine Ablage als Nachttischchen. Allerdings: Das Bett war zerwühlt. Die Nachttischlampe brannte. Ungewöhnlich, schoss es Burmann durch den Kopf. Ist sie etwa aus dem Bett aufgestanden, vielleicht mitten in der Nacht, hat die Lampe eingeschaltet und sich dann auf dem Boden aufgehängt? Nein, das konnte sie sich nicht so recht vorstellen, würde aber zu dem nachthemdartigen T-Shirt passen, das Dörthe Langer übergezogen hatte. Wer weiß, dachte die Kommissarin, Menschen, die sich das Leben nehmen, denken selten geradlinig und vernünftig.

Auf der Ablage am Bett stand neben der Lampe ein Bilderrahmen mit dem Foto eines Mädchens. Vermutlich die Tochter Mia. Auf dem Bild war die Behinderung mehr als deutlich zu erkennen.

Eine Medikamentenpackung auf der Ablage zog Marinas Aufmerksamkeit auf sich. Zopiclon, ein Schlafmittel. Sie notierte sich den Namen und machte sicherheitshalber ein paar Bilder mit ihrem Smartphone, nicht nur von der Schachtel und dem Nachttischchen, sondern vom gesamten Raum. Das hatte sie sich schon in Minden angewöhnt. Die Bilder halfen ihr später bei der exakten Erinnerung. Die Spurensicherer schossen natürlich auch jede Menge Fotos, detailreicher und schärfer, aber ihre eigenen fand sie am Ende immer besonders hilfreich, weil sie zu ihren persönlichen Eindrücken passten. Schließlich verließ sie das Schlafzimmer, das sonst nichts Besonderes zu enthalten schien. Im letzten Moment drehte sie sich noch einmal um. Sie entdeckte ein Wasserglas, halb unter das Bett gerollt. Der Teppichboden war sogar etwas feucht an der Stelle. Offenbar war noch ein Rest im Glas gewesen, als es umfiel. Auch davon machte sie ein Foto.

In der Küche traf sie auf Karsten, der, ebenfalls mit Handschuhen an den Händen, einen Stapel Briefe durchsah, der auf dem Küchentisch gelegen hatte.

„Irgendetwas Spannendes dabei?", fragte sie.

„Kann ich so noch nicht erkennen. Eine Stromrechnung, Werbung und eine, ach das ist interessant, eine Gehaltsmitteilung für den letzten Monat."

Neugierig geworden schaute Burmann zusammen mit Linnemann auf das Papier. Auszahlungsbetrag: 1.465,47 Euro. Arbeitgeber: Karstadt AG Bielefeld. Steuerklasse zwei. „Aha", sagte Karsten, „alleinstehend mit Kind. Passt zu dem, was diese Frau Kramer gesagt hat."

„Ja", entgegnete Marina, „und zu einem Bild, das ich im Schlafzimmer gesehen habe. Das behinderte Kind, von dem die Nachbarin gesprochen hat, wohnt möglicherweise tatsächlich zeitweilig hier. Das müssen wir noch genauer untersuchen. Sonst irgendwelche Hinweise auf Verwandte oder Bekannte? Vielleicht Urlaubspostkarten oder etwas in der Art?" Karsten schüttelte den Kopf und legte die Papiere zurück. Schließlich warfen die beiden noch einen Blick in das Wohnzimmer. Auch hier, zumindest in Bezug auf die Einrichtung, nichts Besonderes. Das war die Wohnung einer Frau, die versucht hatte, mit geringen Mitteln ein wenig wohnliche Atmosphäre zu schaffen und offenbar hatte ihr ein schwedisches Möbelhaus dabei geholfen. Und tatsächlich, dachte Marina, es ist ihr gelungen.

Schließlich schauten sie in das Kinderzimmer. Dieser Raum war besonders liebevoll eingerichtet, wirkte aber wenig benutzt. Mia ist nur selten hier, wenn überhaupt, schoss es Burmann durch den Kopf. Besonders auffällig war eine große Lampe unter der Decke, die einen Sternenhimmel imitieren konnte.

Karsten und Marina sahen sich nachdenklich an. „Denkst du das Gleiche, was ich denke?", begann Karsten.

„Wenn du denkst, dass eine Mutter, die, wie es aussieht, sehr an ihrem behinderten Kind hängt, sich niemals das Leben nimmt, um es allein in der Welt zu lassen, dann denken wir das Gleiche. - Karsten, das war kein Suizid!"

„Spricht jedenfalls bis jetzt nicht viel dafür. Wenn wir einen Abschiedsbrief fänden ... Mal sehen, was Lakefeld meint."

„Lakefeld meint: Suizid. Ganz klar." Unbemerkt war der Gerichtsmediziner in die Wohnung gekommen und stand nun hinter ihnen. „Tod durch Erhängen. Es spricht nichts dagegen, dass sie es selbst getan hat."

„Sind Sie da sicher?" Burmann konnte ihr Erstaunen über die kurze und bündige Mitteilung des Forensikers kaum verbergen. „Und was ist mit der zusätzlichen Strangmarke? Ich meine, dort neben den deutlichen, aufwärts verlaufenden Strangfurchen auch eine horizontale Abschürfung erkannt zu haben. Vertikale Marken bei Erhängen, horizontale bei Drosselung durch jemand anders. So ist es doch, Herr Lakefeld, oder? Übrigens, auch der Notarzt, wenn ich Kollege Linnemann recht verstanden habe, hatte Zweifel an der Suizidtheorie."

„So, so! Das haben Sie schön gelernt." Der Sarkasmus in Lakefelds Worten kannte erneut fast keine Grenzen. „Verstehe", fügte er dann noch hinzu, „das sind wohl die Früchte Ihres Seminars mit diesem Pfeiffer. Aber glauben Sie mir, meine Liebe, ein bisschen mehr Erfahrung als Sie habe ich denn doch. Nein, hier gibt es keine Zweifel. Ganz klare, aufwärts verlaufende

Strangfurchen mit Knotenbildung im Nacken, Speichelfäden als letztes vitales Zeichen, Stauungsblutungen nicht besonders ausgeprägt. Der Tod trat durch Erhängen ein, nicht durch Erdrosseln."

„Und die parallele Furche?"

„Da hat wohl der Strick nicht richtig gesessen. Kann schon mal passieren. So einen Selbstmord kann man ja vorher nicht üben." Ein glucksendes Lachen ließ Marina und Karsten erschaudern.

„Wenn Sie meinen. Allerdings haben wir uns hier schon einmal ein wenig umgesehen. Und da kommen uns Zweifel, ob man so eindeutig von Suizid ausgehen kann", mischte sich jetzt auch Linnemann ein.

„Ihr Bauchgefühl in allen Ehren. Kriminalisten brauchen das vielleicht. Ich halte mich da mehr an die Fakten. Und die habe ich Ihnen eben dargelegt."

„Das werden Sie uns sicher alles nach Ihrer eingehenden Obduktion schriftlich und detailliert mitteilen." Karsten ließ nicht locker.

„Sie wollen, dass ich die Leiche mitnehme und noch einmal untersuche?" Lakefeld sah die beiden Kripobeamten ungläubig an. „Das ist nicht wirklich Ihr Ernst, oder?"

„Oh doch, das ist unser Ernst", übernahm jetzt Burmann wieder das Gespräch. „Es gibt, denken wir, genügend erste Anhaltspunkte, die es unbedingt notwendig erscheinen lassen, hier sehr genau zu sein. Ohne eine eingehende Obduktion geht das nicht. Das werden Sie sicher genauso sehen, Herr Lakefeld."

Es entstand eine längere angespannte Pause. Lakefelds Gesicht lief immer deutlicher rot an. Seinen Ärger konnte er kaum unterdrücken. Er war es schlicht nicht gewohnt, dass ihm jemand so die Stirn bot. Schließlich ließ er resigniert die Schultern fallen. „Wenn's denn der Wahrheitsfindung dient und wenn Sie unbedingt meine Zeit und das Geld des Steuerzahlers vergeuden wollen! Dann nehme ich die Leiche mit und schau sie mir auf meinem Tisch noch einmal genau an."

„Das ist sehr nett von Ihnen, Herr Lakefeld. Ach, noch etwas. Können Sie schon etwas zum Todeszeitpunkt sagen?", setzte Karsten noch einmal nach.

„Irgendwann in den frühen Morgenstunden. Zwischen zwei und drei vielleicht." Und süffisant fügte er hinzu: „Aber auch da werden Sie wohl die Obduktionsergebnisse abwarten müssen. Sie haben es so gewollt. Kann ich die Tote dann mitnehmen?"

„Nein, wir brauchen noch die Spurensicherung. Bis dahin geht niemand mehr auf den Boden. Wenn Claudia Bruning als Chefin ihr Okay gibt, dann wird der Bestatter die Tote zu Ihnen ins Institut bringen. Sie kennen doch das Prozedere."

Wieder lief der Gerichtsmediziner rot an, sagte aber nichts mehr, sondern polterte, wobei er die Tür hinter sich zuschlug, aus der Wohnung.

Kapitel 3

Göttingen 2007

Es waren mehrere Notrufe, die an diesem Abend kurz hintereinander die Leitstelle der Polizei in Göttingen erreichten. Der erste Anruf traf um exakt 18.42 Uhr ein. Der Anrufer war offensichtlich sehr aufgeregt.

„Peter Hildesheimer, mein Name. Bin auf der A7 Richtung Kassel. Hier fährt einer falsch … ein Geisterfahrer!"

„Geisterfahrer auf der A7 Richtung Süden, ich habe verstanden. Herr Hildesheimer, wo genau befinden Sie sich jetzt und wo haben Sie ihn gesehen?"

„A7 Richtung Kassel in Höhe der Raststätte Göttingen West. Der Falschfahrer kam aus der Einfahrt zum Rasthof heraus, aber entgegen der Fahrtrichtung, und fuhr rechts an mir vorbei auf dem Verzögerungsstreifen. Ein blauer Toyota, glaube ich. Auf jeden Fall mit Göttinger Kennzeichen."

„Danke, wir haben Ihren Notruf registriert und leiten entsprechende Maßnahmen ein. Falls wir noch einmal auf Sie zurückkommen müssen: Sagen Sie mir noch einmal Ihren Namen und Ihre Anschrift?"

„Peter Hildesheimer, Jacobistraße, Salzgitter-Bad."

Hildesheimer wollte schon auflegen, als er im Rückspiegel herumfliegende Autoteile bemerkte. „Oh, verdammt!", rief er ins Telefon. „... im Rückspiegel ... Irgendwas ist da passiert!"

Die Rettungskräfte trafen kurz vor sieben an der Unglücksstelle ein. Den Helfern bot sich ein unbeschreibliches Bild. Zwei der drei Fahrstreifen waren vollkommen blockiert. Auf dem dritten, ganz links, versuchten Autos vorbeizukommen, was aber wegen umherliegender Trümmerteile ebenfalls nahezu unmöglich war.

Ganz vorn konnten die Retter vier fast völlig zerstörte Pkw erkennen. Aber auch ein Sattelzug war in den Unfall verwickelt. Der am schlimmsten betroffene Wagen, ein VW Passat mit Kasseler Kennzeichen, war offenbar von dem Lkw an der Fahrertür erfasst und ein Stück weit mitgeschleift worden. Es gelang den Helfern nur mit schwerem Gerät, an den Fahrer heranzukommen. Sehr bald wurde es zur traurigen Gewissheit, dass für ihn jede Hilfe zu spät kam. Der voll beladene Truck hatte ihm keine Chance gelassen. Dessen Fahrer erlitt einen Schock und wurde, in eine Decke gehüllt, mit nur leichten Verletzungen von einem Sanitäter betreut.

Etwas zurück, ungefähr am Ende des Vierzigtonners, war der Falschfahrer in der Leitplanke liegen geblieben. Er war nicht angeschnallt gewesen und deshalb schwer verletzt worden, aber, wie sich bald herausstellte, mit dem Leben davongekommen. Aus den übrigen Fahrzeugen wurden insgesamt sechs Personen gerettet, einige lebensgefährlich, andere leichter verletzt. Sie wurden mit dem Hubschrauber und mehreren Rettungswagen nach Göttingen in die Uniklinik gebracht.

Der Lkw-Fahrer hatte später ausgesagt, dass der Geisterfahrer in dem Toyota zunächst auf den vor ihm fahrenden Passat aus Kassel zugerast war. Im letzten Moment sei er ihm aber ausgewichen und dann auf dem Standstreifen in der Leitplanke zum Stehen gekommen. Der Fahrer des VW hatte dabei sein Fahrzeug reflexartig nach links gelenkt, wurde dort jedoch von einem nachfolgenden Pkw erfasst und direkt vor den Vierzigtonner zurückgeschleudert. Der Trucker hatte nicht die geringste Chance zu reagieren.

Für den Kriminalhauptkommissar Hans Schrager von der Göttinger Polizei war das eine der Aufgaben, an die er sich auch nach nahezu vierzig Dienstjahren nicht gewöhnt hatte. Schlechte Nachrichten überbringen, das tat niemand gern. Auch heute hatten sich die jüngeren Kollegen wieder gedrückt. Früher hatte er sich gern einen örtlichen Pfarrer mitgenommen. Aber auch für die war so etwas alles andere als einfach. Das Verhalten in solchen Extremsituationen war nicht Teil ihrer Ausbildung. Inzwischen gab es deshalb überall Notfallseelsorger, die von Polizei oder Feuerwehr benachrichtigt werden konnten, in der Regel auch Pastorinnen und Pastoren, die sich freiwillig für die Aufgabe gemeldet hatten und entsprechend geschult waren. Auch heute wurde Kriminalhauptkommissar Schrager von der Notfallseelsorgerin Angela Surbrink begleitet, die normalerweise als Gemeindepfarrerin in Göttingen ihren Dienst tat. Sie kannten sich schon von verschiedenen Einsätzen. Wie gewöhnlich wurde unterwegs wenig geredet. Beide waren darüber informiert, dass es gleich darum gehen würde, einer Frau mitzuteilen, dass ihr Mann als Geisterfahrer auf der A7 einen schweren Unfall verursacht hatte.

Mit dem mulmigen Gefühl, das er schon so oft erlebt hatte, drückte Schrager auf den Klingelknopf des kleinen Reihenhauses im Göttinger Ortsteil Geismar, Kurmainzer Weg, eine, wie man so schön sagt, gutbürgerliche Gegend. Gepflegte kleine Vorgärten, teilweise mit

Rasen, manche auch modern mit Kies, entfernt an japanische Zen-Gärten erinnernd, interessanterweise aber alle mit Zäunen zur Straße hin abgegrenzt. My home is my castle, dachte Schrager und dieses Castle beginnt offenbar schon ein paar Meter vor der Haustür.

Lärm machte sie darauf aufmerksam, dass ein Nachbar auf dem Eckgrundstück, vom Alter her sicher bereits einige Zeit Rentner, gerade dabei war, eine Mülltonne auf den schmalen Bürgersteig zu stellen. Jetzt fiel ihnen auf, dass auch vor anderen Häusern der Straße schon Tonnen standen. Vielleicht kommt die Müllabfuhr hier am nächsten Tag schon sehr früh am Morgen, dachte Schrager.

Unvermeidlich in einer solchen Straße auch, dass gegenüber jemand neugierig aus dem Fenster schaute. Der Polizist kannte diese nachbarschaftliche Kontrolle aus seinem Heimatort Hattorf am Harz nur zu genau. Aber jetzt, in diesem Augenblick, war keine Zeit für Sentimentalitäten. In dem Haus, vor dem er und die Pfarrerin standen, würde bald nichts mehr so sein, wie es bisher war. Von jetzt auf gleich würde eine Welt zusammenbrechen.

Das erste Klingeln verhallte ungehört. Auch nach dem zweiten und dritten Läuten öffnete niemand.

„Da werden Sie jetzt kein Glück haben. Da ist niemand zu Hause", meldete sich der Nachbar mit der Mülltonne.

„Oh, tatsächlich? Entschuldigen Sie", erwiderte Schrager, „wir sind von der Polizei. Können Sie uns vielleicht Auskunft geben, wo wir Frau Boehn finden können? Wir müssten wirklich dringend mit ihr sprechen."

„Ach du meine Güte! Ist was passiert?" Das Gesicht des Nachbarn zeigte eine Mischung aus Neugier und Anteilnahme. Der Kommissar, ebenso wie die Pastorin, wusste, dass sich alles, was jetzt hier geschah, in der Straße wie ein Lauffeuer verbreiten würde. Aber das war im Moment nicht zu vermeiden. Sie mussten die Frau des Falschfahrers finden, unbedingt.

„Frau Boehn ist sicher bei der Arbeit. Und Herr Boehn ist auch nicht zu Hause. Ist am frühen Abend mit dem Auto weggefahren. Aber die Kinder müssten doch … Nein, wahrscheinlich hat er sie mitgenommen. Sie sind noch zu klein, um allein zu bleiben. Ja, ganz bestimmt. Er muss sie mitgenommen haben."

„Können Sie uns sagen, wo Frau Boehn arbeitet?"

„Ja, die Dörthe arbeitet in diesem großen Textilkaufhaus in der Weender Straße. Manchmal bis zehn Uhr abends, Sie verstehen, diese neumodernen Öffnungszeiten. Wenn Sie mich fragen, totaler Quatsch! Wer soll denn da um die Zeit noch …" Er hörte unvermittelt auf zu sprechen. Offenbar hatte er bemerkt, dass seine Ausführungen im Moment unpassend waren. Zufrieden, der Polizei geholfen zu haben, schaute er Schrager und Surbrink an.

„Vielen Dank, Herr …?"

„Gläser, Nikolaus Gläser, aber alle nennen mich natürlich nur Klaus, es sei denn, sie wollen mich ärgern. Aber wir sind ja nicht mehr in der Schule, Sie verstehen?"

Das will doch niemand wissen, dachte Schrager und ein Blick auf die Pastorin zeigte ihm, dass sie ähnlich dachte. Manche Menschen haben wirklich ein großes Mitteilungsbedürfnis.

„Vielen Dank", beendete der Hauptkommissar das Gespräch, „dann kommen wir vielleicht später noch einmal wieder."

Wieder im Auto wartete Schrager einen Moment, bevor er den Zündschlüssel umdrehte.

„Ich habe kein gutes Gefühl." Sorgenfalten legten sich auf sein Gesicht. „Bei dem Unfall waren definitiv keine Kinder in Boehns Auto. Hat die Mutter sie vielleicht anderswo untergebracht? Ich frag den Nachbarn noch mal."

Kaum hatte er den Satz beendet, war er wieder aus dem Wagen gesprungen.

„Herr Gläser, eine Frage noch. Sie sprachen von Kindern. Gibt es vielleicht noch Freunde oder Verwandte, wo die Kinder hingebracht worden sein könnten? Wie viele sind es eigentlich?"

„Zwei, ein Junge und ein Mädchen, drei und sechs, glaube ich. Ja manchmal bringt Dörthe die Kinder auch zu ihrer Mutter. Die wohnt aber nicht hier. Irgendwo in Weende. Mehr weiß ich leider nicht."

„Vielen Dank für Ihre Hilfe", verabschiedete sich Schrager nun endgültig.

„Zur Arbeitsstelle?" Angelika Surbrinks Frage war nur Formsache.

„Zur Arbeitsstelle! Natürlich! Und zwar so schnell es geht."

Ein Vorgesetzter hatte Dörthe Boehn geholt und in den Personalraum gebracht, in dem der Polizist und die Pastorin warteten. Im Verkaufsraum sollte es so wenig Aufsehen wie möglich geben. Deswegen hatten sie dem Abteilungsleiter auch nicht gesagt, worum es ging. Nicht von ihm sollte sie die Nachricht erhalten.

„Guten Abend, Frau Boehn", begann die Seelsorgerin. Sie reichte der Verkäuferin die Hand, die diese nur zögernd nahm. Stattdessen überfiel sie ihr Gegenüber mit einer gewissen Aggressivität, die Angela Surbrink in solchen Situationen nicht unbekannt war.

„Was ist hier eigentlich los? Warum holen Sie mich hierher? Sie sind von der Polizei? Was wollen Sie?" Ihre Stimme wurde immer lauter.

„Frau Boehn, wir haben keine gute Nachricht für Sie. Ihr Mann hatte einen Unfall auf der Autobahn", fuhr die Pastorin fort, wobei sie sich bemühte, sachlich und ruhig zu wirken.

„Auf der Autobahn? Wieso das denn? Mein Mann ist zu Hause, bei den Kindern." Boehns Ton wurde tatsächlich etwas weniger aufgebracht. Sie schien davon überzeugt zu sein, dass es sich um eine Verwechselung handeln müsse.

„Es tut uns leid", übernahm der Hauptkommissar jetzt das Wort, „aber es besteht kein Zweifel. Ihr Mann, Steffen Boehn, hat auf der A7 einen schweren Unfall verursacht, und zwar als Geisterfahrer. Er befindet sich jetzt im Uniklinikum. Er ist zwar erheblich verletzt, aber nicht lebensgefährlich, wie uns mitgeteilt wurde. Er war übrigens nicht angeschnallt. So etwas deutet gelegentlich auf einen Suizid hin."

„Steffen, Suizid? Geisterfahrer? Was? Nein! Das kann doch nicht … Oh Gott! Die Kinder. Waren die dabei?" Dörthe Boehns Augen hatten sich nun vor Angst und Schrecken geweitet.

„Nein, Ihre Kinder waren nicht im Auto. Sollte Ihr Mann auf sie aufpassen?", ergänzte der Hauptkommissar.

„Ja, sicher. Sie waren da, als ich zur Arbeit fuhr. Ich muss sofort nach Hause. Verdammter Mist! Was hat er jetzt wieder angestellt! In letzter Zeit gab es nur Streit. Wir wollen uns trennen, das heißt, ich will mich trennen, das hab ich ihm neulich erst gesagt. Seitdem ist er völlig neben der Spur."

Es folgte eine unwirkliche Pause. Dann sprang die Frau auf und rannte zur Tür. „Ich muss sofort nach Hause! Fahren Sie mich? Ich bin mit dem Bus hier."

Es dauerte nur eine kurze Zeit, bis sie das Reihenhaus der Boehns in Geismar erreichten. Kaum hatten sie angehalten, war Frau Boehn bereits in das Haus gestürzt. Schrager und Surbrink konnten nur mit Mühe folgen. Noch im Hausflur hörten sie aus der ersten Etage einen Schrei, den sie in seiner kreischend verzweifelten Art nie wieder vergessen würden. Er ging im wahrsten Sinne durch Mark und Bein. Es war der Schrei einer Mutter, der das Schlimmste passierte, was Menschen sich vorstellen können. Voll düsterer Vorahnungen stürzten der Polizist und die Seelsorgerin die Treppe hinauf. Das Bild, das sich ihnen bot, war unbeschreiblich. Im Badezimmer fanden sie das ältere der beiden Kinder, die sechsjährige Tochter. In ihrem Erbrochenen lag sie auf dem Fliesenboden, völlig regungslos. Schrager schubste die Mutter zur Seite. Sie wurde von Surbrink aufgefangen, die gleichzeitig den Notarztwagen rief. Zeigte das Mädchen noch Lebenszeichen? Vielleicht! Schnell zog der Kommissar sich Latexhandschuhe über, dann reinigte er den Mund des Kindes. Danach mit einem Waschlappen auch Nase und Gesicht. Schließlich begann er mit Reanimierungsversuchen, Beatmen und Herzmassage, wie er es gelernt hatte. Es dauerte eine schier endlose Zeit, bis das Mädchen plötzlich letzte Reste von Erbrochenem aushustete. Schrager legte es in eine stabile Seitenlage und lehnte sich erschöpft an die Badewanne.

Als er aufsah, bemerkte er, dass weder Frau Boehn noch die Seelsorgerin mehr im Badezimmer waren. Stattdessen hörte er herzzerreißendes Schluchzen aus einem Nebenraum. Die Mutter hatte sich aus den Armen von Angela Surbrink losgerissen und war ins Kinderzimmer gelaufen. Als Schrager den Geräuschen folgte, sah er, dass dort der dreijährige Sohn auf dem Boden lag. Er schien tief zu schlafen. Aber bei ihm war kein Fünkchen Leben mehr zu erkennen. Auch hatte er sich im Gegensatz zu seiner Schwester nicht übergeben. Dennoch versuchte der Kommissar zu helfen. Aber für den kleinen Jungen war es zu spät. Resigniert ließ Schrager sich schließlich auf den Boden fallen. Die heile Welt der Boehns war zerbrochen, wenn es sie überhaupt zuletzt noch gegeben hatte. In diesem Haus hat sich eine Familientragödie unvorstellbaren Ausmaßes abgespielt, dachte Schrager, während er von der verzweifelten Mutter zur Seite gestoßen wurde, die sich über ihr Kind warf.

Der Hauptkommissar fühlte sich vollkommen leer. Nur noch am Rande bekam er mit, wie Notarzt und Rettungssanitäter in die Wohnung kamen und von Surbrink ins Badezimmer geführt wurden. Es dauerte gar nicht lange, bis das Mädchen hinausgetragen wurde.

„Wir bringen sie ins Uniklinikum“, teilten sie Surbrink kurz mit. Und an Schrager gerichtet: „Sie haben dem Kind das Leben gerettet. Gratulation. Scheint übrigens eine Vergiftung zu sein. Tabletten, wenn ich die Schachteln dort auf dem Tisch und auf der Erde richtig deute.“ Ebenfalls auf dem Boden lag ein Trinkglas mit Resten einer gelben Flüssigkeit, vermutlich Orangensaft. Am Rand hatte sich eine weißliche Schicht abgesetzt. „Sie sollten die Spurensicherung kommen lassen. Die Sache hier muss genauer untersucht werden“, ergänzte der Arzt.

Kapitel 4

Ostwestfalen – Gegenwart

Am Montagmorgen trafen sich alle Mitglieder der Mordkommission im Besprechungszimmer zur routinemäßigen Sitzung.

„Guten Morgen, zusammen“, begann ihr Chef, der Erste Kriminalhauptkommissar Frank Sommer. „Alle schon eingetroffen?“ Er blickte neugierig in die Runde. Die beiden Kommissare Karsten Linnemann und Marina Burmann, zu seiner Rechten sitzend, sah er zuerst. Sie waren die Jüngsten im Team und von ihrem Dienstgrad her noch auf der untersten Stufe. Zu seiner Linken, nicht zu übersehen, die Oberkommissarin Anna Tomczyk. Aus Polen stammend hatte sie einen leichten Hang zur Grandezza, was sich vor allem in ihrer Vorliebe für hochhackige Schuhe und ihrem Auftreten ausdrückte. Wer sie nicht kannte, vermutete gern italienisches Blut in ihr. Kriminaldirektor Wende, ihnen allen, auch Sommer, vorgesetzt und mit seinen gut sechzig Jahren erkennbar älter als der Leiter der Mordkommission, verglich sie gelegentlich mit Milva oder Sophia Loren. Sommer fand diesen Vergleich jedoch nicht so ganz passend, weil die Oberkommissarin trotz ihrer Stöckelschuhe und engen Jeans mit beiden Beinen fest und ziemlich sicher auf der Erde stand. Niemand sollte sich von den Äußerlichkeiten täuschen lassen. Sie konnte ungemein taff sein, weshalb sie auch so gut mit ihrem direkten Partner Pit Schwameyer auskam, der als Letzter am Tisch Platz genommen hatte. Pit war oftmals etwas brummig und vor allem Frauen gegenüber nicht immer sehr galant. Wenn er zu sehr den Macho heraushängen ließ, holte Tomczyk ihn in aller Regel umgehend wieder zurück, was er meist ohne Murren hinnahm. Im privaten Umfeld übernahm diesen Part seit einiger Zeit seine neue Lebensgefährtin Susanne Mühlmann, eine Rechtsanwältin für Strafrecht. Die beiden hatten sich vor gut einem Jahr bei ihrem gemeinsamen Hobby kennengelernt, dem Motorradfahren. Pikanterweise trafen sie bei einem damaligen kniffligen Fall auch dienstlich aufeinander, pikant deshalb, weil Pit seine neue Liaison zunächst erfolgreich geheim gehalten hatte. Aber dann waren sie sich unvorbereitet auf der Treppe des Präsidiums begegnet, sozusagen auf der ganz großen Bühne. Mühlmann hatte eine Mandantin begleitet, die von Sommer und Schwameyer als Zeugin geladen war. Nach der ersten Überraschung war Pit das aber ganz recht gewesen. Schließlich hatten er und Susanne nichts zu verheimlichen.

„Wenn alle versammelt sind, dann können wir ja loslegen", befand Sommer. „Was lag am Wochenende an? Karsten und Marina, ihr hattet Bereitschaft."

„Ja, stimmt", begann Linnemann, „wir hatten Dienst. Der Sonntag war ruhig, nichts, was uns zu interessieren hätte. Aber am Samstag gab es etwas, was uns sicher noch weiter beschäftigen wird."

„Ihr meint diesen Selbstmord", mischte Pit sich sofort ein. „War das nicht da, wo du wohnst? In Werther?"

Prompt bekam er von Anna einen Rippenstoß. „Lass ihn doch ausreden und gewöhn dir endlich an, dass es Suizid heißt." Pit sah sie mitleidig an und tat dabei so, als ob er sich übergeben müsse. Dann blickte er wieder Karsten an und zwitscherte mit einer schleimig seidenweichen Stimme: „Dann erzähl doch, was an diesem Selbst... äh ... Suizid so Besonderes war."

„Pit, nun hör endlich auf." Auch Sommer war es zu viel. „War dein Wochenende so schlecht? Oder warum musst du hier so rummosern? Karsten, bitte, wenn du weitermachen möchtest?"

„Ich möchte! - An diesem Suizid erschien zunächst nichts besonders zu sein. Bei der Toten handelt es sich um eine gewisse Dörthe Langer, Dörthe mit ‚th'. Achtunddreißig Jahre. Sie wohnt beziehungsweise wohnte in Werther im Schlesierweg, und das ist tatsächlich ganz in der Nähe meiner Wohnung. Wir fanden sie auf dem Dachboden des Hauses, in dem sie lebte, ein Vierfamlienhaus übrigens."

Ausführlich erzählte Karsten weiter, was er und Marina erlebt hatten. Dabei ging er besonders auf die Auffindesituation ein und auf die erste Besichtigung der Wohnung. Unterstützt wurde er von Burmann, die über den Beamer an der Decke des Sitzungszimmers entsprechende Bilder an die Stirnwand des Raumes projizierte.

Noch bevor sie jedoch zu der eigentlichen Problematik des Falles kommen konnten, unterbrach Frank Sommer sie, der bei längeren Vorträgen manchmal etwas ungeduldig werden konnte: „Was wissen wir eigentlich über diese Frau, ihr Umfeld, ihre Familie? Gibt es einen Mann?"

Burmann projizierte jetzt ein Bild der Verstorbenen aus dem Melderegister an die Wand. „Nein, soweit wir bisher wissen, gibt es keinen Mann. Auch konnten wir noch keine sonstigen Familienangehörigen ausfindig machen. Das heißt, mit einer Ausnahme. Eine Mitbewohnerin im Haus hat uns erzählt, dass die Tote eine minderjährige behinderte Tochter habe, die aber rund um die Uhr betreut werden müsse. Deshalb wohne sie in einem Pflegeheim in Bethel. Wir haben das noch nicht nachgeprüft. Das wird unsere nächste Aufgabe sein und natürlich die Suche nach weiteren Angehörigen. Die Tochter heißt nach Auskunft besagter Nachbarin Mia und soll dreizehn Jahre alt sein. Eventuell hat sie gelegentlich auch bei der Mutter übernachtet. Jedenfalls gibt es in der Wohnung ein vollständig eingerichtetes Kinderzimmer, das jedoch insgesamt einen eher unbenutzten Eindruck machte, als wir es am Samstag kurz begutachtet haben. Übrigens: Die Wohnung wurde versiegelt, damit sich die Spurensicherung heute alles genau ansehen kann."

„Die Spurensicherung kommt noch? Und ihr wart da schon drin? Wenn das Claudia rausbekommt ..." Pit war wieder in seinem Element und mit Claudia Bruning, der Leiterin der Kriminaltechnik, war in der Tat nicht zu spaßen.

„Und überhaupt ...", nahm Anna Tomczyk den Gedanken ihres Kollegen auf. „Spurensicherung bei einem Suizid? So viel Aufwand? Habt ihr da irgendwelche Bedenken?"

„Ja, in der Tat", übernahm Karsten. „Schon der Notarzt hatte so merkwürdige Andeutungen gemacht und Marina war doch vor Kurzem bei diesem Fortbildungsseminar zu ungewöhnlichen Suizidfällen, die oftmals unentdeckte Tötungsdelikte seien. Aber Marina, erzähl doch selbst."

„Ja, das war wirklich ziemlich merkwürdig." Burmann machte ein sehr ernstes Gesicht und ging mit einem Filzstift an das Whiteboard neben der Projektionsfläche für den Beamer. „Aber bevor ich irgendetwas erzähle, will ich gleich sagen, dass es noch neben der Leiche einen sehr hässlichen Streit mit Lakefeld gab, der meine Bedenken mit dem Hinweis auf seine jahrzehntelange Kompetenz kurzerhand wegwischte. Im Übrigen scheinen er und der Referent meines Fortbildungsseminars, Professor Johannes Pfeiffer aus Münster, so etwas wie Intimfeinde zu sein."

„Ach, dieser Pfeiffer hat dein Seminar geleitet?" Pit schien sich nun doch für den Fall zu interessieren. „Wenn du das dem Lakefeld gesteckt hast, wundert es mich nicht, dass der so empfindlich reagiert hat. Pfeiffer wettert seit Jahren, dass es in Bielefeld keine Gerichtsmedizin geben dürfe. Schließlich gäbe es an der Uni hier auch keine medizinische Fakultät, was nebenbei bemerkt in letzter Zeit wieder einmal lautstark gefordert wurde. Bisher konnte Pfeiffer sich mit seiner Position nicht durchsetzen. Lakefeld ist schließlich schon seit Urzeiten hier tätig. Wenn er aber nächstes Jahr in den wohlverdienten Ruhestand geschickt wird, dürften die Karten neu gemischt werden." Dann sah Pit Marina direkt an: „Habe ich das richtig verstanden? Unser Oberforensiker geht von Suizid aus und du hast Zweifel?"

„Ja, exakt so ist es", fuhr Burmann sachlich fort. So kurz wie möglich und so detailliert wie nötig erläuterte sie die sich aus den insgesamt drei Strangfurchen ergebende Vermutung, dass hier ein Suizid vorgetäuscht worden sein könnte.

„Genau das habe ich Lakefeld am Samstag auch gesagt", schloss sie ihren Vortrag, „und genau das brachte ihn auf die Palme. Aber egal, am Ende hat er, wohl in der sicheren Überzeugung, recht zu behalten, in eine genaue Obduktion eingewilligt. Die soll heute stattfinden. Ich rechne mit einem Ergebnis vielleicht noch heute Abend, sonst morgen früh."

„Nun denn", fasste Sommer das Gesagte zusammen. „Das werden wir ja sehen. War sonst noch irgendetwas Interessantes dabei? Einen Abschiedsbrief gab es wohl nicht? Sonst hättet ihr das sicher schon erwähnt, oder?"

„Nein, bei unserer ersten Durchsuchung der Wohnung haben wir nichts gefunden und am Tatort auf dem Dachboden war ohnehin nichts. Total leer, nicht das kleinste Gerümpel."

„Ob es ein Tatort ist, wissen wir noch nicht", fühlte Pit sich bemüßigt anzumerken.

„Aber wenn es was Schriftliches gibt", fuhr Marina unbeeindruckt fort, „wird Claudia Bruning es mit ihrer Spurensicherung bestimmt finden. Da können wir wohl ganz beruhigt sein." Wieder zustimmendes Gemurmel. Alle kannten die überaus korrekte und kompetente Arbeitsweise der taffen Clau, wie sie im Präsidium allgemein genannt wurde.

„Okay", schloss Frank diesen Teil der Besprechung. „Karsten und Marina, ihr arbeitet weiter an dem Fall. Morgen früh weitere Ergebnisse in der Morgenbesprechung. Oder nein, besser ausnahmsweise erst gegen Mittag, sagen wir um halb zwölf. Vielleicht liegt bis dahin Lakefelds Bericht vor." Sommer machte eine kleine Pause. Dann fuhr er fort: „Zu den weiteren Fällen. Anna, was macht die Sache mit dem Messerstecher vom Jahnplatz? Gibt es da schon Ergebnisse? Konntest du ihn endlich festnageln?"

„Ja, wir haben ihn im Kasten. Pit hat mir dabei übrigens sehr geholfen. Dieses elende Bürschchen ließ sich von unserem Ober-Macho-Bullen tatsächlich mehr beeindrucken als von mir."

„Hört, hört!", kommentierte Pit triumphierend.

Mit einem Grinsen im Gesicht wollten sich die vier bereits wieder an ihre Arbeit machen, als Frank Sommer sie noch einmal zurückrief.

„Halt! Stopp! Einen Moment bitte noch. Etwas Privates. Ihr habt alle schon die Einladung zu meinem Fünfzigsten am nächsten Samstag erhalten. Fete auf der Partydeele Maaß in Werther. Das Wetter sieht gut aus. Irgendjemand, der nicht dabei ist?"

„Was passiert, wenn man nicht kommt?", wollte Anna süffisant wissen.

„Abruptes Karriereende, versteht sich! Was dachtest du denn?" Frank machte ein gewollt ernstes Gesicht, was aber vollkommen misslang. Stattdessen platzte ein Lachen aus ihm heraus.

„Oh, wenn das so ist, dann bitte Anwesenheitskärtchen ausfüllen und einen entsprechenden Eintrag in die Personalakte: ‚Anna Tomczyk hat am fünfzigsten Geburtstag ihres Chefs mit großer Freude teilgenommen'." Und etwas ernster fügte sie hinzu: „Natürlich Frank. Wir sind alle da!" Die Übrigen bekräftigten das. Pit sogar mit Schulterklopfen. „Diese Ermittlungsgruppe hält zusammen, wenn es darauf ankommt."

Kapitel 5

Göttingen 2007

An diesem Abend war an eine Befragung von Dörthe Boehn nicht mehr zu denken. Die Notfallseelsorgerin fuhr mit ihr und der überlebenden Tochter Mia im Unfallwagen ins Klinikum. Am nächsten Tag wollte Schrager einen ersten Versuch machen, mit der Mutter zu sprechen. Vielleicht müsste das aber auch noch etwas länger warten.

Nachdem der Rettungswagen abgefahren war, rückten Gerichtsmediziner und Spurensicherung an. Unter dem Eindruck dessen, was sie hier sahen, taten alle ihre Arbeit mit äußerster Konzentration und in nahezu vollkommener Ruhe. In diesem Haus hatte eine Familientragödie stattgefunden, das war allen klar. Die genauen Umstände blieben aber noch im Dunkeln. In einem vorläufigen mündlichen Bericht machte der Forensiker klar, dass der erste Eindruck des Notarztes vollkommen zutreffend gewesen ist. Die Kinder waren mit Tabletten vergiftet worden. Wie groß die Menge war, ließ sich nur schätzen. Die Spurensicherung hatte insgesamt drei Schachteln unterschiedlicher verschreibungspflichtiger Mittel gefunden, zwei Schachteln Lormetazepam, ein Schlafmittel, dazu eine Packung eines Antidepressivums. Die Schachteln mit Schlaftabletten enthielten ursprünglich jeweils zehn Stück, die Packung mit dem Stimmungsaufheller fünfzig. Alle waren leer. Wie viele von den Pillen den Kindern verabreicht wurden, war natürlich nur schwer einzuschätzen, da niemand sagen konnte, ob in den Packungen schon Tabletten gefehlt hatten. Dennoch ist nicht auszuschließen, dass hier jemand planmäßig die Tötung der Kinder vorbereitet hatte, schoss es dem Hauptkommissar durch den Kopf. Er wagte diesen Gedanken kaum zuzulassen. Eines war jedenfalls für ihn schon jetzt gewiss: Die Kinder hatten die Tabletten auf keinen Fall selbstständig oder aus Versehen zu sich genommen. Das war auszuschließen. Aber wer hatte sie ihnen dann verabreicht? Die Mutter? Nein, das konnte Schrager sich nicht vorstellen. Natürlich gibt es gelegentlich Mütter, die ihre Kinder töten, dachte er. Die Gerichtspsychologen ließen sich immer wieder detailliert über die Hintergründe solcher Taten aus. Das alles aber, davon war Schrager überzeugt, traf hier nicht zu. Dörthe Boehn war vollkommen überrascht und aufrichtig verzweifelt gewesen.

Nein, für die Tat an den Kindern kam in erster Linie der Vater infrage und das nicht zuletzt wegen der Geisterfahrt auf der Autobahn. Bei der Unfallfahrt konnte es sich ohne Weiteres um einen missglückten Suizidversuch nach der Tötung der Kinder handeln. Das würden sie noch näher zu klären haben. Die Tabletten waren in Orangensaft aufgelöst worden. Am Glas gab es Fingerabdrücke. Wenn sie von Boehn stammten, könnte das ein Hinweis auf seine Täterschaft sein, aber vielleicht auch nicht. Steffen Boehn lebte schließlich in der Wohnung.

„Was ich merkwürdig finde", unterbrach der Gerichtsmediziner den Hauptkommissar in seinen ersten Analysegedanken, „ist, dass eines der Kinder sich erbrochen hat. Ich habe den Auswurf sichergestellt und werde darin garantiert die entsprechenden Medikamente finden. Aber ich frage mich, wer das Mädchen zum Erbrechen gebracht hat. Dass das von allein geschehen sein könnte, halte ich für sehr unwahrscheinlich. Bei dem Jungen werde ich deshalb sehr genau hinsehen, ob dort ähnliche Versuche unternommen wurden, die aber fehlgeschlagen sind, weil er wegen der deutlich geringeren Körpergröße schon tot war. Was ich meine, lieber Kollege Schrager, rechnen Sie damit, dass hier irgendjemand versucht hat, nachträglich das Schlimmste zu verhindern. Und bei dem sechsjährigen Mädchen scheint das auch gelungen zu sein. Obwohl, unter uns, es kommt darauf an, wie lange das Gehirn zwischenzeitlich ohne Sauerstoff war. Wenn ich Sie richtig verstanden habe, wurde es von Ihnen reanimiert. Das war in jedem Fall richtig. Aber ..." Er unterbrach sich selbst und machte dabei ein sorgenvolles Gesicht. Dann fuhr er in ernstem Tonfall, langsam, fast bedächtig fort: „Was ich sagen will: Das Mädchen könnte trotz allem auf Dauer behindert bleiben. Trotz der Maßnahmen, die Sie und der noch Unbekannte ergriffen haben."

Kommissar und Gerichtsmediziner sahen einander tief betroffen an und mussten schwer durchatmen. Bei aller inneren Beteiligung galt es jetzt die professionelle Distanz zu wahren, um sorgfältig ermitteln zu können.

Die Hoffnung auf eine schnelle Befragung Dörthe Boehns und ihres Ehemanns wurde nicht erfüllt. Besonders bei Steffen Boehn sollte es noch sehr lange dauern. Neben den körperlichen Verletzungen war er psychisch so sehr mitgenommen, dass er mit Medikamenten ruhig gestellt worden war. Wenigstens Frau Boehn sollte aber alsbald interviewt werden.

Am übernächsten Tag fuhren deshalb Hans Schrager und Beate Reiser, eine jüngere Oberkommissarin, zum Kurmainzer Weg in Geismar.

Sofort als sie in die kleine Seitenstraße einbogen, sahen sie eine Traube von Menschen vor dem Haus. Einige waren mit Kameras bewaffnet. Presse und Fernsehen hatten sich auf der Straße postiert und warteten auf berichtenswerte Ereignisse. Die Polizisten erkannten vor allem Vertreter der Privatsender, aber auch das Team eines bekannten Boulevardmagazins im ersten Fernsehprogramm. Um zum Haus zu gelangen, mussten sich die beiden ihren Weg durch die Journalisten bahnen, die ihnen ihre Mikrofone hinhielten.

„Herr Kommissar, können Sie uns etwas sagen? Was genau ist hier eigentlich passiert? Wie geht es den Kindern?"

Woher haben die nur immer so schnell ihre Informationen, dachte Schrager. Von den Kindern hatten sie bisher offiziell nichts verlauten lassen.

„Kein Kommentar! Wenden Sie sich an die Pressestelle!" Schrager war sichtlich verärgert. Natürlich, dachte er, hat die Öffentlichkeit ein Recht auf Information. Aber in Fällen wie diesen war der Schutz der Privatsphäre deutlich höher anzusetzen. Überall da, wo Werbeeinnahmen den Etat sicherstellten, wurde die Qualität ausschließlich an der Einschaltquote gemessen und blieb die Rücksichtnahme gegenüber Menschen wie den Boehns auf der Strecke, damit sich ein geiferndes Publikum am Leid anderer erfreuen konnte. Und die Öffentlich-Rechtlichen glauben mithalten zu müssen. Die Fernsehwelt verstand Schrager schon eine ganze Weile nicht mehr. Am meisten ärgerte er sich aber über Kollegen bei der Polizei, die sich gern um des schnellen Euros willen als Informanten anboten. Offenbar hatte das auch in diesem Fall wieder für einen reibungslosen Informationsfluss gesorgt.

Jetzt hatten die beiden Kommissare das Grundstück erreicht und gingen durch die Gartenpforte. Wenigstens blieben die Medienleute nun auf der Straße zurück. Hausfriedensbruch trauten sie sich in Gegenwart von Polizisten offenbar doch nicht.

Nach dem Klingeln an der Haustür öffnete ihnen eine unbekannte Frau, die sich als Dörthe Boehns Mutter, Maria Langer, vorstellte. Sie könne ihre Tochter jetzt auf keinen Fall allein lassen, sagte sie. Natürlich nicht, dachten die beiden Beamten.

Für Schrager war es recht beklemmend, wieder in diesem Haus zu sein. Zum Glück brauchten sie nicht in die obere Etage zu gehen, dorthin, wo die Kinder gefunden worden waren. Wie es dort wohl jetzt aussah? Die Spurensicherung hatte ihre Arbeit erledigt und die Räume freigegeben. Hatte die Mutter eventuell schon ein wenig aufgeräumt?

Im Wohnzimmer trafen sie auf Frau Boehn, die um Jahre gealtert schien. Ihre Haut wirkte grau und fahl. Die Gesichtszüge waren eingefallen. Auch die Kleidung hatte sie deutlich vernachlässigt, ganz im Gegensatz zur ihrem Outfit vor ein paar Tagen im Kaufhaus, bei der Arbeit.

„Frau Boehn, glauben Sie, dass Sie uns einige Fragen beantworten können?", wandte sich der Hauptkommissar mit großer Empathie an sie. Die Frau nickte kaum merklich.

„Das ist übrigens meine Kollegin Oberkommissarin Beate Reiser", fuhr Schrager fort. „Was wir beide von Ihnen möchten, ist eine möglichst genaue Beschreibung dessen, was sich ereignet hat, bevor Sie an dem besagten Nachmittag das Haus verließen und zur Arbeit fuhren. Glauben Sie, dass Sie das schaffen? Ich weiß, es ist nicht leicht, sich daran erinnern zu müssen."

„Müssen Sie das wirklich aufwühlen?", fragte Maria Langer besorgt. „Sie sehen doch, dass es meiner Tochter nicht gut geht."

„Ach Mama, lass mal. Es ist schon okay. Ich schaff das. Die Kollegin des Kommissars, diese Pastorin, die neulich auch hier war – mit der hab ich schon über die Sache gesprochen. Es sei wichtig, hat sie gesagt, immer wieder darüber zu reden, damit es sich nicht festsetzt und dann traumatisch wird, oder so ähnlich jedenfalls."

„Ja, das stimmt", bestätigte Schrager. „Aber sagen Sie unbedingt, wenn es Ihnen zu viel wird. Wir brechen dann sofort ab. Im Übrigen können wir auch Frau Surbrink fragen, wenn Sie ihr schon alles erzählt haben."

Es entstand eine kurze Pause, in der sich Dörthe Boehn offenbar sammelte, bevor sie anfing, den Verlauf des Nachmittags zu schildern.

„Ich bin so gegen halb vier aus dem Haus gegangen, damit ich pünktlich zur Arbeit kam. Die beginnt um vier. Normalerweise gehe ich schon etwas eher, aber an diesem Nachmittag ging das nicht so einfach. Mein Mann und ich hatten uns mal wieder heftig gestritten. Das kam, ehrlich gesagt, in letzter Zeit ziemlich oft vor. Unsere Ehe war im Grunde schon eine ganze Weile am Ende. Vor einigen Wochen habe ich dann die Scheidung eingereicht, aber er wollte das nicht akzeptieren. Vor allem am Anfang ist er ziemlich laut geworden. Einmal hat mich sogar eine Nachbarin darauf angesprochen. Sie verstehen, so ganz im Vertrauen, hatte sie gesagt. Verdammt, das war so peinlich! Zuletzt war er allerdings etwas ruhiger geworden. Ich dachte schon, er würde einlenken. An dem schrecklichen Nachmittag jedoch fing es wieder an, wie aus heiterem

Himmel." Immer wieder unterbrach sich Dörthe Boehn selbst. Sie kämpfte mit ihren Tränen und musste heftig schlucken.

„Es gab demnach keinen konkreten Anlass?"

„Nein, nicht direkt, oder doch? Ich weiß nicht. Es ging um die Kinder. Seit einiger Zeit ritt er auf diesem Thema herum. Ich sei ihm völlig egal, sagte er mir frech ins Gesicht. Von ihm aus könne ich verrecken! Das hat er wirklich so ausgedrückt, ich könne verrecken."

Dörthe Boehn schlug die Hände vors Gesicht und musste sich erneut sammeln, bevor sie weitersprach.

„Aber dann kam es noch schlimmer. Er sagte, dass er die Kinder auf keinen Fall bei mir lassen würde. Er würde sie nehmen und niemand sonst. Ich sei unzuverlässig, hat er gesagt, und total ungeeignet, mich um die Kinder zu kümmern. So, wie ich sie erziehe, könne aus ihnen absolut nichts werden. Mia und Felix gingen vor die Hunde. Das dürfe er nicht zulassen und das würde er auch nicht. Er hätte schon mit einem Anwalt gesprochen, der ihm gesagt habe, dass er in jedem Fall gute Chancen hätte, die Kinder zu bekommen. Steffen war vollkommen überzeugt davon, dass er vor Gericht gewinnen würde. Ich solle ihm Mia und Felix deshalb am besten freiwillig überlassen. Und das Haus wollte er natürlich auch haben. Mit den Kindern brauche er mehr Platz. Ich könnte mir irgendeine kleine Wohnung suchen, wenn ich schon unbedingt abhauen wollte. Das sei dann nicht mehr sein Problem."

Beate Reiser, Schragers Kollegin, nutzte eine erneute Pause zu einer Zwischenfrage: „Das Haus, wem gehört das eigentlich?"

„Mir und meinem Mann zu gleichen Teilen. Aber ganz ehrlich, der kann es doch gar nicht allein unterhalten. Wir haben immer noch fast neunzigtausend Euro Schulden. Das kann er nicht bezahlen. Was glauben Sie denn, warum Steffen überhaupt zu Hause war, an diesem Nachmittag. Er ist doch schon beinahe ein Jahr arbeitslos."

Schrager hob bei dieser Information eine Augenbraue.

„Was hat er vorher gemacht?", fragte er.

„Metallfacharbeiter. Hatte sich zum Leiter einer Abteilung hochgearbeitet. Aber dann ging die Firma pleite und er saß mit zweihundert anderen auf der Straße. Die meisten, glaube ich, haben schon wieder was Neues gefunden.

„Ihr Mann aber nicht."

„Nein, der nicht!"

Aus Dörthe Boehns Worten klang eine Mischung aus Verzweiflung, Wut und Traurigkeit. Sicher die Folge einer langen Zeit der Desillusionierung, dachte Schrager. Er kannte diese Gemengelage der Gefühle. Oft genug hatte er sie in all den Dienstjahren erlebt.

„Können Sie sich das erklären, ich meine, dass er noch nichts wieder gefunden hat?", wollte Schrager wissen.

„Ja, kann ich. Er hat alles nur sehr schwer verkraftet und dann wurde er schließlich depressiv. Das war richtig schlimm. All die Psychopharmaka und Schlaftabletten, die in unserem Haus waren – mir haben die nicht gehört, das waren seine. Aber der Scheißkerl hat sie kaum genommen, er sei nicht krank, hat er immer geschrien. Regelrecht rumgetobt hat er, wenn ich ihn darauf angesprochen habe. Er brauche keine Tabletten. Er brauche Arbeit. Aber dass er sich gekümmert hätte, kein Stück! Schließlich hatte er auch mit dem Arbeitsamt richtig Ärger. Sogar die Zahlung des Arbeitslosengeldes wurde unterbrochen, weil er sich nicht um neue Stellen beworben hatte, die ihm angeboten wurden. Auch hier im Haus hätte es genug zu tun gegeben, aber Steffen saß immer nur rum. Und nun das ..."

Mitten im Satz hörte Dörthe Boehn auf zu reden. Stattdessen brach sie in einen lang anhaltenden Weinkrampf aus. Schrager und Reiser wussten, dass das Gespräch nun zu Ende war. Auch Frau Langer sah sie flehentlich an. Mutter und Tochter lagen sich in den Armen. Dennoch wagte es Schrager, Maria Langer zu bitten, ihm im Flur noch ein paar kurze Fragen zu beantworten. Sie folgte ihm widerwillig.

„Tut mir leid, wenn ich Sie jetzt von Ihrer Tochter weghole. Aber es ist, denke ich, zu Ihrer beider Besten. Draußen, die Meute der Medien - wie lange belagern die schon ihr Haus?" Der Hauptkommissar zeigte mit der Hand Richtung Straße.

„Gestern Nachmittag standen die ersten vor der Tür und klingelten Sturm. Als ich aufmachte, ich wusste ja gar nicht, wer da war, blickte ich direkt in die Linse einer Kamera und ein Mikrofon wurde mir unter die Nase gehalten. Vor Schreck hab ich die Tür sofort wieder zugemacht."

„Und wie haben die Medienleute reagiert?"

„Durch die geschlossene Tür hörte ich, wie die Reporterin vermutlich bei laufender Kamera etwas in ihr Mikrofon sagte, so hörte sich das jedenfalls für mich an."

„Konnten Sie verstehen, was da gesprochen wurde?"

„Teilweise. Irgendetwas von Ablehnung, die ihnen hier entgegenschlüge, und ob es in diesem Haus vielleicht noch andere Geheimnisse gäbe, die nicht an die Öffentlichkeit kommen sollten."

Schrager presste unwillkürlich die Lippen aufeinander. Auch Beate Reiser stand schockierte Anteilnahme ins Gesicht geschrieben.

„Wenn wir Ihnen irgendwie helfen können - also Hausfriedensbruch geht nicht! Und das umfriedete Grundstück gehört zum Haus." Aus Reisers Worten sprachen Anteilnahme und Hilflosigkeit gleichermaßen.

„Ich würde meine Tochter am liebsten mit zu mir nach Weende nehmen. Da hätten wir dann vielleicht mehr Ruhe, jedenfalls solange, bis die Meute da draußen das ebenfalls rauskriegt. Aber Dörthe will nicht. Und außerdem kommen wir, fürchte ich, gar nicht unerkannt aus dem Haus. Einer von denen war wohl sogar die ganze Nacht da."

„Wo genau wohnen Sie, wenn ich fragen darf? Wenn Sie hier nicht mehr sind, müssen wir natürlich wissen, wo Sie geblieben sind."

„Springstraße. Das ist im alten Kern von Weende." Sie gab den beiden Polizisten zusätzlich ihre Telefonnummer, die ihr ihrerseits ihre Karten überreichten, mit der dringlichen Bitte, sie jederzeit anzurufen, wenn etwas Wichtiges passierte.

Auf der Straße mussten sich Schrager und Reiser erneut den Weg durch die Journalisten bahnen, die sofort wieder auf sie zugestürzt kamen.

„Verdammt, habt ihr nichts Besseres zu tun, als hier nutzlos herumzulungern?" Schrager konnte jetzt seinen Ärger nicht mehr zügeln.

Als sie gerade wieder in ihr Auto einsteigen wollten, sah der Hauptkommissar, dass der Nachbar, mit dem er schon einmal gesprochen hatte, in seinem Vorgarten hantierte. Zur Überraschung von Beate Reiser stieg Schrager wieder aus dem Dienstwagen aus und ging Richtung Nachbar. Als Reiser ihrem Kollegen folgte, bemerkten beide, dass auch die Medienmeute darauf aufmerksam geworden waren.

„Hallo Herr … Gläser, so war doch der Name?"

„Ja, Nikolaus Gläser, Herr Kommissar, was kann ich für Sie tun? Kommen Sie doch ruhig herein." Der Polizist sah im Gesicht des Angesprochenen vor allem Neugier. Und offenbar hatte er das Gefühl, wichtig zu sein.

„Sie hatten uns doch erzählt, dass Steffen Boehn an dem besagten Abend mit dem Auto weggefahren sei. Können Sie sich noch an die genaue Zeit erinnern?", fragte Schrager, als er nahe genug herangekommen war.

Gläser dachte angestrengt nach: „Ja, wie war das doch noch? Das erste Mal, das war wohl so zwischen halb fünf und fünf am Nachmittag. Ich war gerade erst nach draußen gegangen, um den Rasen zu mähen. Kurz nach halb fünf, das dürfte hinkommen."

„Entschuldigung, Sie sagten ‚das erste Mal'. Wie darf ich das verstehen?"

„Na ja. Der Boehn kam später noch einmal zurück. Ist dann aber doch wieder weggefahren. Wenn Sie das genauer wissen wollen, müssen Sie meine Frau fragen, die hat das nämlich beobachtet, nicht ich."

„Und Ihre Frau? Ist die jetzt zu Hause?"

„Ja sicher. Kommen Sie doch mit ums Haus herum nach hinten. Ich geh mal vor."

Schrager und Reiser sahen sich etwas verdutzt an, folgten dann aber ohne Weiteres Nikolaus Gläser in den hinteren Garten. Auf der Terrasse saß eine etwas füllige Frau mit einer Tasse Kaffee. Sie blickte verdutzt auf, als die fremden Menschen in ihr Reich eindrangen.

„Helga, darf ich dir diese Polizisten vorstellen?" Frau Gläser stand schwerfällig auf.

„Entschuldigen Sie", sagte der Hauptkommissar. „Mein Name ist Schrager und das ist Frau Reiser. Wir sind von der Kriminalpolizei und versuchen, etwas Licht in die schlimmen Ereignisse zu bringen, die sich bei Ihren Nachbarn abgespielt haben."

Helga Gläser schaute jetzt genauso neugierig wie ihr Mann.

„Wir können es ganz kurz machen. Ihr Mann hat uns gesagt, dass Sie beobachtet hätten, Steffen Boehn sei an jenem Abend, später, nachdem er erst davongefahren war, noch einmal zurückgekommen, das heißt irgendwann nach fünf. Ist das richtig?"

„Ja, das stimmt. Klaus hatte mir erzählt, dass er Boehn so gegen halb fünf bis fünf wegfahren sah. Später, so um zehn nach sechs, kam er dann tatsächlich wieder zurück. Das konnte ich vom Küchenfenster aus sehen. Übrigens auch die Uhr, die bei uns über dem Küchentisch hängt. Wenn ich ehrlich sein soll, das Ganze war schon ziemlich komisch. Er ließ sein Auto auf der Straße stehen und rannte aufgeregt ins Haus. Er war mit Schwung falsch herum auf den Bürgersteig gefahren. Das hat auch ziemlich gerumst. Genau deshalb bin ich ja auch darauf aufmerksam geworden. Hat nicht mal die Wagentür zugemacht."

Die beiden Polizeibeamten hörten aufmerksam zu. Sie sahen einander an. Beide fragten sich, ob das etwas damit zu tun haben könnte, dass irgendjemand die Kinder zum Erbrechen gebracht hatte. Vielleicht der Vater, der, nachdem er Mia und Felix vergiftet hatte, von Reue gepackt noch einmal zurückkam, um eventuell den Schaden zu begrenzen.

Beate Reiser fragte: „Und hat er vielleicht später die Autotür geschlossen und seinen Wagen umgeparkt?“

„Nach etwa einer halben Stunde kam er wieder raus. Aber nicht, um endlich die Tür zu schließen, nein, er sprang in den Wagen, knallte die Tür zu und raste mit quietschenden Reifen davon.“

„Und das war dann um zwanzig vor sieben, wenn ich Sie richtig verstanden habe?“, hakte Schrager nach.

„Ja, ganz genau. Zwanzig vor sieben. Die Küchenuhr, Sie verstehen?“

„Die Küchenuhr, natürlich“, schloss der Beamte.

„Danke“, sagte Reiser. „Sie haben uns sehr geholfen. Das waren interessante Beobachtungen.“

„Wenn man doch der Polizei behilflich sein kann ...“, fügte Nikolaus Gläser an. „Ach, sagen Sie, wenn uns noch etwas einfällt, haben Sie vielleicht eine Karte für uns?“

Das ist eigentlich unser Text, dachte Schrager, und gab ihm kommentarlos die Visitenkarte der Polizei mit seiner Dienstnummer. Dann gingen er und seine Kollegin zu ihrem Wagen und fuhren zurück in die Dienststelle. Im Rückspiegel sahen sie, wie die Meute der Medienvertreter sich auf den Weg zu dem Haus machte, das sie eben verlassen hatten.

„Da werden wir die Gläsers bestimmt bald im Fernsehen sehen können“, meinte Reiser und zeigte dabei nach hinten.

„Ja, vermutlich“, bestätigte ihr Kollege.

Kapitel 6

Ostwestfalen – Gegenwart

Linnemann und Burmann machten sich gleich nach der Morgenbesprechung erneut auf den Weg nach Werther. Sie wollten noch einmal die Hausbewohner und Nachbarn intensiv befragen. Im Übrigen vermuteten sie Claudia Bruning und ihr Team bereits vor Ort. Vielleicht konnte sie schon etwas Hilfreiches sagen. Über einen Abschiedsbrief zum Beispiel. Dann wären die Untersuchungen hier zu Ende und sie könnten den Fall als traurigen Suizid zu den Akten legen.

Schon im Hausflur bemerkten sie, dass die Spurensicherung mit großem Aufgebot angerückt war. Sie grüßten die Kollegen und fragten nach der Chefin.

„Clau ist in der Wohnung. Aber Vorsicht. Erst fragen, ob ihr reinkommen könnt."

„Aber sicher, wir kennen doch Clau und außerdem wissen wir, was sich gehört", bemerkte Marina lachend.

An der Wohnungstür rief Karsten nach der Chefin der Kriminaltechnik.

„Clau, Karsten und Marina hier. Können wir reinkommen?"

„Draußen bleiben, wenn euch euer Leben lieb ist! Ich komme raus." Claudia Bruning war oft sehr burschikos im Umgang mit ihren Kollegen. Manche kamen damit nicht immer klar. Innerhalb der Mordkommission war das aber kein großes Problem. Vor allem der Chef, Frank Sommer, hatte nach einigen gemeinsam durchgestandenen Fällen ein fast schon freundschaftliches Verhältnis zur Leiterin der Spurensicherung.

„Hey Clau", grüßte Marina. „Schon in irgendeiner Weise fündig geworden? Ein Abschiedsbrief vielleicht?"

„Nein, Fehlanzeige. Aber wir haben auch noch nicht alle Zimmer durch. Offen rum lag jedenfalls keiner. Das habt ihr Samstag sicher auch schon bemerkt. Wie ich höre, seid ihr hier ja schon drin gewesen. Ich will für euch hoffen, dass ihr euch dabei anständig benommen habt."

„Sicher, Claudia. Nur gucken, nicht anpacken! Also bis auf einen Stapel Briefe auf dem Küchentisch."

Bruning sah die beiden skeptisch an, beließ es aber dabei. „Ich glaub übrigens nicht", fuhr sie fort, „dass wir noch einen versteckten Abschiedsbrief finden. Oder könnt ihr euch vorstellen, dass jemand sich umbringt, vorher seine letzten Gedanken aufschreibt und die dann irgendwo versteckt? So was legt man doch offen hin, damit es sofort gefunden wird. Das ist doch wichtig, sozusagen die abschließende Mitteilung an die Welt."

„Da hast du wohl recht", bestätigte Marina. „Wär ja auch zu schön gewesen. Dann hätten wir wenigstens gewusst, woran wir sind. Kannst du sonst schon irgendetwas sagen?"

„Wir sind vor allem dabei, Fingerabdrücke und andere Spuren zu sichern. Da kann ich aber noch gar nichts sagen."

„In Ordnung. Du meldest dich, wenn es was Wichtiges gibt?"

„Sicher. Ihr hört von mir. Was dachtet ihr denn." Mit diesen Worten verschwand die Kriminaltechnikerin in der Wohnung.

Wieder allein teilten Burmann und Linnemann sich auf. Während Karsten die Bewohner der Nachbarhäuser aufsuchen wollte, ging Marina zu den Mitbewohnern in Dörthe Langers Haus. Sie begann unten links, mit Heidemarie und Gerhard Kramer, mit denen sie schon am Samstag kurz gesprochen hatte. Nach zweimaligem Klingeln wurde geöffnet.

„Ach, Sie sind es noch einmal", begrüßte sie der Ehemann. „Is' ja derbe was los hier. Kommen Sie doch rein."

Marina betrat den recht engen Wohnungsflur und wurde von dem Hausherrn ins Wohnzimmer geführt. Im Zuschnitt war diese Wohnung der von Dörthe Langer in der ersten Etage sehr ähnlich, jedoch spiegelverkehrt und offenbar gab es hier einen Raum mehr, wenn sie die Zahl der Türen richtig deutete. Vier Zimmer, Küche, Bad und Balkon. Auch hier die Räume eher klein. Andererseits für ein Ehepaar ohne Kinder völlig ausreichend, dachte Burmann. Sie sah sich um. Als Erstes fiel ihr Blick auf eine genau in den Raum eingepasste Schrankwand aus Nussbaum. Vom Design her wuchtig, aber ohne störende Schnörkel, von der Ausführung professionell.

„Die habe ich vor vielen Jahren selbst gebaut", stellte Kramer fest. „Ich war Tischler, müssen Sie wissen, und da hat es mir Spaß gemacht, auch etwas für unser eigenes Nest zu bauen. In den anderen Zimmern gibt es noch mehr davon."

„Ich bin beeindruckt", erwiderte Marina und setzte sich auf den ihr angebotenen Platz, in einen der ausladenden Sessel, die wohl typisch waren für frühere Jahrzehnte, aber zwischen den engen Wänden und der Schrankwand zu gewaltig wirkten.

„Sagen Sie, ist Ihre Frau zufällig auch zu Hause?", lenkte die Kommissarin jetzt das Gespräch in die gewünschte Richtung. „Es wäre gut, wenn sie sofort an unserer Unterhaltung teilnehmen würde. Sie verstehen: Dann brauche ich nicht alles zweimal zu fragen."

„Ja, selbstverständlich. Ich hole sie."

Kurz darauf erschien Heidemarie Kramer, ihrem Mann folgend. Sie war im Gegensatz zu ihm von eher gedrungener Gestalt. Vermutlich nur wenig größer als ein Meter sechzig und zudem von rundlicher Figur. Ihr Mann war auch nicht der schlankste, aber deutlich größer. Die Kleidung beider Eheleute unauffällig. Neugierig die Polizistin anschauend warteten beide jetzt auf die Dinge, die da kommen sollten.

„Wir möchten natürlich wissen", begann Marina die eigentliche Befragung, „was Sie uns über Frau Langer erzählen können und ob Sie eventuell irgendetwas gesehen oder gehört haben, an dem Tag ihres tragischen Todes oder davor. Wie lange hat sie hier gewohnt?"

„Noch nicht so lange. Drei oder, nein, eher vier Jahre. Aber so richtig viel wissen wir alle hier im Haus nicht von ihr. Sie lebt eher zurückgezogen in ihrer Wohnung, allein, offenbar nicht verheiratet", erklärte Gerhard Kramer.

„Aber sie hat eine Tochter", fügte seine Frau hinzu. „Ist aber wohl behindert und lebt in Bethel in einem Pflegeheim. Gesehen haben wir das Mädchen hier noch nicht. Wissen Sie, neulich hat der Peter von gegenüber, Peter Cordheinrich, seinen achtzigsten Geburtstag gefeiert, da haben wir die Dörthe Langer etwas näher kennengelernt und sie hat uns das mit der Tochter erzählt. Aber nur ganz kurz. Wir hatten eher den Eindruck, dass sie darüber nicht sprechen wollte. Ach ja, und Verkäuferin ist sie. Bei Karstadt in Bielefeld. Es war doch Karstadt, oder?"

„Ja, Karstadt", bestätigte Herr Kramer. „Aber das wissen Sie vielleicht schon. – Das war's dann allerdings auch schon wieder", fühlte er sich bemüßigt anzufügen. „Seitdem wieder nur hier und da ein kurzer Gruß im Flur."

„Aber die Flurtreppe macht sie ordentlich. Da kann man nichts sagen, alles was recht ist." Heidemarie Kramer war es offenbar wichtig, das noch festzustellen.

„Und Frau Langer lebte allein?" Die Kommissarin hoffte, wenigstens noch ein paar Neuigkeiten zu erfahren.

„Ja, wohl schon." Frau Kramer schien ein wenig verlegen zu werden. „In der letzten Zeit hatte sie aber gelegentlich Männerbesuch. Nicht dass wir neugierig wären, wissen Sie, in unserem Haus kann jeder leben wie er will, aber unsere Küche liegt zum Eingang hin und da sieht man so manches, völlig unbeabsichtigt natürlich. Also, ich könnte Ihnen Dinge erzählen ..."

Das glaubte Marina sofort. Als Nachbarn konnten solche Menschen eine Plage sein. Als Auskunft für die Polizei waren sie manchmal Gold wert.

„Männerbesuch?", hakte Burmann nach.

„Ja, etwas älter als Dörthe vermutlich. Ordentlich angezogen. Gesehen haben wir ihn zwei- oder dreimal. Am Anfang stand er einmal vor der verschlossenen Tür. Die Dörthe hat etwas unregelmäßige Arbeitszeiten. Verkäuferin eben. Aber dann schien er zu wissen, wann sie zu Hause ist. Natürlich nur, soweit wir das beurteilen konnten."

„Den Namen? Wissen Sie den zufällig? Im Hausflur vielleicht mal aufgeschnappt?" Marina musste sich bei dieser Frage ein Grinsen verkneifen. Sie konnte sich diese Heidemarie Kramer sehr gut mit dem Ohr an ihrer Wohnungstür lauschend vorstellen.

„Nein, wie gesagt, so genau kannten wir Frau Langer nicht." Jetzt übernahm der Ehemann wieder das Gespräch. Ein eingespieltes Team, dachte Burmann.

„Aber sein Auto parkte immer ziemlich direkt vor dem Haus", übernahm Heidemarie Kramer wieder. „Daran konnten wir dann auch sehen, wann er da war. Irgend so ein Kombi, ich kenn mich da nicht so aus, dunkelgrün auf alle Fälle."

„Nein, kein Kombi, Heidemarie. Ein ganz normaler Golf, Golf V, um genau zu sein. Und die Farbe war dunkelgrau."

„Nein, grün, mit Farben kennst du dich nicht so aus. Mein Mann ist etwas farbenblind, müssen Sie wissen."

„Heidemarie, bitte, das gehört doch nicht hierher."

„Und das Kennzeichen?" Burmann war bemüht, das Gespräch wieder in sachlichere Bahnen zu lenken.

„Irgendwas mit ‚G', aber nicht ‚GT' für den Kreis Gütersloh, zu dem Werther gehört. Aber das wissen Sie ja sicher." Ja, das wusste Marina, die innerlich aufstöhnte. „Nein ‚GE' vielleicht", fuhr Gerhard Kramer fort, „oder ‚GS', nein auch nicht, irgendwie anders. Ich weiß es nicht." Und an seine Frau gewandt: „Erinnerst du dich?"

„Nein, ich dachte, der sei von hier."

„Eine letzte Frage. In der Nacht, als Frau Langer starb. Ist Ihnen da irgendetwas Besonderes aufgefallen? Ein Geräusch vielleicht, von dem Sie aufgewacht sind. Ein Auto? Irgendetwas. Oder stand der Golf wieder vor der Tür?"

Die beiden schienen angestrengt nachzudenken. Dann schüttelten sie fast gleichzeitig den Kopf.

„Nein, tut uns leid. Da können wir Ihnen nicht weiterhelfen", schloss Gerhard Kramer das Gespräch.

Marina hatte während der gesamten Zeit mitgeschrieben und machte sich jetzt noch letzte Notizen. Dann erhob sie sich und dankte den Eheleuten Kramer herzlich für ihre Auskünfte. Zum Schluss, schon in der Tür, gab sie den beiden noch ihre Karte und verabschiedete sich.

Burmann wollte nach dem Besuch bei den Kramers noch die anderen Hausbewohner aufsuchen. Besonderes Interesse hatte sie an der Aussage der Mieter, die Frau Langer gegenüber in der ersten Etage wohnten. Das war vor allem deshalb interessant, weil diese Wohnung direkt unter der Stelle des Dachbodens lag, an der Dörthe Langners lebloser Körper gefunden worden war. Die hätten doch in der Nacht irgendetwas hören müssen, dachte Burmann. Als sie dort klingelte, blieb die Tür jedoch verschlossen. Eine erneute Nachfrage bei den Kramers im Erdgeschoss ergab dann zu ihrem Leidwesen, dass das jüngere Paar, das dort wohnte, Michael und Sandra Köllerbach, zurzeit verreist und schon Tage vor dem Ereignis weggefahren war. Schade, dachte sie.

Blieb schließlich noch das ältere Ehepaar unten rechts, die Cordheinrichs. Der Ehemann konnte sich auch tatsächlich an ein unbekanntes Auto erinnern. Aber jetzt war es ein Opel und silbergrau. Und außerdem war es ein eher jüngerer Mann, was auch immer das bedeuten mochte. Drei Zeugen, drei Meinungen, dachte sie. So was braucht kein Mensch!

Vor der Tür traf sie auf Karsten, der bereits im Wagen saß und offensichtlich schon auf sie wartete. Sie öffnete die Tür und setzte sich auf den Beifahrersitz, ließ sie aber geöffnet. Es war wieder ziemlich warm geworden, an diesem Junitag.

„Zurück ins Präsidium?“, wurde sie von Linnemann begrüßt. „Oder könntest du dir vorstellen, dass unsere kleine Lagebesprechung auch auf der Terrasse eines Cafés hier in Werther stattfindet? Ist ja inzwischen schon Mittag durch. Ich hab dir etwas zu erzählen.“

„Ich dir auch, und Café klingt gut“, meinte Marina. „Ist das weit von hier?“

„Nein, natürlich nicht.“

Wenig später hatten sie eine Bäckerei gegenüber der örtlichen Sparkasse erreicht und auf der Terrasse unter einem der großen Sonnenschirme Platz gefunden.

„Wirklich nett hier“, bemerkte Marina. „Bist du öfter hier?“

„Gelegentlich schon“, bestätigte ihr Kollege. Ich wohn ja hier.“

Sie bestellten sich jeweils einen Cappuccino und ein belegtes Baguette. Es dauerte etwas, bis beides gebracht wurde.

„Oh, wie reizend“, rief Marina aus, als sie den aus Schaum und Kakao gemalten Blumenfächer auf ihren Tassen sah.

„Tatsächlich, sehr schön. Hab ich hier auch schon anders erlebt“, bemerkte Karsten. Dann genossen sie ihr Essen und ihren Kaffee und die angenehme Atmosphäre. Noch schöner wäre es, dachte Marina, wenn nicht so viele Autos vor der Terrasse entlangfahren würden.

„Zu einer echten Fußgängerzone hat man sich hier wie auch andernorts vermutlich nicht durchringen können“, stellte Karsten fest, der offenbar Gedanken lesen konnte.

„Da magst du recht haben", bestätigte Marina. „Aber jetzt erzähl doch mal, was du so herausgefunden hast."

Ausführlich berichteten sie über ihre jeweiligen Befragungen. Bei den verreisten Mietern waren sie sich einig, dass sie eventuell noch einmal wiederkommen müssten, wenn das Pärchen in einer Woche zurück wäre. Vielleicht könnten sie von ihnen etwas mehr über Dörthe Langers Leben erfahren. Mit den jungen Leuten auf dem Flur gegenüber hatte sie eventuell mehr Kontakt gehabt. Aber vielleicht wäre das dann schon gar nicht mehr nötig.

Wenigstens etwas interessanter war da schon das Auto, dessen Kennzeichen mit ‚G' anfing.

„Im Haus schräg gegenüber habe ich einen Mieter getroffen, einen gewissen David Schmidt, dem mehrfach ein Wagen mit Göttinger Kennzeichen aufgefallen war. Er erinnerte sich deshalb daran, weil er früher in Göttingen studiert hatte. Da sei ihm das ‚GÖ' an dem Fahrzeug bekannt vorgekommen."

„Farbe und Marke?"

„Silbergrauer Golf V. Und Kennzeichen?" Karsten sah zur Kontrolle in seine Aufzeichnungen. „Irgendwas mit ‚B'. Im Übrigen will er den Wagen Mitte letzter Woche gesehen haben. Genau wusste er das aber nicht mehr."

„Das wäre dann ja kurz vor Dörthe Langers Tod gewesen. Das sollten wir uns merken."

Entspannt lehnte Karsten sich, als wollte er das Ende des dienstlichen Teils markieren, in seinem Sessel zurück und rief dann nach der Bedienung, um sich noch einen Kaffee zu bestellen.

Seine Kollegin sah ihn dabei fragend an. „Müssen wir nicht langsam mal zurück in die Dienststelle?"

„Ach komm schon, ein paar Minuten haben wir doch wohl noch. Ist so schönes Wetter. Und wann sitzen wir beide schon einmal so gemütlich beisammen? Ich sitze gern hier." Er sah sie direkt an und fügte hinzu: „So neben dir!"

Etwas irritiert fühlte Marina sich dabei, aber irgendwie auch geschmeichelt. Oder konnte man diese Bemerkung noch im Rahmen kollegialen Miteinanders unterbringen? Schließlich sagte sie: „Hast recht, auf ein Viertelstündchen kommt es nicht an."

Eine Weile saßen sie, ohne etwas zu sagen, nebeneinander. Schließlich war es Karsten, der den Gesprächsfaden wieder aufnahm.

„Über ein Jahr bist du jetzt schon bei uns in Bielefeld. Und? Noch Sehnsucht nach Minden?"

„Nee, irgendwie nicht. Mordkommission, das war schon immer mein Traum."

„Und deine Wohnung? In Schildesche war das doch, oder?"

„Ja, Schildesche. Schön, sehr schön sogar, gleich hinter der Kirche, direkt im Zentrum. Für mich genau richtig. Wenn auch im Moment etwas warm. Dachwohnung, du verstehst?"

Karsten beugte sich neugierig nach vorn. Vor der nächsten Frage scheute er sich etwas. Aus seiner Sicht war sie aber die alles entscheidende: „Hört sich an wie eine kleine Wohnung. Du lebst dort allein?"

Marina wollte gerade einen weiteren Schluck Kaffee nehmen. Nun hielt sie mitten in der Bewegung inne und schaute mit einem Blick, in dem Überraschung, ja Verwunderung lag, auf. „So fragt man Leute aus. Oder wird das ein Verhör?"

Karsten hob abwehrend die Hände. „Entschuldigung. Hoffentlich habe ich keinen wunden Punkt erwischt. Tut mir leid."

„Nein, schon gut. Kannst du ja nicht wissen. Aber ein wenig wund ist dieser Punkt tatsächlich. Ich hab's noch keinem vorher erzählt, aber als ich nach Bielefeld zog, dachte ich eigentlich, dass mein damaliger Freund mitkäme. Hat er auch immer gesagt. Ich hatte schon eine größere Wohnung in Aussicht. Aber dann kam es doch ganz anders. Wie aus heiterem Himmel meinte er plötzlich eines Tages ..." Marina stockte. „Ach, ist auch egal. Ich hatte mir wohl was vorgemacht. Na ja, so was soll's geben. Jetzt bin ich hier und mache genau das, was ich immer wollte. Aber manchmal ..." Sie unterbrach sich erneut. „Und du, was hat dich nach Werther verschlagen?", fuhr sie schließlich fort.

„Im Grunde die Nähe zum Präsidium. Stamme ursprünglich aus Borgholzhausen, noch zehn Kilometer weiter, von Bielefeld aus gesehen." Karsten nahm einen Schluck Kaffee. Dann fuhr er fort. „Und mit Alleinleben", er sah mit einem Mal sehr nachdenklich, vielleicht sogar etwas traurig aus, „mit Alleinleben kenne ich mich auch aus."

Marina sah ihn direkt an und um ihre Mundwinkel registrierte Karsten ein verdächtiges Zucken. Dann lachte sie plötzlich laut auf.

„Einsamer Wolf und einsame Wölfin beim Austausch von Lebenserfahrungen. Ist ja urkomisch, die Situation. Findest du nicht?"

Nein, das fand Karsten eigentlich gar nicht. Eher hatte er den Eindruck, ausgelacht zu werden.

„Jetzt guck nicht so ... äh ... so eingeknickt. Ich find doch nicht dich komisch, sondern die Situation. Und die ist doch wirklich", prustete sie erneut los, „also die ist wirklich zum Schießen."

Auch wenn Karsten die Situation immer noch nicht wirklich komisch fand, so war doch Marinas Lachen so herzhaft, dass sich auch bei ihm ein immer stärkeres Grinsen entwickelte, das schließlich ebenfalls in ein Lachen mündete.

„So etwas nennt man wohl ein ansteckendes Lachen", fuhr er schließlich fort. „Stimmt, hast recht, ist wirklich komisch! Einsamer Wolf und einsame Wölfin fachsimpeln über ihre Einsamkeit." Die letzten Worte gingen in erneutem Lachen unter, was nun auch zu missbilligenden Äußerungen der Gäste an den Nachbartischen führte. So heftige Gefühlsausbrüche waren für den normalen Ostwestfalen eher irritierend. Und auch Karsten wunderte sich ziemlich über sich selbst. Was diese Frau in mir auslöst, dachte er, kaum zu glauben!

Schließlich war es Marina, die zum Aufbruch mahnte. In der Dienststelle warteten sie sicher schon, meinte sie.

„Sicher", pflichtete Karsten ihr bei. „Aber wir sollten unseren Erfahrungsaustausch unter Wölfen unbedingt bald fortsetzen. Vielleicht nach Feierabend? Auf ein Bier?"

„Gern, du Wolf, du. Aber jetzt müssen wir los."

Kapitel 7

Ostwestfalen – Gegenwart

Für Frank Sommer war im Wesentlichen auch heute ein Arbeitstag wie so viele andere gewesen.

Der Fall der in Werther tot auf dem Dachboden gefundenen Frau war bei Marina und Karsten in besten Händen, wenn es denn überhaupt ein Fall war. Allerdings hatte er wegen des sich abzeichnenden heftigen Konflikts mit dem Rechtsmediziner ein mulmiges Gefühl. Er war sich ziemlich sicher, dass Lakefeld von seinem ersten Urteil, Suizid, keinen Deut abweichen würde. Dafür kannte er den Bielefelder Forensiker inzwischen zu genau. Auf der anderen Seite schien auch seine neue, junge Kollegin sehr entschlossen zu sein. Aber gegen das fachliche Urteil eines so erfahrenen Mannes wie Lakefeld ließ sich nur schwer eine Ermittlung durchführen. Darauf ginge kein Staatsanwalt ein. Da würde es schon kräftigerer Argumente bedürfen, zum Beispiel eines zweiten Gutachtens durch einen anderen angesehen Gerichtsmediziner. Und das wäre wahrscheinlich das vollständige Ende von Lakefelds Karriere als Rechtsmediziner und liefe auf seine vorgezogene Pensionierung hinaus. Frank mochte gar nicht daran denken, welche ungeheuren Wellen so ein Vorfall schlagen würde. Es stand zu befürchten, dass dadurch auch das Ende der Forensik in Bielefeld eingeläutet würde.

Sommer schob seine Gedanken zur Seite. Morgen wüssten sie mehr. Entscheidend würde sein, ob es Marina und Karsten gelänge, weitere Verdachtsmomente zu sammeln, die Fremdeinwirkung nahelegten. Oder umgekehrt, vielleicht gab es doch irgendwo einen Abschiedsbrief oder sonst etwas anderes, was Claudia Bruning mit ihrer Truppe zutage förderte.

Am Nachmittag nahm der Tag allerdings doch noch einmal einen anderen Verlauf. Anna Tomczyk kam hereingestürmt. In ihrem Gesichtsausdruck lag irgendetwas zwischen Ernst und Wut.

„Verdammter Mist, Frank, dieser dämliche Staatsanwalt hat unseren Messerstecher tatsächlich wieder auf freien Fuß gesetzt."

Sommer sah Anna fragend und ungläubig zugleich an. „Uff! Sagtest du nicht heute Morgen irgendetwas von ... Ach komm, mach dir erst mal einen Espresso und dann berichtest du in aller Ruhe."

Während Anna sich auf einem der Stühle am kleinen Konferenztisch niederließ, bereitete Frank alles vor. Für sich selbst machte er auch eine Tasse.

„So, nun mal eins nach dem anderen", ermunterte sie ihr Chef.

„Du erinnerst dich", begann sie, „ich hatte erzählt, dass dieses Messer-Bürschchen in Pit seinen Meister gefunden hat. Nachdem unser Macho-Kollege ihn eindringlich vernommen hatte, fing er an zu reden wie ein Wasserfall. Hat klar und deutlich zugegeben, dass er zusammen mit zwei anderen absichtlich einen Streit vor dem McDonald's am Jahnplatz angefangen hatte, einfach weil ihnen danach war, aus Langeweile sozusagen. Im Verlauf des Streits hat er dann ein Messer gezogen und auf das Opfer eingestochen, das blutend zusammenbrach. Als Begründung gab er an, der andere sei ihm dumm gekommen, habe keinen Respekt vor ihm gehabt. Du kennst ja diese dummen Sprüche."

Ja, Sommer kannte sie. „Und dann habt ihr ihn bearbeitet. Erst du und dann Schwameyer?"

„So ist es. Pit hatte ja schließlich auch Erfolg. Ein schnelles Geständnis. Die Suche nach seinen Kumpels ..."

„Anna, nun komm endlich zur Sache! Warum ist der Messerstecher wieder auf freiem Fuß? Wie heißt der eigentlich?"

„Äh, wie? Viktor Fröhlich. Gut, um es kurz zu machen: Gegen Mittag erhielt ich einen Anruf von Staatsanwalt Max Peters. Bei dem war schon früh ein Anwalt dieses Herrn Fröhlich aufgetaucht." Anna malte Anführungszeichen bei dem Wort „Herrn" in die Luft. „Und dieser Rechtsverdreher hat sich ausführlich über die rüden Vernehmungsmethoden von Pit ausgelassen, um am Ende mitzuteilen, dass sein Mandant das gesamte Geständnis widerrufe. In Wirklichkeit, so der Anwalt, hätte einer der beiden anderen zugestochen. Viktor habe nur das Messer, das nach der Attacke auf dem Boden lag, aufgehoben und sei dann weggelaufen. Das hätte er nicht tun dürfen, aber er sei eben sehr aufgeregt gewesen und habe nicht mehr klar denken können. Und als Pit ihn später verhört hat, sei seine Angst geradezu panisch geworden, so drohend habe unser Kollege sich vor ihm aufgebaut. Pit habe sich immer wieder weit über den Tisch gebeugt. Das sei absolut furchterregend gewesen. Und da hätte er dann alles gestanden, was Schwameyer hören wollte. Er wollte nur noch heil aus dem Verhandlungsraum herauskommen."

„Aber das ist doch alles hanebüchener Unsinn. Ich hab die Videoaufzeichnungen gesehen. Die zeigen doch deutlich, dass Pit hart aber noch korrekt mit ihm umgegangen ist." Auch in Frank Sommer kochte der Unmut hoch.

„Du sagst es." Tomczyk fing langsam an, sich in das Unvermeidliche zu fügen. „Aber mach was! Dieser Peters hat offenbar mehr Schiss als Vaterlandsliebe. Jedenfalls, seitdem er im vorletzten Jahr in der Sache Meindorfer diesen gewaltigen Ärger an der Backe hatte. Wie auch immer, Fröhlich ist auf freiem Fuß und wir haben uns einen hundertprozentigen Elfmeter eingefangen. Besonders Pit, so Mäxchen Peters, könne von Glück sagen, wenn es keine Dienstaufsichtsbeschwerde gäbe."

Sommer nickte mitfühlend. Kurz nach seinem Dienstantritt in Bielefeld hatte er von dem Fall Meindorfer gehört, wie fast alle im Präsidium, auch wenn das nicht in seinen Zuständigkeitsbereich gefallen war. Es hatte einen dicken Rüffel seitens der Aufsichtsbehörde gegeben, vermutlich mit Eintrag in die Personalakte. Und am schlimmsten für Peters war, dass er seine Ambitionen auf einen Posten als Oberstaatsanwalt zumindest für eine geraume Zeit auf Eis legen konnte. Seitdem war er nicht nur korrekt, er war übervorsichtig, ja ängstlich geworden. Nur keinen Fehler mehr machen, das war seine Devise. Das wusste inzwischen auch die Gilde der Verteidiger und manche nutzten es genüsslich aus.

„Und nun? Ihr könnt die Angelegenheit doch trotzdem wasserdicht machen, oder?"

„Ja, sicher. Es dauert nur etwas länger. Gute alte Polizeiarbeit. Zeugen befragen, die Tatwaffe untersuchen. Aber vor allen Dingen das Opfer, ein siebzehnjähriger Schüler des Helmholtz-Gymnasiums, ... dem werden wir nun leider eine genaue Befragung und vermutlich auch eine Gegenüberstellung nicht ersparen können."

„Wie geht's dem Jungen denn überhaupt?"

„Ernsthafte Verletzung im Bauchbereich. Hat ziemlich viel Blut verloren. Konnte aber durch eine Notoperation stabilisiert werden. Wird durchkommen, sagen die Ärzte."

„Na, wenigstens das", beendete Sommer das Gespräch. „Und haltet mich auf dem Laufenden."

„Aye, aye, Sir!"

Kurz nach fünf am Nachmittag setzte Frank Sommer sich in seinen Wagen, um sich vom Präsidium an der Kurt-Schumacher-Straße auf den Heimweg nach Bielefeld-Dornberg zu machen. Dort wohnte er mit seiner Frau Angelika, einer Lehrerin, seit er vor zwei Jahren aus Köln zur Mordkommission in Bielefeld gewechselt hatte. Trotz der offenen Fragen in beiden Fällen wusste er, das alles seinen Gang gehen würde und so war es kein Problem gewesen, sich von den beruflichen Fragen zu lösen und einem Ereignis zuzuwenden, das schon seit geraumer Zeit einen Großteil seiner privaten Aufmerksamkeit forderte. Er würde am Freitag fünfzig Jahre alt werden und deshalb war für den Samstagabend eine Party auf einer Deele in Werther geplant.

„Hallo Frank, bin im Arbeitszimmer!", hörte er Angelika rufen, als er sich in der Küche Mineralwasser eingoss. Mit dem Glas in der Hand schaute er durch die Tür des Zimmers, in dem auch für ihn selbst ein Schreibtisch stand, den er aber nur selten benutzte.

„Noch viel zu tun?", fragte er ein wenig besorgt. Wenn seine „bessere Hälfte" mitten in Klausurkorrekturen stecken sollte, würde sie noch lange nicht auf der Bildfläche erscheinen, und er hatte doch gehofft, dass sie noch einmal den letzten Stand der Vorbereitungen für seinen Fünfzigsten durchgehen würden. Zu seiner

Erleichterung sah er, dass keine Klassenarbeiten auf dem Schreibtisch lagen. Sie las vielmehr in einem Buch und machte sich dazu Notizen. Offenbar Unterrichtsvorbereitung.

Neugierig schaute er ihr über die Schulter.

„Bernhard Schlink: Der Vorleser. Damit werden wir uns demnächst beschäftigen und ich überlege, welche Themen daraus sich als Referate für die Schüler eignen könnten."

„Gute Geschichte. Den Film dazu, den haben wir doch vor Kurzem im Fernsehen gesehen."

„Exakt. Aber geh doch schon mal voraus auf die Terrasse, ich komm bald nach. Dann reden wir über Samstag."

„Okay", stimmte Frank zu und nahm seinen Laptop vom Schreibtisch Er wollte unbedingt nachsehen, wie die Wetterprognose für das Wochenende war.

Nach einer Weile kam Angelika dazu.

„Gut, dass wir uns am Ende doch dazu entschlossen haben, auf der Partydeele bei Maaß zu feiern", begrüßte Frank seine Frau. „Wie es aussieht, könnte das Wetter am Samstag umschlagen. Bei Regen würden wir in unserem Garten echt alt aussehen."

„Alt? Aha! Wie alt? So alt wie du wirst? Vergiss nicht, ab fünfzig geht es abwärts", ließ Angelika sich amüsiert vernehmen.

Sommer zog die Augenbrauen hoch.

„Dir sei vergeben, Weib! Aus dir spricht jugendlicher Unverstand."

„Du meinst, ich müsste noch zwei Jahre warten, um endlich auch die berühmte Weisheit des Alters zu erreichen?" Angelika war achtundvierzig. „Sei froh, dass mein jugendlicher Schwung dir immer wieder Beine macht."

„Hey, ihr beiden. Was geht denn hier ab?" Fabian war mit Freundin Jennifer gekommen. „So gut gelaunt? Denk dran Vatter, du wirst fünfzig und nicht fünfundzwanzig. Also übernimm dich nicht. Und fang beizeiten mal an, etwas von der Würde des Alters zu zeigen."

Noch bevor Frank irgendetwas antworten konnte, fragte Fabian weiter: „Wer kommt denn so alles am Samstag?"

„Wir werden fast sechzig Personen sein. Freunde, Arbeitskollegen, und dein Vater hat seinen Posaunenchor eingeladen", antwortete Angelika. „Dein Bruder Daniel kommt übrigens schon am Freitag, also zum eigentlichen Geburtstag. Wir dachten, wir könnten abends grillen. Du und Jennifer, ihr seid doch dabei?"

„Freitag, sicher. Und Brüderchen, kommt der allein? Oder hat er wieder eine neue Flamme, nachdem das mit Lisa auch nichts geworden ist?"

„Nein. Daniel kommt nicht allein. Er bringt Sandra mit."

„Aha, ist das die Aktuelle?", mischte sich jetzt Frank ein. „Woher weißt du das schon wieder?"

„Hab heute mit ihm telefoniert. Sein Studium läuft übrigens gut. Die ersten Klausuren zum Semesterende hat er schon geschrieben und er sagt, er hätte ein gutes Gefühl."

„Und diese Sandra, was macht die so?" Franks Neugier war entfacht.

„Studiert auch in Köln. Mehr weiß ich aber nicht. Kannst sie ja fragen, wenn sie am Freitag kommen. Stammt übrigens hier aus der Nähe, aus Melle."

„Ach, ich dachte, du wüsstest sonst nichts. Melle, das ist ja gleich um die Ecke. Sonst noch etwas, was du nicht weißt, was aber eine wesentliche Information darstellt?"

„Am Sonntag wollen die beiden von hier aus zu Sandras Eltern fahren. Daniel kennt die wohl noch nicht."

„Na denn man tau", schloss Frank das Gespräch ab.

Kapitel 8

Göttingen 2007

Er schrie. Er schrie so laut, wie er noch nie geschrien hatte. Er konnte gar nicht wieder aufhören. Es war unmöglich für ihn, sich dagegen zu wehren. Er schrie.

Mehr als eine Woche hatte er keinen Ton von sich gegeben, konnte es nicht, war gelähmt von Medikamenten, die ihn in ein künstliches Koma versetzt hatten. Aber das wusste er nicht. Er hatte keinerlei Erinnerung.

Nun kam er mehr und mehr zu sich. Die Ärzte hatten beschlossen, ihn zurückzuholen. Schemenhaft zunächst, dann immer deutlicher sah er, dass er in einem Krankenhaus lag. Er sah, dass er an einen Tropf angeschlossen war, aus dem heraus irgendeine Flüssigkeit langsam in seinen linken Arm tröpfelte. Er sah, dass er auf einer Intensivstation lag oder was auch immer das sein mochte. Direkt ihm gegenüber hinter einer großen Glasscheibe schienen eine Krankenschwester und ein Pfleger sehr beschäftigt zu sein. Sie besprachen etwas mit einem Mann, der sich einen blauen Besucherkittel übergezogen hatte. Links und rechts neben sich sah er weiße Vorhänge oder Paravents. Das konnte er nicht genau unterscheiden. Dann fiel sein Blick auf eine Frau im weißen Kittel, die rechts von ihm stand und ihn genau beobachtete. Sie hielt seine Hand. Er wollte ihr etwas sagen, sie etwas fragen, aber es ging nicht. Er konnte keine Worte formulieren. Sie ließen sich nur denken.

„Guten Tag, Herr Boehn", sagte die Frau in Weiß. „Mein Name ist Gromann. Ich bin Ärztin. Sie hatten einen schweren Autounfall und nun sind Sie im Krankenhaus, im Universitätsklinikum Göttingen. Können Sie schon sprechen?"

Er hörte, was die Frau fragte. Er begriff, was sie meinte. Sprechen konnte er aber noch nicht. Stattdessen schüttelte er langsam, kaum merklich den Kopf. Die Frau, die sich als Ärztin bezeichnete, schien das registriert zu haben.

„Ich habe verstanden. Sie hören mich, Sie wissen, was ich sage, aber Sie können selbst noch nicht antworten. Das ist normal. Bald werden Sie wieder reden können. Wir mussten Sie nach Ihrem Unfall in ein künstliches Koma versetzen. Nun haben wir Sie wieder aufgeweckt. Wenn Sie ganz bei uns sind, werden Sie auch wieder sprechen können."

Er schloss die Augen und ließ seinen Kopf, den er etwas angehoben hatte, um die Ärztin besser sehen zu können, kraftlos zurück in das Kissen fallen. Ein Unfall, dachte er. Ein Unfall? Angestrengt versuchte er sich zu erinnern, aber es gelang ihm nicht. Er konnte keinen Kontakt zu seinem Leben herstellen. Irgendwie war alles wie ein schwarzes Loch, das sämtliche Erinnerung in sich aufgesaugt hatte und nichts mehr nach außen dringen ließ, an die Oberfläche seines Bewusstseins. Die Ärztin hatte ihn Boehn genannt. Boehn, war das sein Name? Offenbar, wenn er so angesprochen wurde. Plötzlich schoss ihm ein zweiter Name durch den Kopf, ein Vorname, der ihm untrennbar mit dem Nachnamen Boehn verbunden zu sein schien. Steffen, Steffen Boehn. War er das? Er versuchte den Gedanken als Frage an die Ärztin zu formulieren. Die Lippen ließen sich ein wenig bewegen. Lautlos zunächst, dann aber deutlicher.

„Steff – Steffen – Steffen Boehn. Bin ich das?" Die Worte waren mehr gehaucht als gesprochen. Ihm selbst kamen sie extrem laut vor, die Stille, in der er die letzte Zeit verbracht hatte, zerreißend. Aber die Frau hatte ihn verstanden. Sie nickte.

„Ja“, sagte sie, „Sie sind Steffen Boehn. Nach unseren Unterlagen wohnen Sie hier in Göttingen, Kurmainzer Weg. Sagt Ihnen das etwas?“

Die Ärztin sprach langsam und bedächtig. Trotzdem folgte er ihren Worten nur mühsam. Schließlich nickte er erneut. Das war noch erheblich einfacher, als mit Worten zu antworten. Fetzen weiterer Erinnerungen stiegen in ihm auf. Da war das Bild eines Reihenhauses, das vor seinem Inneren entstand. Er schloss die Augen, um es besser ausmachen zu können. Es war ein schönes Bild, das sich abzeichnete, ein Bild, das ein Wohlgefühl und eine beinahe friedliche Wärme in ihm verbreitete.

Aber dann fing das Bild an, sich zu verändern. Es tauchten Menschen auf. Eine Frau zunächst. Seine Frau? Das Wohlgefühl verschwand. Er bemerkte es nicht sofort, aber nach kurzer Zeit wurde es immer deutlicher und ließ sich nicht ignorieren. Ein angstvolles, kaltes Kribbeln stieg in ihm auf. Beginnend in den Beinen machte es sich immer breiter. Es griff auf die Arme über, umkreiste seinen Körper und nahm schließlich ganz von ihm Besitz. Als schwerer Stein legte sich die Angst auf ihn, schnitt ihm die Luft ab. Zuletzt umklammerte sie sein Herz. Dann aber, aus der Tiefe seines bedrängten Herzens heraus, wandelte sich das Gefühl in Wut. Es kam ihm seltsam vor, dass die ihn weniger erschreckte als die Angst. Sie kam ihm eher vor wie eine alte Bekannte. Wut, die sich direkt gegen die Frau richtete, deren Bild er vor sich sah. Gegen seine Frau. Gegen Dörthe. Die Wut wurde maßlos.

Dann wurde ihr Gesicht überlagert von Kindergesichtern. Ein Mädchen und ein Junge. Auch die Wut wurde überlagert. Die Angst kehrte zurück, wandelte sich aber unversehens in Panik. Sie wollte sein Inneres zerreißen. Jetzt sah er die Kinder klar vor seinem inneren Auge. Sie lachten. Aber es war kein freundliches und fröhliches Lachen, sondern schrill und anklagend. Sie verhöhnten ihn.

Und dann war das Lachen zu Ende. Die Gesichtszüge der Kinder erstarrten. Ihre Blicke wurden trüb und erstarben. Er sah Gläser mit gelber Flüssigkeit und leere Schachteln von Tabletten. Er sah seine Hände, die die Kinder, seine Kinder, festhielten, um ihnen die Flüssigkeit mit den Tabletten einzuflößen.

Dann, wie nach einem Schnitt im Film, sah er sich an ihnen rütteln. Er schüttelte sie, aber sie reagierten nicht. Schlaff hingen ihre kleinen Körper in seinen Armen. Schließlich formulierten seine Lippen ihre Namen: Mia, Felix. Mia, Felix! Immer wieder, immer lauter. Mia, Felix, bis er sie aus sich herausschrie, wie er noch nie geschrien hatte. Er konnte gar nicht aufhören zu schreien. Der Schmerz überwältigte ihn, packte ihn, schüttelte ihn und suchte sich seinen Weg nach draußen in einem nicht enden wollenden Schrei. Er warf seine Arme um sich, als wollte er Gespenster vertreiben, die sich seiner bemächtigten. Der Infusionsanschluss riss aus seinem Arm. Blut tropfte auf das Betttuch. Vier Pfleger und Schwestern mussten ihn packen, um ihn ruhig zu halten, bis die Ärztin eine Beruhigungsspritze setzen konnte, die schließlich ihre Wirkung tat.

Entsetzt von dem Geschehen im Krankenzimmer stand Hauptkommissar Schrager hinter der Fensterscheibe im Schwesternzimmer und beobachtete das, was dort vor sich ging. Hinterher erzählte er seiner Kollegin, es sei wie eine Explosion gewesen, die urplötzlich aus Steffen Boehn herausbrach. Dieser war gerade dabei aufzuwachen und die Ärztin sprach offenbar freundlich mit ihm. Was, das konnte er hinter der Scheibe nicht verstehen. Ganz ruhig hatte Boehn währenddessen in seinem Bett gelegen und sich zunächst interessiert im Raum umgeblickt, die Ärztin angesehen und sogar irgendetwas gesagt. Dann jedoch war er, völlig unerwartet und überraschend, in einem gewaltigen, elementaren Angstschrei explodiert. Anders könne er es nicht nennen. Noch nie habe er einen Menschen so schreien gehört. Und er habe auch verstanden, dass es zwei Namen waren, die Boehn immer wieder schrie: Mia und Felix.

Es dauerte noch einmal einige Wochen, bis die Ärzte der Universitätsmedizin Göttingen Schrager und seiner Kollegin Reiser die Erlaubnis erteilten, Steffen Boehn zu den schrecklichen Vorgängen zu befragen. Aus dem ärztlichen Bericht, der ihnen vorlag, ging hervor, dass die körperlichen Folgen des Unfalls versorgt waren und nicht mehr im Vordergrund standen. Es würde wegen der Beinverletzung jedoch noch Wochen dauern, bis er wieder gehen könnte. Die Ärzte gingen aber nach wie vor von einer erheblichen Suizidgefahr aus. Die Geisterfahrt auf der Autobahn war, darin waren sich alle einig, nichts anderes als der Versuch, sich selbst das Leben zu nehmen. Im Bericht wurde vehement darauf hingewiesen, dass nach wie vor eine erhebliche Selbst- und auch Fremdgefährdung, möglicherweise in Richtung seiner Frau, bestand, weshalb Boehn auf Anordnung eines Richters aus der Unfallchirurgie in die einige hundert Meter vom Hauptgebäude entfernt liegende Psychiatrie verlegt worden war.

Gleichzeitig hatte der Staatsanwalt wegen der Geisterfahrt auf der Autobahn Anklage erhoben. Einerseits in drei Fällen wegen schwerer Körperverletzung und andererseits in dem Fall des am Unfallort verstorbenen Olaf Henneberger wegen schwerer Körperverletzung mit Todesfolge. Der Richter hatte auf Antrag der Staatsanwaltschaft auch Haftbefehl erlassen. Deshalb wurde das Krankenzimmer rund um die Uhr von Beamten der Streifenpolizei bewacht.

In der Frage der Vergiftung der beiden Kinder Mia und Felix gab es allerdings noch keine hinreichende Klarheit, weshalb noch Ermittlungsbedarf bestand. Sicher war bis jetzt nur, dass die Kinder mit einem Cocktail aus Schlaftabletten und einem Psychopharmakon vergiftet worden waren.

„Im Grunde", sagte Schrager zu seiner Kollegin Reiser, als sie die Gebäude der Psychiatrie betraten, „bin ich ganz zuversichtlich, dass Boehn sich ausführlich zu den Ereignissen äußern wird. Hoffentlich ist sein Rechtsanwalt schon da, damit die Vernehmung auch Hand und Fuß hat. Hast du eine Ahnung, wer ihm den eigentlich besorgt hat? Er selbst wird das doch kaum vom Krankenhaus aus organisiert haben, oder doch?"

Beate Reiser zuckte mit den Schultern. „Keine Ahnung. Aber man weiß ja nie."

Noch in der Eingangshalle wurden die beiden Beamten von einem eleganten Herrn angesprochen, der sich als Dr. Hagedorn vorstellte.

„Hauptkommissar Schrager und Oberkommissarin Reiser, nehme ich an?"

„Ja, stimmt. Und Sie? Der Anwalt von Steffen Boehn? Wir haben heute Morgen miteinander telefoniert?"

„So ist es", gab sich Hagedorn jovial. „Allerdings", kam der Rechtsvertreter ohne Umschweife zur Sache, „bevor wir nach oben gehen: Ich bin mir nicht sicher, ob mein Mandant zu einer Aussage wirklich fähig ist. Jedenfalls muss ich darauf bestehen, dass dies vorher von seinem behandelnden Arzt bestätigt wird. Und ich bestehe außerdem darauf, dass der Arzt während des gesamten Gesprächs im Zimmer anwesend ist, um eventuell schnell eingreifen zu können."

„Selbstverständlich", antwortete Schrager indigniert. „Wir halten uns an die Vorschriften, schon aus eigenem Interesse. Wenn wir nicht vom behandelnden Arzt grünes Licht bekommen hätten, wären wir ganz sicher nicht hier. Und wie ist es mit Ihrem Mandaten? Wird er sich kooperativ zeigen und offen reden?"

„Nun, wir werden sehen", erwiderte Hagedorn. „Wir können übrigens direkt nach oben gehen. Dr. Melzer erwartet uns dort bereits."

Steffen Boehn lag in einem Raum, der nur teilweise den Eindruck eines Krankenhauszimmers machte. Fast schon Hotel, dachte Schrager, na ja, wenn das typische Bett nicht gewesen wäre. Aber vielleicht war das auch der schweren Beinverletzung geschuldet.

Als die kleine Gruppe in das Krankenzimmer kam, erwartete Boehn seine Besucher in einem Rollstuhl sitzend, an den eine Stütze für sein gebrochenes Bein montiert worden war. Die Pflegekräfte hatten ihm einen Trainingsanzug angezogen, der in seinen frischen Farben im harten Gegensatz zu Boehns fahlem Gesicht stand. Er wirkte mitgenommen, ja fast versteinert.

Schrager hatte vorher einige Bedenken gehabt, sie würden sich bei der Befragung stehend um das Krankenbett versammeln müssen. Erleichtert stellte er fest, dass sich diese Befürchtungen als unbegründet erwiesen. Zudem war das Pflegepersonal offensichtlich angewiesen worden, für zusätzliche Sitzgelegenheiten zu sorgen, weshalb nun alle einen Platz fanden.

Der Hauptkommissar nahm als Erster das Wort. „Herr Boehn, mein Name ist Hans Schrager, Hauptkommissar der Göttinger Kriminalpolizei. Das ist meine Kollegin, Oberkommissarin Beate Reiser. Die beiden übrigen Herren brauche ich Ihnen nicht vorzustellen."

Hagedorn gab Boehn betont deutlich die Hand, was wohl freundliche Anteilnahme ausdrücken sollte, am Ende aber doch zu einer steifen Formalie geriet. Dr. Melzer nickte nur kurz mit dem Kopf.

„Bevor wir unser Gespräch beginnen, möchte ich Sie darauf aufmerksam machen, dass dies eine offizielle Vernehmung ist, deren Inhalt protokolliert werden wird. Dazu werden wir das Gespräch mit diesem Rekorder aufzeichnen." Der Hauptkommissar zeigte auf ein kleines Aufnahmegerät, das er auf einen Tisch gestellt hatte. „Zudem wird Frau Reiser wichtige Dinge mitschreiben. In den nächsten Tagen wird dann das exakte Gesprächsprotokoll niedergeschrieben und Ihnen zur Unterschrift vorgelegt. Dadurch ist es bei einer eventuellen Gerichtsverhandlung verwendbar."

„Aber nur, soweit es einem Richter dazu verhilft, sich ein eigenes Bild zu machen", stellte Hagedorn klar. „Letztlich entscheidend wird sein, was Sie in der Verhandlung sagen werden und nicht, was Sie hier und jetzt sagen."

„Okay. Sind damit alle Formalien erfüllt und können wir dann beginnen?", fragte Schrager in die Runde. Alle nickten.

„Herr Boehn, können Sie uns die Ereignisse schildern, die zu Ihrem Unfall auf der A7 führten. Die polizeiliche Unfallaufnahme am Ort des Geschehens hat ergeben, dass Sie als Geisterfahrer auf die Autobahn an der Raststätte Göttingen West aufgefahren sind und einen schweren Unfall verursacht haben. Die Staatsanwaltschaft hat bereits entsprechende Anklage erhoben, was Ihnen Ihr Anwalt sicher schon berichtet hat. Wir möchten jetzt von Ihnen wissen, wie sich die Ereignisse aus Ihrer Sicht darstellen und wie es überhaupt dazu gekommen ist. Gab es einen Grund für Ihre Geisterfahrt oder war das schlicht ein tragischer Fehler?"

Boehn sah den Polizisten mit geweiteten Augen an und musste schlucken, als ihm diese Frage gestellt wurde. Es war ganz offensichtlich, dass ihm eine Antwort nicht leichtfiel. Dann begann er mit schwacher, ja beinahe brüchiger Stimme zu sprechen.

„Meine Frau! Meine Frau! Warum hat sie das getan? Wie konnte sie das tun? Ich wollte doch nur das Beste, aber sie …" Er brach mitten im Satz ab.

„Ihre Frau?", erkundigte sich Schrager verunsichert. „Saß die mit im Auto? Nach unseren Erkenntnissen waren Sie allein."

Boehn sah irgendwie überrascht in die Runde. „Wie? Was? Ja – allein."

Der Polizist sah ratsuchend zum Arzt, der allerdings auch nur mit den Schultern zucken konnte. Dann plötzlich fuhr Boehn fort, immer noch leise, aber klarer als zuvor.

„Es tut mir leid. Aber ich kann mich kaum richtig an das alles erinnern. Das ist so, als ob – wie soll ich sagen

– als ob ein dicker grauer Schleier darüberläge. Also Sie wollen wissen, wie alles so passiert ist?"

„So ist es. Das interessiert uns zunächst am meisten."

Schwer atmend, sich selbst immer wieder unterbrechend erzählte Boehn, was er in Erinnerung hatte. Es waren Bruchstücke, wie Einzelbilder, die kaum ein Gesamtbild ergaben. In seinem Gesicht jedoch stand geschrieben, wie sehr er unter diesen Bildern litt.

„In Ordnung, Herr Boehn", fasste Schrager zusammen, „insoweit bestätigen Sie die polizeiliche Ermittlungsarbeit." Der Hauptkommissar versuchte, so sachlich wie möglich zu reagieren. „Sie werden aber verstehen, dass uns hier und heute viel mehr als der eigentliche Unfall die Vorgeschichte dazu interessiert."

Boehn nickte schwach, aber erkennbar.

„Wollten Sie sich mit der Geisterfahrt das Leben nehmen?", fragte der Hauptkommissar ganz direkt. Wieder nickte Boehn. „Und gab es dafür einen Grund, den Sie uns benennen können? Möchten Sie uns dazu etwas sagen? Möchten Sie uns eventuell erzählen, wie es dazu gekommen ist, dass Ihre beiden Kinder vergiftet wurden?"

„Ja, das möchte ich." Die Antwort kam zögerlich und war kaum zu hören. Hoffentlich ist das Aufnahmegerät gut genug, dachte Schrager, damit auch etwas zu hören ist. Beate Reiser schrieb aufmerksam mit.

„Ich war das." Wieder eine bedrückende Pause.

„Sie waren was?" Auch Schragers Stimme war leise geworden, aber dennoch nicht weniger eindringlich.

„Ich habe meine Kinder vergiftet." Die Stimme schlug jäh um, wurde laut, schrill. „Verdammt, ich habe sie vergiftet. Ich, ich, ich! Ich weiß auch nicht, was in mich gefahren ist. Aber, meine Frau ... Also irgendwie war ich völlig außer mir. Das kann sie mir doch nicht antun. Das kann sie doch nicht machen, mir die Kinder wegnehmen. Die gehören doch zum Vater. Ich kann ihr Mia und Felix auf keinen Fall einfach so überlassen. Die kann das doch gar nicht. Ich will mich nicht einfach so ausbooten lassen. Wo kommen wir denn da hin? Niemals werde ich ihr die Kinder ausliefern. Auf gar keinen Fall. Nein!"

Aufmerksam beobachtete Dr. Melzer das Geschehen. Fragende Blicke der Polizisten und des Anwalts beruhigte er jedoch mit einer kleinen Handbewegung. Lasst ihm Zeit, schien das zu bedeuten. Aber dann sprach Boehn auch schon weiter: „Ich – später wollte ich alles wieder gutmachen. Deshalb bin ich noch einmal zurückgekommen, Mia konnte ich noch dazu bringen, sich zu übergeben, aber bei Felix … verdammt!"

Er vergrub das Gesicht in seinen Händen.

„Ich hab es immer wieder versucht, aber es ging nicht mehr. Es war zu spät." Tränenüberströmt sah er in die Runde der vier Zuhörer. „Was hab ich getan? Was hab ich getan? Das war alles, was ich noch denken konnte." Wieder eine Pause, und niemand versuchte ihn zu unterbrechen. Jetzt eine falsche Frage zur falschen Zeit und der gesamte Fluss würde unterbrochen. „Bin ich schuld am Tod meiner Kinder?" Boehn schaute irgendwie in die Runde, aber Schrager hatte eher das Gefühl, dass er durch sie hindurchsah und einen imaginären Punkt hinter ihnen anvisierte.

„Dörthe … Sie hat mich – immer wieder …! Wenn sie nicht …! Wie konnte sie nur! Das kann man doch nicht tun! Sie kann doch nicht …! Sie ist es doch gewesen, die mich erst …!" Boehn wurde wieder lauter und konnte vor Aufregung keinen Satz zu Ende sprechen.

„Ihre Tochter Mia ist nicht gestorben. Sie haben sie gerettet, als Sie sie zum Erbrechen brachten", mischte sich plötzlich der Anwalt ein. Schrager wollte ihn am liebsten sofort in seine Schranken weisen. Sich so einzumischen! Aber das hätte alles nur noch schlimmer gemacht. Deshalb biss er sich auf die Lippen, in der Hoffnung, dass Boehn nicht zu sehr aus dem Rhythmus gebracht worden war. Der sah seinen Anwalt überrascht an.

„Aber sie ist behindert! Sie bleibt es ihr Leben lang! Ich war zu spät! Es ist alles schiefgelaufen. Ich wollte doch meinen Kindern nichts tun! Sie sind doch alles, was ich habe. Aber meine Frau! Verdammt, wenn sie nicht gewesen wäre, wäre das alles nicht passiert! Diese elende Scheißkuh! Wenn die nicht immer …"

Er brach endgültig mitten im Satz ab und sackte in sich zusammen, schwer atmend. Der Arzt musste eingreifen.

„Ich denke, das Gespräch ist hiermit zu Ende. Ich kann keine weiteren Fragen zulassen. Der Patient braucht Ruhe, und zwar jetzt!"

„Sie haben es gehört", unterstützte Hagedorn den Mediziner.

„Ja, es sieht so aus", pflichtete auch Schrager den beiden bei. „Aber wir werden das Gespräch unbedingt noch weiterführen müssen."

„Das sehe ich auch so. Allerdings, die Vorgeschichte dieses Dramas wird besonders beachtet werden müssen. Und damit die Frage der Schuldfähigkeit." Der Anwalt machte ein ernstes und entschlossenes Gesicht, als er das sagte.

Ohne ein weiteres Wort nahm der Hauptkommissar den Rekorder vom Tisch und wandte sich zum Ausgang. Gerade wollte er nach der Klinke fassen, da wurde die Tür mit Schwung von außen aufgerissen. Vor Schreck blieb der Hauptkommissar wie angewurzelt stehen. Er blickte in die aufgeregten Züge einer sehr resoluten Frau. Hinter ihr erschien das Gesicht eines Mannes. Schrager fühlte sich überrumpelt, was nicht oft vorkam.

„Was geht hier vor? Was ist hier los?“, platzte es aus der Frau heraus. „Herr Dr. Hagedorn? Was hat das zu bedeuten? Wie können Sie es wagen!“

Eine blass gewordene Krankenschwester erschien hinter den beiden: „Entschuldigung, Herr Dr. Melzer. Ich habe gesagt, dass sie im Augenblick nicht zu ihrem Bruder können. Aber … also … ich konnte sie nicht aufhalten.“ Die Pflegerin unterstützte ihre Worte mit wie zur Abwehr erhobenen Händen.

„Guten Morgen Frau Wilhelm, guten Morgen Herr Boehn“, versuchte der Anwalt die Situation zu beruhigen. „Darf ich Ihnen Herrn Hauptkommissar Schrager und Frau Oberkommissarin Reiser vorstellen? Es ging um eine Befragung Ihres Bruders. Kein Grund zur Aufregung. Es ist alles nach Vorschrift verlaufen.“

„Kein Grund zur Aufregung? Sind Sie völlig von Sinnen? Das soll kein Grund sein, wenn Sie hier mit vier Personen auf unseren Bruder einwirken? Steffen, was haben die mit dir gemacht?“ Margot Wilhelm war geradezu außer sich. Mit hochrotem Kopf schoss sie auf Steffen Boehn zu, der vollkommen in sich gekehrt in seinem Rollstuhl saß und nun irgendwie abwesend zu seiner Schwester aufblickte.

Auf den ersten Blick hätte Hans Schrager nicht damit gerechnet, dass die beiden Steffen Boehns Geschwister waren. Der Altersunterschied war zu groß, um unmittelbar auf diesen Zusammenhang zu kommen. Nun ging er mit forschen Schritten und seinem Dienstausweis in der Hand auf Margot Wilhelm und Klaus Boehn zu.

„Wir haben hier im Beisein des Rechtsanwaltes Ihres Bruders eine offizielle polizeiliche Vernehmung durchgeführt und wir haben nicht vor, uns vor Ihnen zu rechtfertigen. Selbstverständlich können Sie Ihren Bruder besuchen, wenn der Arzt das für sinnvoll hält."

„Der hält das aber im Augenblick nicht für sinnvoll!" Dr. Melzer schloss sich der klaren und keine Ausflüchte zulassenden Ausdrucksweise des Polizisten an. „Ihr Bruder hat eine für ihn durchaus anstrengende Befragung hinter sich und er braucht jetzt Ruhe. Deshalb muss ich Sie auffordern, den Raum zu verlassen! Alle beide, und zwar unverzüglich."

„Wie reden Sie denn mit meiner Schwester", mischte sich der bis dahin stumme Klaus Boehn ein. „Sie werden uns nicht das Recht nehmen, Steffen zu besuchen, wenn wir das wollen."

„Wir sind seine Familie und er braucht uns in dieser schweren Zeit. Ohne uns wäre er doch wieder verloren", unterstützte ihn Margot Wilhelm. „Wie damals, als unsere Mutter bei einem Autounfall starb! Da war es auch an mir, mich um meinen kleinen Bruder zu kümmern. Sie werden nicht verhindern, dass wir zu Steffen kommen, wann immer wir wollen!"

„Oh doch! Genau das will ich. Das muss ich sogar, wenn es um das Wohl meines Patienten geht. Und dieses Wohl ist gefährdet, wenn Sie hier einen solchen Zirkus veranstalten. Also, verlassen Sie das Zimmer und zwingen Sie mich nicht, von meinem Hausrecht Gebrauch zu machen."

„Und beachten Sie bitte, dass gegen Ihren Bruder ein Haftbefehl vorliegt. Das heißt, er wird, sobald es sein Gesundheitszustand zulässt, in eine Haftanstalt überführt", ergänzte Schrager.

„Aber der ist doch krank! Der ist doch gar nicht haftfähig!", kreischte jetzt wieder die Schwester.

„So beruhigen Sie sich doch", versuchte Dr. Hagedorn zu mäßigen. „Ihr Bruder wird bestimmt nicht in diesem Zustand in ein Gefängnis gesteckt. Solange er noch krank ist, bleibt er hier in der Psychiatrie. Und glauben Sie mir, er ist sehr krank, auch wenn seine äußeren Verletzungen nicht mehr im Vordergrund stehen. Wenn es ihm wieder besser geht, wird er in Haft gehen. So sind nun einmal die Fakten. Aber auch dort wird er, wenn nötig, medizinisch versorgt. Das garantiere ich Ihnen."

Für Augenblicke lag über der Szenerie eine unwirkliche Ruhe, die eher einer Feuerpause als einer Gesprächspause glich.

„Verdammter Mist! Hast du etwa gestanden?" Margot Wilhelm wandte sich erneut direkt an den verschüchterten, in seinem Rollstuhl sitzenden Bruder. „Hast du hier vor den Zeugen erzählt, dass du das alles gemacht hast? Bist du von Sinnen?" Und wieder an den Kommissar: „Das hat doch alles überhaupt keine Geltung! Unser Bruder ist viel zu krank, um eine Aussage zu machen. Der ist überhaupt nicht zurechnungsfähig! Hat er Ihnen eigentlich von seiner Frau Dörthe erzählt, diesem elenden Subjekt?" Und schließlich, mit Blick auf den Anwalt, fügte sie hinzu: „Wofür haben wir Sie eigentlich engagiert? Damit Sie hier einen solchen Mist verzapfen?"

„So, jetzt reicht es!" Der Arzt war sichtlich ärgerlich und aufgebracht. „Sie verlassen sofort dieses Zimmer, wenn Sie sich keine Anzeige wegen Hausfriedensbruchs einhandeln wollen. Oder muss ich doch noch den Polizisten draußen vor der Tür bemühen?"

Jetzt war es Klaus Boehn, der die Initiative ergriff. Er nahm seine Schwester am Arm, die weiterhin vor sich hin schimpfte, und schob sie Richtung Tür.

Als sie endlich draußen waren und der uniformierte Beamte die Tür geschlossen hatte, schauten sich die vier ziemlich entgeistert an.

„Ich hätte Sie vielleicht warnen sollen", sagte Dr. Melzer. „Ich kannte die beiden schon, aber ich habe nicht damit gerechnet, sie hier noch einmal zu sehen, nachdem ich ihnen eindringlich geraten hatte, Steffen Boehn vorläufig nicht zu besuchen. Im Übrigen werden Sie sicher allein den Weg nach draußen finden. Ich sollte wohl besser hierbleiben, zumindest bis ich sicher sein kann, dass mein Patient sich wieder erholt hat. Das war nun wirklich alles andere als hilfreich in seiner Situation."

„Was war das denn?", begann Beate Reiser das Gespräch, als die Beamten wieder in ihrem Wagen saßen und zur Dienststelle zurückfuhren. „Diese Geschwister spielen eine mehr als merkwürdige Rolle."

„Ja, das sehe ich auch so. Komisch, dieser Altersunterschied. Hab ich das richtig gehört, dass die Wilhelm irgendetwas davon erzählt hat, sie hätte die Mutter ersetzen müssen, die früh gestorben ist?"

„Das habe ich auch so in Erinnerung. Das würde die Vehemenz erklären, mit der vor allem die Schwester auftrat. So verhalten sich oft Mütter, wenn es darum geht, ihre Kinder zu schützen. Wie eine Glucke, die ihr Gelege gegen einen Fuchs verteidigt. Allerdings ist das gegenüber erwachsen gewordenen Kindern eher selten. Spielt hier die große Schwester die Rolle der Henne und das, obwohl Steffen Boehn nun wirklich kein Kind mehr ist?“

„Möglich. Aber das ist vielleicht doch nicht unsere Sache als Polizei. Damit sollen sich die Psychologen rumschlagen, irgendein Gutachter vielleicht, der vom Gericht bestellt wird“, schloss die Oberkommissarin die Diskussion ab.

Zweiter Teil

Verhängnis

Kapitel 9

An diesem Morgen begann Karsten Linnemann unmittelbar mit der Recherche zu eventuell vorhandenen Angehörigen von Dörthe Langer.

Seine Kollegin Marina Burmann kam wie gewöhnlich etwas später. Ihr erster Weg führte immer in Frank Sommers Zimmer, um sich dort mit einem Kaffee zu versorgen. Als sie sich schließlich Karsten gegenüber an ihren Schreibtisch setzte, hatte dieser schon einiges herausgefunden.

„Schon so fleißig am frühen Morgen?" Burmann schlürfte genüsslich ihren Kaffee, ohne den für sie kein Tag beginnen durfte.

„Morgen, Marina. Na ja, kennst mich ja", begrüßte er sie freundlich. „Hör dir das mal an."

„Dörthe Langer, geboren am 17. April 1976 in Göttingen." Karsten unterbrach sich, als er das fragende Gesicht seiner Kollegin sah. „Ja, hat mich auch gewundert", fuhr er dann fort. „Wohnt in Werther seit vier Jahren, vorher zwei Jahre in Bielefeld. Aber jetzt pass auf: In Bielefeld war sie zunächst unter dem Namen Dörthe Boehn gemeldet, bis sie nach einem Jahr wieder ihren Mädchennamen Langer angenommen hat. Der Grund war eine Scheidung im Jahr 2007 von einem gewissen Steffen Boehn, den sie 1998 geheiratet hatte. Dessen Wohnadresse wird mit „Am großen Sieke, 37124 Rosdorf" angegeben. Wo das genau liegt, muss ich noch herausbekommen."

„Und Dörthe Langer beziehungsweise damals Boehn, wo hat die in Göttingen gewohnt?"

Karsten schaute noch einmal in den Computer. „Kurmainzer Weg in einem Ortsteil namens Geismar. Liegt mehr im Süden der Stadt."

„Und Mia? Heißt die jetzt auch Langer? Doch vermutlich nicht, oder?"

„Nein, natürlich nicht. Die Tochter behält den Namen, den sie ursprünglich hatte, also Boehn, Mia Boehn."

Linnemann lehnte sich in seinem Stuhl zurück. „Den Exehemann müssen wir vermutlich benachrichtigen. Könnte jedoch etwas heikel werden. Man weiß ja nie, in solchen Fällen."

„Dörthe Langer wird sicher ihre Gründe gehabt haben, den Namen dieses Herrn Boehn abzulegen." Karsten meinte, so etwas wie weibliche Solidarität in ihrer Stimme vernommen zu haben. Aber er machte sich eine Notiz in seine To-do-Liste.

„Andererseits, gut möglich, dass es noch Eltern gibt, eventuell auch Geschwister. Ich werd das mal weiter recherchieren. Und was hast du dir so für heute vorgenommen?"

„Ich wollte nach Bethel fahren, um etwas über Mia herauszufinden. Gut, dass ich jetzt weiß, dass sie Boehn heißt und nicht Langer. Ich würde sie sonst wohl kaum finden. Von der Tochter wissen wir ja noch überhaupt nichts."

„Kennst du Bethel schon näher?", fragte Linnemann.

„Nicht wirklich."

„Dann mach dich darauf gefasst, dass das alles sehr unübersichtlich ist und ziemlich schwierig, jemanden zu finden, von dem man nicht genau weiß, in welchem der vielen Häuser er oder sie untergebracht ist."

„Ich werd's schon schaffen. Irgendwo wird es doch wohl eine zentrale Auskunftsmöglichkeit geben. Steht da was unter Bethel im Telefonbuch?"

„144-00!"

„Wie bitte?" In Marinas Gesicht stand ein großes Fragezeichen.

„Du musst die 144-00 wählen. Das ist die zentrale Nummer für alle Anschlüsse in Bethel. Die haben dort ein riesiges eigenes Telefonnetz und die Teilnehmer stehen nicht im normalen Telefonbuch. Es gibt ein eigenes Verzeichnis. Aber über die Sammelnummer kannst du überallhin vermittelt werden. Die helfen dir bestimmt weiter."

Burmann griff beherzt zum Hörer und wählte den von Linnemann genannten Anschluss. Es dauerte eine Weile, dann hatte sie aber die gewünschte Auskunft erhalten. Zu ihrer Überraschung würde sie nicht direkt nach Bethel fahren müssen, sondern in eine Außenstelle in der Senne, weit draußen am südöstlichen Stadtrand, nach Eckardtsheim. Dort gab es eine Pflegeeinrichtung, die sich auf die Betreuung von Wachkomapatienten spezialisiert hatte, das Haus Elim. In dem lebte auch Mia Boehn seit sechs Jahren.

Nachdem Marina mit dem Einrichtungsleiter des Hauses Elim einen sofortigen Termin vereinbaren konnte, setzte sie sich ins Auto und fuhr los. Mit Karsten hatte sie sich darauf verständigt, bei allen neuen Entwicklungen telefonisch in Kontakt zu bleiben. Zum Glück konnte sie auf ihrer Fahrt ein erst vor Kurzem fertiggestelltes Teilstück der A33 nutzen, weshalb sie schon bald vor Ort war. Bevor sie das Ziel erreichte, zeigten bereits verschiedene Hinweisschilder eine ganze Reihe von oft im Wald liegenden Betreuungseinrichtungen an. Auch hier in Eckardtsheim, wie in Bethel selbst, handelte es sich eher um einen ganzen Stadtteil, als um einen in sich geschlossenen Gebäudekomplex.

Wie stark behindert würde Dörthe Langers Tochter wohl sein? Die Auskunft, um welche Art Einrichtung es sich bei dem Haus Elim handelte, verursachte bei Marina gehörige Bauchschmerzen. Wird Mia überhaupt etwas von dem mitbekommen, was ihrer Mutter passiert war? Burmann war skeptisch. Andererseits hatte sie keinerlei Ahnung, was in solchen Menschen vorging. Sie würde sich deshalb ganz auf das Pflegepersonal verlassen müssen.

Schließlich wurde sie von ihrem Navi vor ein kastenförmig verschachteltes Haus geführt, das vielleicht aus den Achtzigerjahren stammen mochte. Schon von außen fiel ihr ein buntes Graffito auf, das ankommende Besucher begrüßte. Eine Art Oase war dort dargestellt, bei der ein fröhliches Zebra an einer Palme hangelte. Lustig war es, aber der Sinn erschloss sich ihr nicht unmittelbar. Direkt am Eingang eine weitere überraschende Installation. Ein Strand mit Sand und Spielzeug war sehr realistisch nachgestaltet und an der Hauswand dahinter ein Bild, das ein Urlaubsszenario an der Nordsee zeigte. Hier herrscht Leben, dachte Marina, und das, obwohl sie glaubte, hinter dieser fröhlichen Fassade das geballte Elend dieser Welt anzutreffen: neben der Abteilung für Wachkomapatienten auch eine Spezialabteilung für Demenzkranke.

In der Eingangshalle wurde sie von einer freundlichen Dame in Empfang genommen, die bereits Bescheid wusste und die Polizistin unmittelbar zum Heimleiter brachte.

„Guten Morgen, ich bin Marina Burmann, Polizei Bielefeld", stellte sich die Kommissarin vor „Wir hatten miteinander telefoniert."

„Ja, so ist es. Nils Sendenhorst, der Einrichtungsleiter. Kommen Sie doch herein", bat sie ein großer, schlanker, eher jüngerer Mann in Jeans und offenem Hemd.

Marina betrat einen nicht sonderlich großen Raum, der kaum auf repräsentative Zwecke ausgerichtet war, in dem aber dafür umso deutlicher intensiv gearbeitet wurde. An den Wänden und im Raum verteilt eine Vielzahl von Büchern, Zeitschriften, Plakaten und Akten, auch der Schreibtisch zeugte von Arbeit, allerdings, ohne dass Chaos geherrscht hätte. Rechts an der Wand registrierte sie eine Gitarre, griffbereit auf einem Ständer, davor einen Besprechungstisch, darauf zwei Tassen und Teller mit etwas Kuchen. Im Hintergrund arbeitete eine Kaffeemaschine. Marina fühlte sich auf Anhieb wohl.

„Setzen Sie sich doch, dann können wir in Ruhe über Ihr Anliegen sprechen. Möchten Sie Kaffee? Der Kuchen stammt noch von gestern. Wir hatten hier ein großes Fest."

Marina nahm sehr gern ein Stück leckeren Apfelkuchen. Dann begann sie über Mia Boehn zu sprechen und darüber, was ihrer Mutter zugestoßen war. Tief betroffen hörte Sendenhorst zu.

„Das ist ja eine wirkliche Tragödie. Frau Langer war hier bei uns die einzige Angehörige, mit der wir zu tun hatten. Über sie liefen alle notwendigen Kontakte. Ich weiß gar nicht, ob es irgendeine weitere Person gibt, die für einen solchen Fall benannt worden ist. Hoffentlich ist noch jemand anders benannt, sonst wird es schwierig und es müsste ein vom Gericht bestellter Betreuer gefunden werden."

Sendenhorst stand auf und ging zu seinem Schreibtisch, um im Computer nachzuschauen. Nach einer Weile sagte er leise, offenbar direkt mitlesend: „Hier stehen zwei weitere Namen: eine Frau Maria Langer aus Göttingen, Springstraße - das ist wohl die Großmutter, aber kein direkter Vermerk, dass ihr das Sorgerecht sozusagen automatisch zufallen soll. Und dann steht hier noch der Name eines Mannes: Steffen Boehn, aus Rosdorf, Am großen Sieke." Der Einrichtungsleiter zögerte einen Augenblick: „Moment, hier ist noch ein dicker Vermerk in der Akte zu diesem Namen. Steffen Boehn ist zwar der leibliche Vater von Mia, hat aber nicht das Sorgerecht und auch kein Umgangsrecht mit seiner Tochter. Frau Langer hat sogar nachdrücklich darauf bestanden, dass zu diesem Herrn Boehn niemals Kontakt aufgenommen werden soll. Eigentlich merkwürdig. Da muss irgendetwas Gravierendes vorgefallen sein."

„Sie sagten Rosdorf? Irgendein Hinweis, wo das liegt?"

„Postleitzahl 37124. Moment, ich google das mal."

Es dauerte nur einen kleinen Moment, bis er das gewünschte Ergebnis geliefert bekam.

„Donnerwetter! Daher weht der Wind", stellte er fest. „Also, dieses Rosdorf liegt tatsächlich in der Nähe von Göttingen, eine kleine Nachbargemeinde. Aber jetzt halten Sie sich fest. Google Maps weist bei der exakten Adresse darauf hin, dass es sich um ein Gefängnis handelt, Justizvollzugsanstalt Rosdorf."

Verwundert sah er auf und zu Marina hinüber.

„Interessante Neuigkeiten!" Burmann machte aus ihrer Überraschung keinen Hehl. „Entschuldigen Sie, aber das muss ich unbedingt sofort meinem Kollegen mitteilen, der im Augenblick dabei ist, Nachforschungen über weitere Angehörige von Mia Boehn und ihrer Mutter anzustellen." Sie hatte bereits ihr Handy gezückt und Karstens Nummer gewählt.

„Hallo Karsten", ließ sie ihn gar nicht erst zu Wort kommen. „Ich bin hier gerade in Eckardtsheim und spreche mit dem Leiter von Mias Pflegeeinrichtung. Es gibt sehr interessante Neuigkeiten. Wir haben gerade herausgefunden, dass die Adresse von Dörthe Langers Exmann offenbar zu einem Knast gehört ..."

„JVA Rosdorf, ich weiß." Marina kam nicht dazu, weiterzusprechen. „Ist mir auch schon aufgefallen. Und ich weiß inzwischen noch viel mehr."

Er machte eine Pause, wohl um die Spannung zu steigern.

„Karsten, komm zur Sache." Marina hatte keine Lust auf Ratespielchen.

„Okay! Dieser Steffen Boehn, der Exmann von Dörthe Langer und leibliche Vater von Mia, saß dort in Rosdorf für insgesamt fast sieben Jahre. Im Frühjahr ist er aber vorzeitig entlassen worden, warum, weiß ich noch nicht. Gute Führung oder was auch immer. Jetzt wohnt er wieder in Göttingen in der, Moment, ich hab mir das notiert, in der Europaallee, Stadtteil Holtenser Berg."

„Und? Auch schon eine Ahnung, warum er eingesessen hat?"

„Ja! Und jetzt halt dich fest! Steffen Boehn wurde 2007 zu neun Jahren Haft verurteilt wegen Totschlages an einem seiner beiden Kinder und gefährlicher Körperverletzung in einem besonders schweren Fall. Dieser besonders schwere Fall war Mia. Und dann war da noch etwas mit einer Geisterfahrt auf der Autobahn, bei der es auch einen Todesfall gegeben hat. Ich werd mich gleich mal mit den Kollegen in Göttingen in

Verbindung setzen, damit wir an die Akten von damals kommen.“ Karsten atmete hörbar schwer aus. „Also ehrlich, Marina. Da tun sich Abgründe auf.“

„Und genau da müssen wir hinunter - unbedingt“, ergänzte seine Kollegin. „Okay, sieh zu, was du noch herausfinden kannst. Ich meld mich später wieder.“ Burmann drückte die Aus-Taste, wandte sich wieder Sendenhorst zu und erzählte, was Karsten ihr soeben berichtet hatte.

„Ja, exakt das steht auch hier in den Patientenunterlagen im Rechner.“ Sendenhorst nickte. „Ich hab schon weitergeklickt.“

Ausführlich und sichtlich bewegt berichtete Sendenhorst von der Vergiftung durch den eigenen Vater sowie von der anschließenden Geisterfahrt auf der Autobahn. Auch davon, dass Steffen Boehn seine Tochter später zum Erbrechen gebracht und damit den Sterbeprozess wenigstens vorübergehend unterbrochen habe. Kurz bevor die Kinder gefunden wurden, müsse dann das Herz dennoch ausgesetzt haben. Mia konnte aber von einem Polizisten reanimiert werden. Das Gehirn war da allerdings schon zu lange ohne Sauerstoff, weshalb dauerhafte Schäden zurückgeblieben seien.

„Dabei hat sie noch Glück gehabt“, schloss Sendenhorst. „Je länger das Gehirn nicht durchblutet wird, desto schlimmer ist es. Bei Mia war noch nicht alles kaputtgegangen.“

Marina musste das Gehörte erst einmal verarbeiten. Dann fuhr sie fort: „Und der heutige Zustand? Bekommt sie etwas von dem mit, was um sie herum geschieht? Wird sie begreifen, dass ihre Mutter tot ist?“

„Ja, vermutlich. Und es wird keine leichte Aufgabe sein, ihr das mitzuteilen. Wenn nicht, wird sie sicher irgendwann von allein merken, dass ihre Mutter nicht mehr kommt. In den Jahren, in denen sie hier ist, hat sich ihr Zustand immer weiter verbessert. In sehr kleinen Schritten natürlich. Aber sie ist heute in einem Zustand, den wir MCS++ nennen."

„Können Sie das erläutern?"

„Sicher. Landläufig wird der Zustand Wachkoma genannt. Das ist aber, nun ja, eine eher journalistische Bezeichnung und nicht sehr präzise. Deshalb spricht man seit einiger Zeit von einem ‚minimal bewussten Status' oder auf Englisch: ‚minimally conscious state', abgekürzt: MCS. Und weil natürlich jeder Einzelfall unterschiedlich gelagert ist, unterscheidet man von MCS-- bis MCS++."

„Und Mia ist, wie Sie eben sagten, MCS++?"

„Ja genau. Sie bekommt viel mit. Sitzt normalerweise im Rollstuhl, hört gern Musik und antwortet gelegentlich mit einzelnen Wörtern, die allerdings für Außenstehende nur schwer zu entschlüsseln sind. Auch ihre Spasmen, das heißt ihre Verkrampfungen, sind durch ausgiebige Physiotherapie gut beherrschbar, sodass sie kaum Medikamente braucht. Was jedoch mit ihr geschieht, wenn sie begreift, dass ihre Mutter nicht mehr kommt, davor graut mir ein bisschen. Das wird eine große Herausforderung für uns!"

Erst jetzt kam Burmann dazu, ein Stück von dem Apfelkuchen zu probieren. Ein Rest Kaffee war allerdings inzwischen kalt geworden.

„Soll ich Ihnen noch etwas nachgießen, damit er wieder heißer wird?"

„Ja, gern. Der Kuchen ist übrigens sehr lecker. Und gestern hatten Sie ein großes Fest?"

„Ja, das war ein sogenannter Koffermarkt. Es waren viele Menschen hier, die etwas zum Verkauf anbieten konnten, von Marmelade bis Schmuck. Aber alle boten ihre Produkte in alten Koffern an, deshalb Koffermarkt. Solche Feste sind für die Bewohner wichtig und der allergrößte Teil derer, die hier leben, bekommt das auch mit. Und es ist für die Angehörigen schön. So können sie wieder etwas mit ihren Leuten gemeinsam erleben."

Marina war mehr und mehr von dem großen Eifer beeindruckt, mit dem hier gearbeitet wurde.

„Sagen Sie, ob ich wohl auch einen Blick auf die Station von Mia werfen könnte? Aber ich will keine Unruhe hineinbringen. Nur, wenn Sie das für richtig halten."

„Ach, das wird schon gehen."

Gemeinsam gingen sie hinauf in die erste Etage. Vom Treppenhaus aus gelangten sie in einen großen Raum, der als Aufenthalts- und Essraum gedacht war und von dem die Flure sternförmig abgingen.

„Hier isst natürlich kaum einer unserer Bewohner. Die meisten sind ständig ans Bett gefesselt oder müssen als ‚MCS--' ohnehin künstlich ernährt werden."

Interessiert sah sich die Kommissarin um. Vieles war natürlich auf Zweckmäßigkeit ausgerichtet, aber überall war versucht worden, durch liebevolle und ansprechende Dekoration eine angenehme Atmosphäre zu verbreiten. So war sie sehr beeindruckt von der Meeresdeko im Pflegebad.

„Wussten Sie übrigens, dass wir durch behördliche Vorgaben gezwungen werden, für jedes Zimmer eine eigene ganz normale Hotel-Nasszelle zu bauen, die wir aber überhaupt nicht brauchen, weil ohnehin auf dieser Station alle im Pflegebad gewaschen und geduscht werden. Hunderttausend Euro wurden da vollkommen unsinnig verbraucht, Geld, das wir an anderer Stelle dringend benötigt hätten. Unflexible Bürokratie, die keine Ausnahmen zulässt!" Der Einrichtungsleiter war an diesem Punkt sichtlich verärgert. „Aber lassen Sie uns jetzt nach Mia sehen." Sie gingen wieder auf den Flur und steuerten auf ein Zimmer in einem anderen Flügel zu. Allerdings war Mia nicht in ihrem Zimmer, sehr zum Bedauern der Kommissarin. Sie nahm gerade an einer Therapie speziell für sie teil.

„Unsere Einrichtung war übrigens vor Kurzem im Fernsehen", bemerkte Sendenhorst auf dem Rückweg. „In einem Bericht der Aktuellen Stunde des WDR wurde über ein neuartiges Projekt der Uni Bielefeld in Kooperation mit uns berichtet. Dabei werden den Patienten abwechselnd sinnhaltige und sinnlose Sätze vorgelesen. Und es ist ganz erstaunlich, dass auch die sehr schwer Betroffenen noch erkennbar Reaktionen zeigen, wenn ihnen Sätze ohne Sinn vorgelesen werden. Wir glauben, dass dadurch auch tief verborgene Fähigkeiten wiederbelebt werden können. Und es zeigt uns, dass auch Patienten im MCS-- mehr mitbekommen, als man gemeinhin glaubt.

Am Ausgang wollte sich Sendenhorst schon verabschieden, da fiel Marina noch eine Frage ein, die ihr schon von Anfang an auf dem Herzen gelegen hatte.

„Draußen, das Graffito mit dem Zebra an der Palme. Was hat es damit auf sich?"

„Oh, ja, natürlich", antwortete Sendenhorst mit einem Lächeln. „Das hat mit unserem Namen zu tun: Elim. Wie alle Einrichtungen in Bethel hat auch hier bei der Namensgebung die Bibel Pate gestanden. Das hat natürlich mit unserem Selbstverständnis als evangelische Einrichtung zu tun. Da gibt es eine Stelle im Alten Testament, in der das Volk Israel nach der Flucht aus Ägypten, auf dem Weg durch die Wüste, zu einer Oase mit dem Namen Elim gelangt und dort Ruhe und

Kraft findet. Eine solche Oase möchte auch unser Haus sein."

Gegen Mittag versammelte sich die gesamte Mordkommission im Konferenzzimmer zur Lagebesprechung. Auch Claudia Bruning war gekommen. Sommer forderte zuerst Anna und Pit auf, den neuesten Stand der Dinge im Fall des Messerstechers zu referieren. Pit berichtete, dass sie mitten in den Zeugenvernehmungen seien. Es gab einige Gäste des Fast-Food-Lokals, die einwandfrei gesehen haben wollen, wer der Hauptaggressor war und das Messer geführt hat. Ihre Beschreibungen waren zwar von unterschiedlicher Qualität, passten aber alle mehr oder weniger auf Viktor Fröhlich, der von Staatsanwalt Peters auf freien Fuß gesetzt worden war.

„Eine offizielle Gegenüberstellung hat also eine gute Aussicht auf Erfolg", führte Schwameyer aus. „Wir haben deshalb bereits veranlasst, Viktor Fröhlich ins Präsidium zu holen, um ihn von den Zeugen identifizieren zu lassen.

„Und das macht Peters jetzt mit?", fragte Sommer etwas ungläubig.

„Er konnte sich der neuen Situation nicht widersetzen", freute sich Anna sichtlich. „Zudem kam noch etwas hinzu, was du noch nicht weißt. Das Bürschchen ist nicht zum ersten Mal auffällig geworden. Er war schon zweimal bei uns und zwar jedesmal wegen Körperverletzung. Bei der Gelegenheit wurde er natürlich erkennungsdienstlich behandelt und deshalb hatten wir unter anderem ein Foto bei den Akten, das wir den Zeugen vorlegen konnten. Einer war sich nicht ganz sicher, ein anderer hat ganz klar auf dem Foto den

Messerstecher identifiziert. Peters' Gesicht hättest du sehen sollen, als er seinen Irrtum erkannte."

„Okay! Hoffen wir, dass alles so kommt", schloss Sommer diesen Teil der Besprechung. „Dennoch! Bleibt da zunächst auf jeden Fall noch gemeinsam dran. Jedenfalls soweit bei Marinas Suizidfall, oder was auch immer das nun ist, nichts Gravierendes passiert. – Und nun zu euch." Frank wandte sich an Karsten und Marina: „Was ist eigentlich mit dem Bericht der Rechtsmedizin? Sollte der nicht langsam mal vorliegen?"

„Tut uns leid, Chef, aber bis eben war noch nichts gekommen", griff Karsten den Ball auf.

„Ich hab extra kurz vor dieser Sitzung bei Lakefeld angerufen, bekam aber nur seinen Adlatus Müller ans Rohr, diesen Sektionsassistenten oder wie sein Titel auch immer sein mag." Linnemann machte ein betont affiges Gesicht.

„Der Herr Rechtsmediziner ist bereits zu Tisch – das war es wörtlich, was ich von ihm zu hören bekam. So hat er sich wirklich ausgedrückt. Ich hätte am liebsten sofort mit ‚Mahlzeit' geantwortet. Konnte mich aber beherrschen. Dann aber geruhte Müller immerhin, mir mitzuteilen, sie seien mit der Arbeit fertig, zum Ergebnis könne er aber natürlich nichts sagen. Es sei, wie ich sicher wüsste, immer Sache des Rechtsmediziners persönlich, uns das mitzuteilen, und zwar schriftlich. Schließlich konnte ich wenigstens noch erfahren, dass der Bericht am späten Vormittag aus dem Haus gegangen sei."

Allen am Tisch stand bei Karstens Schilderung ein ziemlich breites Grinsen ins Gesicht geschrieben. Sie kannten Müller und seine spezielle Art nur zu gut. Und ihr Kollege hatte ihn in Ton und Wortwahl hervorragend getroffen.

„Ich habe unten am Eingang die Nachricht hinterlassen, dass der Bericht, wenn er denn kommt, sofort zu uns heraufgebracht wird, und zwar hoffentlich noch während dieser Sitzung", schloss Linnemann an, als sich alle wieder ein wenig beruhigt hatten.

„Na gut, wenn das so ist, kann Marina uns ja zuerst mal erzählen, was sie in Bethel herausgefunden hat", versuchte Frank das Beste aus der Situation zu machen.

Burmann fasste zunächst für Anna und Pit zusammen, was Karsten und Frank schon wussten. Erstauntes Schweigen stellte sich ein, als sie auf die zurückliegenden Ereignisse in Göttingen zu sprechen kam. Damit hatte niemand gerechnet.

„Egal, ob nun Suizid oder nicht. Mit diesen Informationen bekommt der ganze Fall eine völlig neue Wendung", schloss Burmann ihren Vortrag.

„Eine völlig neue Wendung, da gebe ich dir recht", versuchte Sommer das Gehörte einzuordnen. „Aber es sagt nichts darüber aus, ob Dörthe Langers Tod Suizid war ober nicht. Tut mir leid, aber wir müssen abwarten, was Lakefeld uns mitzuteilen geruht."

„Entschuldige, aber ich muss dir widersprechen. Ich kann mir nach allem, was ich gehört habe, beim besten Willen nicht vorstellen, dass diese Mutter ihr Kind allein in der Welt zurücklässt und das mit der Angst, dass irgendein Richter vielleicht doch noch ihrem Ex das Sorgerecht zuspricht. Und dann sind da noch Claudias Arbeitsergebnisse, die im Gegensatz zu Lakefelds bereits schriftlich vorliegen." Die Anwesenden klopften spontan Beifall in Richtung der Kriminaltechnikerin, die abwehrend die Hände hob. Ich mache nur meine Arbeit, sollte das wohl heißen.

„Man hätte sie sterben lassen sollen, statt an ihr Gott zu spielen." Pit hatte diese Bemerkung nur getuschelt, aber alle hatten sie dennoch gehört. In einer Mischung aus Verwunderung und Überraschung sahen sie ihren Kollegen an.

„Ich meine, ist das nicht irgendwie Gott spielen, wenn man einen Menschen, der im Grunde schon tot ist, wieder ins Leben holt?"

„So was aus deinem Munde, Pit?", bemerkte Anna als Erste. „Ich dachte, du wärst Atheist."

„Oh, sorry! Ich wollte keine Grundsatzdiskussion lostreten. Aber trotzdem: Ist der Tod nicht manchmal gnädiger als so ein Leben in geistiger Umnachtung?"

Eine peinliche Stille entstand. Ethische Fragestellungen auch solchen Ausmaßes gehörten zwar zum Unterrichtsstoff auf der Polizeischule und hin und wieder bot ein Polizeiseelsorger auch entsprechende Fortbildungsseminare an, aber im Alltag wurden diese Grenzfragen des Lebens meistens ausgeschlossen und überlagert von den Anforderungen der täglichen Arbeit.

Marina war es schließlich, die sich als Erste wieder zu Wort meldete: „Pit, deine Gedanken in allen Ehren. Ich glaube, jeder von uns hat schon einmal in diese Richtung gedacht. Aber in diesem Fall bin ich ganz sicher, dass Mias Pflegerinnen das völlig anders sehen würden und ihre Mutter sicher auch, wenn sie es uns noch sagen könnte."

„Abgesehen von der Pflicht zur Hilfeleistung. Ich kann dich verstehen, Pit", griff Frank den Faden auf. „Ein Leben in, wie du es nennst, geistiger Umnachtung wünscht man niemandem. Und weißt du was, ich finde es gut, dass keiner von uns in einer solchen Situation zu entscheiden hat, ob und was getan wird.

Das sind Augenblicke, in denen wir schlicht zum Helfen verpflichtet sind. Ich kann jedenfalls nicht entscheiden, ob meine Hilfe irdendeinen Sinn macht oder nicht, beziehungsweise wie sich der Zustand eines Menschen irgendwann später einmal entwickelt. Und erst recht nicht kann ich beurteilen, ob ein solches Leben existieren darf oder nicht."

„Ja, ist ja schon gut. Ich mein ja nur, was hat so ein Mensch denn vom Leben?"

„Ach Pit, was wissen wir schon, was in ‚so einem Menschen' vorgeht", versuchte Anna auf ihren Kollegen einzugehen. „Am ehesten wissen das doch wohl die, die täglich mit ihr umgehen, oder? Und hattest du, Marina, nicht gesagt, dass sie trotz allem viel mitbekommt und Anteil nimmt am Leben?"

„So ist es! Ich hab sie selbst zwar nicht gesehen, aber einige andere dort auf der Station. Und selbst die, denen es am schlechtesten geht, zeigen Reaktionen von Wohlsein oder Ablehnung, wenn man zu ihnen kommt und mit ihren redet. Sie merken, wenn man in den Raum kommt. Sie merken, ob man es gut meint, und sie haben Freude am Leben, zum Beispiel wenn sie Musik hören. Eine Situation wie in Holland wünscht sich in Eckardtsheim niemand, weil dort …"

Marina kam nicht mehr dazu, zu Ende zu sprechen. Genau in diesem Augenblick wurde die Tür des Sitzungsraums geöffnet und der lang ersehnte Bericht der Rechtsmedizin wurde übergeben.

„Hallo zusammen. Ich glaube, hier ist etwas, worauf ihr schon ziemlich sehnsüchtig wartet." Mit diesen Worten übergab der uniformierte junge Kollege einen braunen DIN-A5-Umschlag an den Leiter der Mordkommission, an den er adressiert war.

Wie so oft war die Grundsatzdiskussion, die sie eben noch geführt hatten, weggewischt von den Erfordernissen der täglichen Arbeit. Gebannt schauten sie auf ihren Chef, der den Brief sofort öffnete und überflog. Zum Glück stand in solchen Berichten das Wichtigste immer in einer Kurzfassung am Anfang, bevor das Ergebnis ausführlich kommentiert und erläutert wurde. Und hier las Sommer nun klar und deutlich, schwarz auf weiß:

„Ich hatte den Todesfall der Dörthe Langer, wohnhaft in 33824 Werther, Schlesierweg, zu beurteilen, die am Samstag der Vorwoche auf dem Dachboden des Hauses, in dem sie wohnte, erhängt aufgefunden wurde. Wir müssen in diesem Fall eher davon ausgehen, dass es sich um Suizid handelt. Hinweise auf Fremdverschulden, wie sie von Teilen der Mordkommission angedeutet wurden, kann ich mit hinreichender Wahrscheinlichkeit ausschließen.

Begründung: …“

„Verdammt! Dieser elende Lakefeld!“ Marina war vor Ärger förmlich explodiert. „Das kann doch nicht wahr sein. Wieso ignoriert der alle Anzeichen, auf die ich ihn hingewiesen habe? Das kann man doch nicht übersehen. Das sieht doch ein Blinder mit dem Krückstock.“ Sie konnte sich kaum beruhigen.

„Jetzt haben wir ein Problem“, stellte Sommer fest. „Nach allem, was wir bisher wissen, bin ich immer mehr davon ausgegangen, dass es sich nicht einfach um eine Selbsttötung gehandelt hat. Irgendetwas stimmt da nicht. Kann man einen Menschen gegen seinen Willen aufhängen, ohne dabei Spuren zu hinterlassen, die ein Gerichtsmediziner nicht bemerkt?“ Er konnte es sich nicht vorstellen. Und seine Kollegen im

Raum offenbar auch nicht, wenn er deren Mienen richtig deutete. „Oder sollte Lakefeld wirklich alles verlernt haben, was ihn bisher ausgezeichnet hat?“, dachte er weiter laut nach. Auch dieser skeptische Gedanke stieß auf keinerlei Widerspruch.

„Frank, lass es gut sein. Die Sache ist durch. Lakefeld hat sein Urteil gesprochen. Was willst du noch?“ Natürlich Pit Schwameyer, der mit diesem Argument kommt, dachte Marina. „Unser lieber Werner zu L. hat nun wirklich genug Erfahrung in – wie viele Jahre ist er im Dienst? Weit über dreißig? Und nachlässig ist er auch nie gewesen. Frank, du weißt doch selbst gut genug, dass man sich auf sein Urteil verlassen kann, auch wenn du noch nicht so lange hier bist. Also, lasst uns die Sache beiseitelegen und die Akte schließen. Wir haben doch genug anderes zu tun. Wenn Marina und Karsten uns zum Beispiel bei dem Messerstecherfall helfen würden ...“ Schwameyer ließ seinen letzten Gedanken im Raum nachklingen, in der sicheren Annahme, dass er seine Wirkung tun würde.

Statt der erwarteten allgemeinen Zustimmung kam jedoch wütender Protest von Marina: „Auf gar keinen Fall! Und wenn ich damit bis nach Münster zu Pfeiffer laufen muss.“

Atemlose Stille entstand im Raum.

„Du willst doch wohl nicht etwa ...?“, polterte Pit. „Du bist doch vollkommen verrückt!“

„Verdammt! An dieser Sache stimmt so gut wie gar nichts! Auf die merkwürdige dritte Strangfurche will ich gar nicht noch einmal eingehen. Auch nicht darauf, dass man sich nicht vorstellen kann, dass diese Frau ihr behindertes Kind allein in der Welt zurücklässt. Was ist mit dem Golf aus Göttingen, der wiederholt vor ihrem Haus gesehen wurde? Was ist mit den verschiedenen biologischen Spuren, zum Beispiel den Frauenhaaren, die wir nicht zuordnen können und dem Fingerabdruck an der Unterseite des Treppengeländern, den Clau gefunden hat, und dem Plastikfetzen, der von einem handelsüblichen Müllsack stammen könnte? Könnte doch sein, dass da jemand sehr vorsichtig gewesen ist und die tote Dörthe Langer in so einen Sack gesteckt hat, als sie nach oben gebracht wurde."

„Mag ja sein, aber das könnte doch niemand allein geschafft haben. Und gestorben ist sie doch auch erst, als sie an dem Balken baumelte." Pit gewann wieder Oberwasser.

„Ja, vielleicht haben wir ja auch mehrere Täter. Was weiß denn ich! Ich weiß nur, dass es Fragen über Fragen gibt und keine ist geklärt. Und wieso finden sich Dörthe Langers Fingerabdrücke an dem Seil, durch das sie starb, nicht dort, wo man sie erwarten müsste, wenn sie es sich selbst um den Hals gelegt hat, sondern eben genau da, wo sie sein müssen, wenn man sich gegen Strangulation wehrt?" Marina blickte provozierend in die Runde.

„Natürlich ist das Ganze nicht eindeutig belegt", schloss sie ihre Ausführungen, als niemand antwortete und auch Pit eher verlegen zur Seite blickte. „Aber einfach vom Tisch wischen können wir das auch nicht. Der Täter darf mit diesem perfiden Mord nicht durchkommen."

„Scheiße, Marina! Was ist das, was du uns hier vorführst?" Schwameyer plusterte sich richtig auf. „Weibliche Intuition oder irgend so ein bescheuertes Bauchgefühl? Fakten, Marina, Fakten!"

„Leute, lasst es! Das hat doch alles gar keinen Zweck und hört auf, euch hier gegenseitig in die Pfanne zu hauen. Ich stimme Marinas und Karstens Einwänden zu. Und deshalb wird irgendjemand mit Lakefeld sprechen müssen. Daran geht kein Weg vorbei, auch wenn das vermutlich nicht einfach werden wird. Schließlich hat er sich klar und deutlich ausgedrückt."

„Von wegen Klarheit!" Kerzengerade sitzend und mit hochrotem Kopf fiel Karsten seinem Chef ins Wort. „Dieser Bericht ist nichts als ein einziges Herumgeeiere, um möglichst nicht die eigene vorschnelle Meinung revidieren zu müssen. Wenn ich einmal zitieren darf: ‚Die am Hals der Toten gefundenen Strangulationsfurchen weisen alle Merkmale auf, die man bei Tod durch Erhängen erwarten darf … Es ist deshalb eher davon auszugehen, dass der Tod durch die eigene Hand des Opfers herbeigeführt wurde.' So vorsichtig formuliert unser großer Meister sonst kaum: ‚Eher' ist davon auszugehen. Da hat er sich am Ende ein nettes Hintertürchen offengelassen, falls es nötig sein sollte, seine Meinung zu ändern."

„In Ordnung, Karsten, wir haben es ja verstanden!" Frank hatte langsam genug von diesem Geplänkel. „Anfang nächster Woche sehen wir uns hier wieder. So viel Zeit können und sollten wir uns nehmen. Die Frage aber ist, wer spricht mit Lakefeld?"

Sommer hielt einen Augenblick inne. Er musste nachdenken. Alle sahen betreten vor sich hin. Auf dieses Gespräch wollte sich niemand einlassen.

„Einfacher ist zu sagen, wer es nicht macht", fuhr er schließlich fort, während er sich ausgiebig im Raum umsah. „Irgendwie scheiden alle aus." Schließlich blieb sein Blick an der Kriminaltechnikerin hängen.

„Claudia, könntest du dir so etwas vorstellen? Du bist, wie soll ich sagen, taff genug, um es mit unserem bärbeißigen Rechtsmediziner aufzunehmen."

„Hältst du meine Grabrede, wenn er mich direkt aus Wut und gekränkter Eitelkeit auf den Seziertisch legt?" Claudias manchmal extrem schwarzer Humor blitzte auf.

„Wir werden dein Andenken in Ehren bewahren, Clau."

„Okay, das beruhigt mich sehr. Dann will ich mal sehen, ob ich bei dem alten Brummbär noch Schlag habe."

Kapitel 11

Pit Schwameyer fuhr an diesem Tag ziemlich genervt nach Hause. Was war das für eine dämliche Dienstbesprechung, dachte er. Verdammt, warum musste ich mich wieder dermaßen weit aus dem Fenster lehnen. Immer wieder passiert mir das! Warum kann ich nicht einfach die Klappe halten. Erst muss ich eine Grundsatzdebatte vom Zaun brechen und dann misch ich mich in diese bescheuerte Suizidsache ein, mit der ich gar nichts zu tun habe. Das ist allein Marinas Revier und das von Karsten, in ihrem Schlepptau. Soll die sich doch bei Lakefeld eine blutige Nase holen. Wenn sie meint, dass so etwas für die Karriere förderlich ist, dann nur zu! Wie oft habe ich schon hinnehmen müssen, dass der Aktendeckel einfach zugemacht wurde, auch wenn ich dabei ein ungutes Gefühl hatte. Aber so ist es nun mal. In diesem Spiel, das sich Leben nennt, gibt es viele Akteure und als schlichter Hauptkommissar stehst du eben nicht in der ersten Reihe.

Seit Kurzem hatte er immer mal wieder solche negativen Gedanken. Sein Beruf kam ihm dann so sinnlos vor. Dieses Messerstecher-Bürschchen zum Beispiel. Was für einen Aufwand mussten sie treiben, bloß weil irgendein bornierter Anwalt daherkam, um im Verein mit einem hasenfüßigen Staatsanwalt alles zu untergraben, was zu einem schnellen Abschluss der Sache hätte führen können. Immer wieder fühlte er sich von Inkompetenz umgeben, ja geradezu umzingelt. War das der Zahn der Zeit, der an ihm nagte? Am Samstag würde sein Chef den fünfzigsten Geburtstag feiern. Dort war er zusammen mit Susanne, seiner Lebensgefährtin, eingeladen. Fünfzig – ein halbes Jahrhundert, mitten im Leben, wie man so schön sagt. Und ich bin auch schon siebenundvierzig, schoss es ihm durch den Kopf. Fünfundzwanzig Jahre Polizeidienst lagen hinter ihm und zwanzig, er schauderte bei dem Gedanken, zwanzig habe ich noch vor mir. Wie hält man das aus, wenn die Loser um einen herum immer mehr werden. Und je weiter man in der Hierarchie nach oben blickt, desto mehr können die Loser anrichten. Okay, Frank, sein Chef, gehörte eigentlich nicht in diese Kategorie. Aber warum spricht der nicht öfter mal ein Machtwort. Immer auf Ausgleich bedacht. Immer alle mit ins Boot nehmen. Manchmal muss doch eine Entscheidung getroffen werden, auch wenn sie wehtut.

Nach Pits Meinung war Burmanns Kampf gegen Lakefeld aussichtslos und genau wie dessen Starrköpfigkeit geprägt von persönlicher Eitelkeit. Warum sieht Sommer das nicht!? Beide verrennen sich in ihrer Sturheit. Keiner wird nachgeben und zwar nur, weil beide am Ende recht behalten wollen, weil sie nicht als Verlierer dastehen wollen, weil sie nicht ihr Gesicht verlieren wollen. Der eine, weil er sich sein letztes Jahr im Dienst nicht kaputtmachen lassen will, schon gar nicht von einem Johannes Pfeiffer, der, mit Marina Burmann als verlängertem Arm, in seine Angelegenheiten hineinzupfuschen versucht, die andere, weil sie sich als die künftige große Kriminalistin sieht, mit allen Wassern auch der Rechtsmedizin und der Kriminaltechnik gewaschen. Nein, die beiden würden es bis zuletzt darauf anlegen, den anderen am Boden zu sehen. Das sind doch die typischen Momente, in denen der Vorgesetzte eine Entscheidung treffen muss. Zwischen Burmann und Lakefeld wird es keinen Ausgleich geben, auch wenn Frank den noch so sehr liebt. Er muss sich entscheiden, und zwar bald. Ja, eigentlich hätte er sich heute schon entscheiden müssen.

„Verdammt, was macht der Arsch da", rief er jetzt laut aus. Aber dieser Fluch galt nicht Frank Sommer, sondern einem Rüpel, der sich auf der Detmolder Straße in die Sicherheitslücke vor ihm drängte. Pit konnte gerade noch reagieren. Hinter ihm ertönte wütendes Hupen. Der dichte Feierabendverkehr holte ihn in die Gegenwart zurück und verlangte die volle Aufmerksamkeit.

Kurz vor seinem Ziel in Ubbedissen richteten sich seine Gedanken nach vorn. Wird Susanne schon da sein? Als Anwältin für Strafrecht hatte sie immer wieder auch abends Termine. Ebenso oft brachte sie sich Akten mit nach Hause. Vor einem Dreivierteljahr erst waren sie zusammengezogen. Aber inzwischen war der Alltag immer mehr dabei, Einzug in ihr Leben zu halten. Beide hatten Berufe, die sie wieder und wieder auch außerhalb regulärer Arbeitszeiten mit Beschlag belegten, weshalb sie sich weniger häufig sahen, als beide gehofft hatten.

Mit Freude stellte Pit jetzt fest, dass der silbergraue Einser-BMW vor der Tür stand. Susanne war also schon zu Hause. Er stellte seinen Golf dahinter ab. Heute Abend mit ihr zum Italiener und anschließend gemütlich bei einem Glas Rotwein über Urlaubspläne quatschen - das würde ihn wieder auf Normalspur bringen, dachte er.

„Hallo, ich bin in der Küche", begrüßte ihn seine Lebensgefährtin sofort, als er die Tür aufschloss. „Ich mach mir grad ein Abendbrot. Willst du auch was essen?"

„Oh. Ja. Eigentlich schon. Aber ich dachte, wir könnten zum Italiener ..." Pit ließ seinen Gedanken im Raum stehen, als er sah, dass Suanne offenbar mehr an einem schnellen Essen interessiert war.

„Ein andermal gern. Aber ich habe in einer Stunde noch einen Mandantentermin. Scheint ziemlich wichtig zu sein."

Das war genau die Antwort, die Pit jetzt nicht gebrauchen konnte, die er nicht hören wollte. Allerdings erübrigte sich, so wie es aussah, jegliche weitere Diskussion. Widerwillig, sich in das Unvermeidliche fügend, nahm er deshalb das Brot aus der Dose, schnitt sich drei Scheiben ab und legte sie auf einen großen Teller, bestrich sie dünn mit Butter und legte Käse und Schinken darauf. Zwei Gewürzgurken und ein Becher Blaubeerjoghurt rundeten das Mahl ab. Schließlich nahm er sich noch eine Flasche Bier und setzte sich zu Susanne, die bereits am Esstisch Platz genommen hatte.

„In unserer Ermittlungsgruppe wird es immer verrückter", begann er, nachdem er vom Schinkenbrot und von der Gurke abgebissen hatte.

„Diese Neue, Marina Burmann, also ich weiß nicht, die mischt irgendwie die ganze Abteilung auf. Sie ist auf dem besten Weg, sich mit Lakefeld anzulegen und sich dabei eine blutige Nase zu holen. Und Sommer mit seiner windelweichen Wir-nehmen-alle-mit-Strategie ist nicht in der Lage, dem miesen Spiel ein Ende zu bereiten."

Susanne schaute ihn überrascht an. Er wirkte resigniert. So kannte sie Pit nicht. Auch wenn er in den letzten Wochen einiges von seinem ursprünglichen Elan eingebüßt hatte. Hoffentlich ist er unsere Beziehung nicht schon leid, bevor sie richtig angefangen hat, dachte sie.

„Was ist los? Hat dich der Blues gepackt?

„Ach, was weiß ich.“ Und dann erzählte er ihr von der Dienstbesprechung und deren unbefriedigendem Verlauf.

„Ich glaube, du siehst etwas zu schwarz. Du kannst dir die Sache doch in aller Ruhe ansehen. Halt dich einfach zurück und warte ab, was sich ergibt.“

„Ja, mag sein. Ich sollte tatsächlich meine Klappe halten. Aber ich misch mich halt immer wieder ein. Und dann hau ich dazwischen, wenn mir irgendetwas quergeht. Nur um es nachher zu bereuen.“

„Auf der anderen Seite – schon komisch dieser sogenannte Suizid. Ich als Anwältin eines Verdächtigen würde mich natürlich sofort auf die Seite des Gerichtsmediziners werfen. Das wäre ich meinem Mandanten schuldig. Aber als Unbeteiligte verstehe ich Burmann und auch Sommer, wenn sie zögern. Das Ganze ist, gelinde gesagt, ein sehr merkwürdiger Suizid.“

„Ach, was weiß ich. Geht mich ja tatsächlich nichts an. Da hast du wohl recht.“ Pit nahm einen kräftigen Schluck Bier und biss beherzt in das zweite Brot. In seinem Gesicht war aber eine wenig erfreuliche Mischung aus Kummer, Resignation und Ärger zu erkennen.

„Samstag ist doch die Geburtstagsfeier von deinem Chef“, wechselte Susanne nach einiger Zeit das Thema. „Um wie viel Uhr sollten wir da sein?“

„Um 19 Uhr, auf so einer Partydeele in Werther. Ist ein ganz schöner Ritt von hier, noch weiter als das Präsidium.“

Susanne zog die Augenbrauen hoch. „Höre ich da leichten Unmut wegen des weiten Arbeitswegs oder geht es nur um die Party?“

„Ist beides ziemlich weit. Vielleicht könnten wir ja mal …“ Er hielt mitten im Satz inne. Er hatte das Gespräch schon einmal auf eine neue Wohnung mehr in der Mitte zwischen ihren Arbeitsstellen gebracht, war damit aber grandios gescheitert. Susanne, die in Heepen in einer Kanzlei arbeitete, wollte von einem Umzug rein gar nichts wissen. Nein, heute war definitiv nicht der richtige Zeitpunkt, um dieses Thema wieder aufzugreifen.

„Ach, vergiss es. Hast du schon eine Ahnung, wann du heute Abend nach Hause kommen wirst?“

„Schwer zu sagen. Der Termin ist um acht. Das Gespräch dauert vielleicht eine Stunde, keine Ahnung. Ich treff mich mit dem Mann in der Kanzlei. Also, es kann schon halb zehn werden.“

Pit merkte, wie der Ärger immer größer wurde. Um alleine zu Hause zu sitzen, bin ich nicht hierher nach Ubbedissen in die Walachei gezogen, dachte er. Da wäre ich besser am Siegfriedplatz geblieben und hätte an solchen Abenden den einen oder anderen Bekannten treffen können. Er zog es aber vor, nichts zu sagen. Die Situation sollte nicht eskalieren. Jedoch, über kurz oder lang würde er das Thema noch einmal ernsthaft ansprechen müssen.

Es war schon fast halb acht, als Susanne und Pit am Samstag auf dem Hof Maaß in Werther ankamen. Sie waren mit Susannes BMW gekommen. Pit hatte kategorisch darauf bestanden, an diesem Abend nicht auf sein Bier verzichten zu müssen. Einen ganzen Abend mit dem, wie er sich ausdrückte, Ermittlerhaufen nur mit einem Glas Wasser in der Hand, das könne er nicht aushalten. Und mit dem Taxi hin und zurück quer durch Bielefeld, das wollte Susanne nicht. „Entschieden zu teuer", hatte sie gesagt. Und Pit hatte bemerkt: „Vom Siegfriedplatz aus wär's gegangen", was eine deutliche Spur zu bissig klang, sodass er es unmittelbar bereute. Es hatte sich in den letzten Tagen nicht die geringste Möglichkeit ergeben, noch einmal ruhig und ernsthaft über die Wohnungsfrage zu sprechen. Susanne war einfach zu beschäftigt gewesen. Aber Pit spürte zunehmend, dass dieses Problem wie ein Damoklesschwert über ihnen schwebte. Er konnte sich einfach nicht damit zufriedengeben, so weit draußen und so weit weg von seinem geliebten Siegfriedplatz zu wohnen, den er, wie alle dort, nach wie vor liebevoll Siggi nannte. Auf dem Weg zur Partydeele fuhr Susanne über die Stapenhorststraße und damit unmittelbar am Siggi vorbei. An der Kreuzung Weststraße konnte er seine Gefühle beim Blick nach rechts auf das rege Treiben zwischen Biergarten am Straßenbahnwagen und Bürgerwache kaum beherrschen. Pits täglicher Weg zum Präsidium führte ihn in die gleiche Richtung, aber er vermied es, die Stapenhorststraße zu benutzen. Stattdessen fuhr er stets die Wertherstraße entlang, nur um nicht täglich seine alte Heimat sehen zu müssen. Davon hatte er aber Susanne noch nie etwas erzählt.

Der Hof Maaß, ein Bio-Bauer direkt am Stadtrand von Werther: Schweine, Rinder, Hühner, Hofladen mit vielen eigenen Erzeugnissen. Und eine Partydeele, rustikal, schmuck, mit mehreren Nestern von Rauchschwalben, die bei den Gästen für Unterhaltung sorgten. Holzbretter, unter den Nestern zum Schutz angebracht, verhinderten, dass der Spaß in Frust umschlug.

„Hallo, da seid ihr ja." Frank Sommer empfing seine Gäste bereits vor dem Eingang. Wegen der, trotz negativer Vorhersagen, zu erwartenden lauen Sommernacht, gab es auch Stehtische außerhalb der Deele, und natürlich wegen der Raucher. Zur Vorsicht standen aber auch ein paar große Schirme bereit, die bei Bedarf aufgespannt werden konnten, um die Nikotinjunkies nicht im Regen stehen zu lassen.

Es folgte das übliche Begrüßungszeremoniell. Herzliche Glückwünsche für den Jubilar verbunden mit dem Hinweis, dass man sich an einem gemeinsamen Geschenk beteiligt habe, welches aber von Anna Tomczyk überreicht würde, und ein Blumenstrauß für Angelika. Pit merkte, wie kühl seine Gratulation wirkte. Die Auseinandersetzung über die richtige Vorgehensweise im Fall der toten Dörthe Langer hing immer noch unerledigt im Raum. Aber schlimmer noch war, dass er jetzt im Grunde am liebsten auf dem Siggi an einem der Biertische gesessen hätte, um mit alten Bekannten den Abend zu genießen. Dann gab er sich einen Ruck und versuchte, innerlich auf Party-Modus umzuschalten, was jedoch einen gewissen Kraftaufwand von ihm erforderte.

Pit und Susanne setzten sich an einen Tisch, an dem sie gleich von der restlichen Ermittlungsgruppe freudig begrüßt wurden. Hier herrschte schon fröhliche Stimmung. Keiner wollte sich durch den Arbeitsalltag die gute Laune verderben lassen. Der Zufall wollte es, dass sie direkt neben Marina zu sitzen kamen. Pit musste schlucken. Auch das noch. Oder vielleicht auch nicht? Da musste er jetzt durch und Marina sicher auch. Also beschloss er, die Flucht nach vorn anzutreten.

„Prost, Marina", sagte er. „Nichts für ungut. Wir sind ein Team."

Über Burmanns Gesicht zog nach anfänglicher Skepsis ein fast befreites Grinsen. „Nichts für ungut.

Ja, das sind wir." Dann fügte sie hinzu: „Und das soll auch so bleiben." Manchmal sind die Dinge einfacher, als man denkt.

Ihre Wiederannäherung wurde unterbrochen, weil sich eine gewisse Unruhe breitmachte, ausgelöst durch die Bläserinnen und Bläser von Frank Sommers Posaunenchor. Offensichtlich machten die sich auf, ihrem Bassisten ein Ständchen zu bringen. Auf Susannes Gesicht erkannte Pit eine ziemliche Skepsis.

„Jamei, jetzt spuilt die Blasmusi", versuchte sie in gekünsteltem Bayerisch der Situation etwas Gutes abzuringen. Auch Pit neben ihr verzog skeptisch die Miene. Sie waren schließlich beide Motorradfahrer und ihr Musikgeschmack standesgemäß im Bereich Hardrock angesiedelt. Volkstümliche Musik verursachte bei ihnen Gehörherpes, was sie nicht müde wurden, immer neu zu bekräftigen. Aber mit dem Musikantenstadl hatte das, was jetzt kam, rein gar nichts zu tun. Eher wie eine Big-Band, nur mit Blechbläsern, dachten sie nach einer Weile. Auch wenn die eine oder andere Note nicht ganz saß, es machte Spaß zuzuhören. Frank Sinatras „New York, New York" und eine Melodie, die ihnen aus irgendeinem Film bekannt vorkam, forderten sie zu kräftigem Applaus heraus. „Gabriellas Song" aus dem schwedischen Film „Wie im Himmel", gab Sommer ihnen später bereitwillig Auskunft. Okay, Steppenwolf war das nicht, aber „Born to be wild" könnte ja vielleicht später noch aus den Boxen dröhnen. Die Stimmung wurde zusehends lockerer, und dann war es Zeit für das große Buffet.

Der Abend war schon etwas vorgerückt, als Marina sich zu Sommer gesellte, der gerade dabei war, die Getränkevorräte zu kontrollieren.

„Schönes Fest. Wusste gar nicht, dass du so ein ungewöhnliches Hobby hast?“

„Ja, schönes Fest. So ein wunderbarer Juniabend. Besser kann man es nicht treffen. Und was das Hobby angeht, so ungewöhnlich finde ich das nicht. Posaunenchöre gibt es schließlich fast überall. Im Übrigen: Selber Musik machen ist um Längen besser, als nur zuzuhören. - Freut mich übrigens“, wechselte er unversehens das Thema, „dass du dich auch mit Pit gut unterhalten hast.“

„Ja, ja, wir kommen schon klar. Pit ist auf jeden Fall ein guter Hauptkommissar. Allerdings hatte ich den Eindruck, dass er in der letzten Zeit vielleicht etwas, wie soll ich sagen, müde wirkt. Deswegen möglicherweise der Versuch, die Fälle schnell vom Tisch zu kriegen. Da solltest du ein Auge drauf haben. Als Polizist kann man schneller ausbrennen, als man denkt. Kann eben auch ziemlich zermürbend sein, unser Beruf. Wir kommen immer erst, wenn das Kind schon in den Brunnen gefallen ist, und wenn man es dann noch mit skrupellos gewieften Anwälten und ängstlichen Staatsanwälten zu tun hat …“ Marina ließ ihre Worte im Raum verhallen, sah aber am nachdenklichen Gesicht ihres Chefs, dass die Worte ihre Wirkung nicht verfehlt hatten.

„Ja, mag sein“, bemerkte er schließlich. „Lass uns heute Abend nicht so schwerwiegende Fragen klären.“

„Sicher. Aber eine Frage muss ich dennoch ansprechen“, ließ Marina nicht locker. „Sie liegt mir einfach zu sehr auf der Seele.“

Sommer verzog den Mund.

„Hat Claudia eigentlich schon mit Lakefeld gesprochen? Ich hab noch nichts gehört.“

Frank war alles andere als begeistert von dieser Frage. Die Kriminaltechnikerin hatte ihn noch am Freitagnachmittag von ihrem erfolglosen Versuch unterrichtet, den Rechtsmediziner umzustimmen. Er hatte die Sache aber innerlich verdrängt, um sich das Wochenende mit der Feier nicht zu ruinieren. Montag sollte sie dann wie verabredet Gegenstand der Dienstbesprechung werden.

Burmann konnte ihre Enttäuschung, die mit einem gehörigen Schuss Wut versetzt war, nur mühselig unterdrücken, als Frank ihr jetzt in aller Kürze Auskunft gab. „Scheiße!" Das war alles, was ihr entfuhr, bevor sie sich auf einen Stuhl fallen ließ.

„Damit darf der nicht durchkommen! Frank, nein!", fügte sie schließlich an. Und nach einer weiteren Pause: „Lass mich nach Münster fahren, zu Pfeiffer, mit allen Unterlagen, Fotos, Lakefelds Bericht und so weiter. Wenn der unserem Leichenaufschneider recht gibt, gebe ich Ruhe. Versprochen!"

„Verdammt, Marina, wie stellst du dir das vor?" Frank war nun doch angekratzt. Genau das hatte er verhindern wollen, dass diese unschöne Geschichte ihm das Fest kaputt machte. „Das kann ich dir nicht genehmigen, so gern ich es auch täte. Im Grunde stimme ich dir ja zu. Aber offiziell geht da gar nichts."

„Dann fahre ich inoffiziell. Ich muss wissen, was da genau los war. Gib mir einen Tag Urlaub."

„Wie soll denn das funktionieren? Ich kann dir doch zum Beispiel für Montag keinen Urlaub geben, wenn die entscheidende Dienstbesprechung ansteht. Und verschieben auf einen anderen Tag kann ich sie auch nicht mehr."

„Dann bin ich halt krank."

„Spinnst du jetzt völlig? Willst du eine Abmahnung riskieren? Nein! …" Sommer legte eine Pause ein, in der er angestrengt nachzudenken schien. „Nein, wir machen das anders", fuhr er schließlich fort. „Ich verlege die Sitzung auf den Nachmittag, sagen wir um 15.30 Uhr. Das kann ich verantworten. Dann hast du genügend Zeit, morgens nach Münster zu fahren. Und das ist auch kein Urlaub. Ich nehme die Sache auf meine Kappe. Hoffentlich erreichst du Pfeiffer, so ganz ohne Termin. Aber am Nachmittag wird eine Entscheidung getroffen. Definitiv!" Das Letzte sagte er mit einem Nachdruck, der keinen Widerspruch mehr zuließ.

„Danke", sagte Marina. „Ich werde die Chance nutzen."

Kapitel 12

Jan Henneberger musste sich setzen. Seine Beine schienen unter ihm zu schwanken. Er schloss die Augen und ließ sich auf eine der Bänke im Park des Pflegeheims seiner Mutter Anke fallen. So schlimm wie heute war es schon lange nicht mehr gewesen. Manchmal, wenn er Glück hatte, konnte er mit ihr einen kleinen Spaziergang durch den Park machen, links hinunter, unter den alten Linden entlang bis zum kleinen Teich. Dort saßen sie dann eine Weile und holten gemeinsame Erinnerungen hervor. Aber heute war nicht ein solcher guter Tag gewesen. Heute war ein schlechter Tag, entsetzlich bedrückend, unerträglich. Mutter hatte ihn gar nicht richtig wahrgenommen, saß nur da, völlig in sich gekehrt, versteinert. Kein Wort konnte er mit ihr wechseln. Nur immer wieder eruptives Schluchzen und der schreckgeleitete Ausruf: Olaf! Olaf!

Eine halbe Stunde hatte Jan sich gezwungen, bei ihr zu bleiben, dann ging es nicht mehr. Er streichelte seiner Mutter zum Abschied über die Wange, was diese mit einem erneuten Weinkrampf beantwortete. Dann rannte er, so schnell es ging, seine Fassung mehr schlecht als recht bewahrend, nach draußen und suchte die nächstbeste Parkbank. Auch bei ihm tauchten nun die Bilder des Juliabends vor sieben Jahren wieder vor seinem geistigen Auge auf, jene Minute, in denen sich alles veränderte, was bis dahin Geltung gehabt hatte, jener Augenblick, in dem seine Mutter den Unfalltod ihres Mannes auf der Autobahn am Telefon unmittelbar miterleben musste, und mit ihr auch er und seine Schwester Julia. An jenem Tag hatte die Psyche seiner Mutter aufgehört im Hier und Jetzt zu leben. Stattdessen hatte sie sich in eine Parallelwelt geflüchtet, in der nur sie allein zu leben schien. Sie weigerte sich schlicht, die Realität anzuerkennen, die für sie so unendlich grausam war, dass sie sie nicht wahrhaben wollte oder konnte. Beinahe ununterbrochen war sie seitdem in einem Pflegeheim für psychisch Kranke untergebracht.

Für Jan und seine Schwester Julia war es ein langer Weg, die Wirklichkeit anzunehmen, zu akzeptieren, dass sie nach dem Unfalltod ihres Vaters Olaf letzlich auch ihre Mutter verloren hatten. Aber so und nicht anders war die Realität.

Für Anke Henneberger hingegen war eine Welt zusammengebrochen. Ein Massenunfall war es, bei dem ihr Olaf den Tod fand. Ein Geisterfahrer hatte ihn ausgelöst, der seinem Leben ein Ende setzen wollte, weil er, wie sich später herausgestellte, vorher seine Kinder vergiftet hatte. Der Falschfahrer und Kindermörder blieb am Leben, aber Olaf war tot. Tot, tot, tot! Zur falschen Zeit am falschen Ort zu sein, das sagt sich leicht, wenn man nicht selbst betroffen ist. Anke Henneberger aber war betroffen, so sehr, dass sie es vorgezogen hatte, in eine innere Parallelwelt zu fliehen.

Jan ging es lange Zeit kaum anders. Er war in vielem seiner Mutter sehr ähnlich, anders als Julia, die den Verlust des Vaters besser wegstecken konnte. Jan hingegen hatte bei seinen häufigen Besuchen oft genug gedacht, dass seine Mutter eventuell das bessere Los gezogen habe. Keine gnädige Psyche hatte ihm aus dieser Welt geholfen. Im Gegenteil, er musste die ganze Härte der Realität aushalten. So jedenfalls hatte er es empfunden. Und es bedurfte eines großen therapeutischen Aufwands, mit diesem Unglück umgehen zu lernen. Auch Gedanken an Suizid waren ihm nicht fremd gewesen. Allein die Verantwortung für seine Mutter, die er intensiv verspürte, hinderte ihn daran. Sie wartete doch auf seine Besuche.

Mit den Jahren war es irgendwie leichter geworden, vor allem auch deshalb, weil er und seine Schwester nun erwachsen waren. Jan war vor Kurzem neunzehn geworden und hatte das Abitur gemacht, Julia studierte schon ein paar Semester in Göttingen. Mehr und mehr konnten sie ihr Leben selbst in die Hand nehmen. Wichtig war auch, dass sie in Sabine, Ankes Schwester, und deren Mann gute und verständnisvolle Pflegeeltern hatten.

Dennoch, den Tag, an dem ihre Mutter zusammengebrochen war, würden sie niemals vergessen und er lastete besonders auf Jan nach wie vor schwer. Es war der Tag der Beerdigung ihres Vaters gewesen. Von der Ansprache des Pfarrers war ihm allein der erste Satz in Erinnerung geblieben: „Es hat Gott ganz und gar nicht gefallen, dass Olaf Henneberger gestorben ist.“ Gut hatte es getan, dass er gar nicht erst den Versuch unternommen hatte, etwas zu beschönigen, was nicht zu beschönigen war. Die folgenden Worte des Trostes jedoch hatte Jan zwar gehört, sie gewannen aber keinerlei Bedeutung für ihn. Sie waren hohle Phrasen geblieben. Seine Erinnerung an die Beerdigung wurde stattdessen dominiert vom Bild einer schwarzen Wand von Menschen und einem extremen Geruch nach Blumen und Kerzen, der ihn noch heute ein Blumengeschäft nur mit gemischten Gefühlen betreten ließ. Am Ende jedoch wurde alles überlagert von dem vollkommenen Zusammenbruch seiner Mutter am offenen Grab.

Während der gesamten Feier war sie wie versteinert gewesen. Nur ein leichtes Schluchzen war hin und wieder zu hören. Aber dann, als der Sarg ins Grab gesenkt wurde, war sie förmlich zusammengebrochen. Lautes Schreien erschütterte die Beerdigungsgäste und Pfarrer Seydel konnte die Feier nur mit Mühe abschließen. Vater-Unser und Segen waren kaum zu hören. „Olaf, nein! Olaf! Olaf!" Seine Mutter schrie ihre gesamte Verzweiflung aus sich heraus. Aber es sollte noch schlimmer kommen. Als sie, mühsam gehalten von ihrer Schwester Sabine und ihrem Schwager, schließlich am offenen Grab stand, wollte sie sich mit dem entsetzlichen Schrei „Olaf, ich komme!" in die Grube hinunterstürzen. Nur mit vereinten Kräften und mit Hilfe des Pfarrers war es gelungen, sie davon abzuhalten und schließlich vom Friedhof zu bringen. Seine Mutter wurde noch am selben Tag in die Psychiatrie eingewiesen und die Geschwister zogen in das Haus ihrer Tante ein, was im Laufe der Zeit zu einer Art Zuhause wurde.

Es waren Tage wie heute, an denen all das Jan wieder besonders ins Bewusstsein kam. Auf der Bank sitzend, nun selbst schluchzend, sah er all die alten Bilder wieder vor seinem inneren Auge. Aber am schlimmsten war, dass es für seine Mutter offenbar überhaupt kein Vorankommen gab. Seine eigenen therapeutischen Fortschritte schienen in solchen Momenten wie weggeblasen, alles quasi auf null gesetzt. Wieder einmal hatte er seine Mutter in einer tiefen Depression erlebt, ohne dass sie dafür einen Grund nennen konnte. Das eigentliche Trauma hatte sie ohnehin vollkommen abgespalten und die Ärzte hatten irgendwann beschlossen, es dabei zu belassen.

Andererseits, für Jan war bis heute viel passiert. Immerhin konnte er seine Schulzeit beenden, auch wenn er ein Jahr verloren hatte. Im Laufe der Zeit gelang es ihm, den Blick immer mehr auf die Gegenwart zu richten und immer weniger auf die Vergangenheit. Man hatte ihm auch geraten, seine Mutter seltener zu besuchen, höchstens noch einmal im Monat. Das half ihm, sich mehr auf sein eigenes Leben zu konzentrieren. Aber er hatte ein schlechtes Gewissen dabei.

Irgendwann, als es Jans Alter zuließ, hatte er mit dem Therapeuten auch über den Geisterfahrer gesprochen. Aber das Beste, was er erreichen konnte, war, dass ihm Steffen Boehn anfing gleichgültig zu sein. Sobald er sich jedoch erlaubte, wieder stärker an ihn zu denken, stieg Verbitterung, manchmal sogar Hass, in ihm auf. Es half nichts. Da konnte sein Therapeut noch so sehr von Zufälligkeiten sprechen, für Jan blieb Steffen Boehn schuld am schrecklichen Schicksal seines Vaters und nicht zuletzt auch an dem seiner Mutter. Vor allem ihr Leiden saß nach wie vor wie ein Stachel in ihm und der Verursacher dieses Stachels war Steffen Boehn. Jedesmal, wenn Jan seine Mutter besuchte, spürte er den Stachel neu, und heute ganz besonders.

Jan war gerade dabei, die Haustür aufzuschließen, als sein Handy sich meldete. Bereits am Klingelzeichen merkte er, dass es seine Schwester Julia war.

„Hallo Schwesterherz, was gibt's Neues?" Er versuchte, seiner Stimme eine etwas fröhlichere Farbe zu geben. Aber Julia konnte er nichts vormachen.

„Oh, das klingt nicht gut. Warst du bei Mama?"

„Ja, war ich. Ich komme gerade von ihr. Heute war es mal wieder … Na ja, du weißt schon."

Sie sprachen noch eine Weile über verschiedene Dinge, bevor Julia auf den eigentlichen Grund ihres Anrufs zu sprechen kam.

„Jan, da ist noch etwas, worüber ich mit dir sprechen muss. Ich hab eine Weile überlegt, ob ich es dir überhaupt erzählen soll. Aber du wirst es ohnehin erfahren."

Jan wurde es flau im Magen. Unangenehmen Neuigkeiten hatte er besonders heute nur wenig entgegenzusetzen. Besorgt wartete er auf das, was Julia ihm gleich mitteilen würde.

„Ich mach's kurz und schmerzlos", sagte sie. „Steffen Boehn ist wieder auf freiem Fuß."

„Was?! Wieso das denn? Der hatte doch neun Jahre gekriegt!"

„Ja, stimmt schon. Was weiß ich. Gute Führung oder so was wahrscheinlich. Jedenfalls ist er raus. Das Göttinger Tageblatt berichtet heute davon."

„Erzähl mir mehr. Was genau war zu lesen? Haben sie das alles wieder aufgerollt? Auch was über Papa?"

„Über Papa natürlich nichts. Es fiel nur das Stichwort Geisterfahrt. Etwas mehr über die Kindstötung."

„Und das war ihnen heute noch mal eine Meldung wert?"

„Nein, der eigentliche Grund für den Artikel war ein anderer: Steffen Boehns damalige Frau, die Mutter der vergifteten Kinder, du erinnerst dich, ist in der Nähe von Bielefeld tot aufgefunden worden. Erhängt auf dem Dachboden. Man geht scheinbar von Selbstmord aus. Die Zeitung fragt sich, ob es einen Zusammenhang zwischen dem Tod seiner Exfrau und seiner Entlassung aus der Haft geben könnte. Es wird auch erwähnt, dass die Ex sich von Boehn hat scheiden lassen und wieder ihren Mädchennamen Langer angenommen hat und dass es eine schwerstbehinderte Tochter gibt, Mia, die damals den Giftanschlag knapp überlebt hat."

Jan war erst einmal sprachlos. „Meine Güte", sagte er dann, „wo immer dieser Boehn auftaucht, gibt es Tod und Verderben."

Kapitel 13

Während des gesamten Wochenendes war Marina versucht gewesen, Johannes Pfeiffer privat anzurufen. Schließlich entschied sie sich für eine Mail an seine Dienstadresse. Darin konnte sie ausführlich den vertrackten Fall schildern und auch schon einige Tatortfotos sowie Lakefelds Bericht im Anhang mitschicken. Am Montag, gleich nach Dienstbeginn, wollte sie persönlich anrufen und sich bei der Gelegenheit auf die Mail berufen, die der Münsteraner Rechtsmediziner dann vermutlich schon gelesen haben würde.

Hoffentlich ist er nicht irgendwo auf Dienst- oder Vortragsreise, dachte sie, als sie kurz nach acht den Telefonhörer in die Hand nahm. Dann wäre alles umsonst gewesen. Nach kurzem Klingeln meldete sich die Sekretärin von Professor Pfeiffer, und schon machte sich Enttäuschung breit.

„Nein, der Herr Professor ist noch nicht in seinem Büro. - Nein ich weiß auch nicht genau, wann er kommt. - Ja, er ist in Münster, aber manchmal wird er morgens gleich an einen Leichenfundort gerufen. In dem Fall kommt er erst später. - Doch, normalerweise ist er vormittags im Sezierraum oder in seinem Büro. - Ja sicher, ich kann Sie unmittelbar benachrichtigen, wenn er kommt. - Nein, seine Handynummer kann ich Ihnen nicht geben. - Nein, auch nicht, wenn es dienstlich ist. Sie sind schließlich aus Bielefeld und dort haben Sie doch immer noch einen eigenen Rechtsmediziner. - Ja, ich verstehe Ihr Problem, aber so ist es nun mal." Die Dame aus Münster trennte das Gespräch.

Wenn Marina irgendetwas hasste, dann untätig herumsitzen zu müssen. Aber genau das tat sie jetzt. Sie starrte auf die Uhr: 8.37 Uhr! Wenn sie sofort losführe, könnte sie um zehn in Münster sein. Eventuell würde sich die Fahrt als vergebens herausstellen, aber Zeit zu verlieren, das wäre noch schlimmer. 15.30 Uhr war die absolute Deadline! Da musste sie, wie auch immer, im Konferenzraum sitzen. Also entschied sie: Ich fahre, und zwar sofort. Doch halt, sie hatte der Sekretärin nicht ihre Mobilfunknummer gegeben. Also noch einmal anrufen.

„Sie schon wieder. Der Herr Professor ist noch nicht wieder …! – Ach so, Ihre Handynummer, ja, kann ich notieren. – Und Sie sind jetzt auf dem Weg nach Münster? – Scheint wirklich wichtig zu sein."

„Ja, darauf können Sie sich verlassen. Das ist wichtig! Glauben Sie, ich würde sonst einen solchen Aufstand machen?" Nein, das glaubte die Sekretärin nicht und Marina knallte den Hörer auf das Telefon.

Sie griff nach der Aktentasche mit den gesammelten Unterlagen und machte sich in einer Mischung aus Ärger und Verzagtheit auf den Weg. Von Bielefeld nach Münster waren es zwar nur knapp achtzig Kilometer, aber es lagen, in verschiedener Hinsicht, Welten dazwischen. So gab es zwischen diesen beiden größten Städten Westfalens außerhalb des Ruhrgebiets keine direkte Schnellstraßen- oder Eisenbahnverbindung. Aber auch sonst hatten sich die beiden Orte nur wenig zu sagen. Münster – katholisch, ehemalige fürstbischöfliche Residenzstadt mit Geschichte, wenn auch teilweise ziemlich dunkel, Bischofssitz bis heute, lebt aber mehr von der Vergangenheit als von der gegenwärtigen Bedeutung, Beamtenstadt, Universität seit 1780 und die fünftgrößte Uni in Deutschland. Von den Bielefeldern immer mit einer Mischung aus Bewunderung und Verärgerung über die Münsteraner Arroganz gesehen. Auf der anderen Seite Bielefeld - evangelisch, arbeitsam, fleißig, gelegentlich etwas puritanisch, Universität seit 1969, als Stadt irgendwie Emporkömmling, dessen Aufstieg erst begann, als Münster schon lange in die Annalen der Geschichte eingegangen war, in erster Linie immer noch Arbeiter- und Industriestadt mit stark lädiertem Selbstbewusstsein. Deutschlandweit und auch in Nordrhein-Westfalen extrem verkannt, in Wirklichkeit aber schon lange nicht mehr ausschließlich das hässliche Entlein, als das sich die Stadt oft selbst wähnt. Bielefeld ist doof, sagen im Grunde nur die Münsteraner, alle, die es vornehmlich gerüchteweise kennen, und, siehe schwaches Selbstbewusstsein, die Bielefelder selbst. Völliger Quatsch, dachte Marina, die aus Minden stammte und sich seit einem Jahr immer wieder eines Besseren belehren ließ. An Bielefeld ist alles ehrlich - die schönen Seiten und die hässlichen. Das einzige, was fehlt, ist der Glanz und der Protz früherer Zeiten. Ein bisschen wie Bochum im Ruhrgebiet. Vielleicht gibt es ja mal irgendwann einen neuen Herbert Grönemeyer, der dann Bielefeld besingt, oder Comedians, die ihre ostwestfälische Heimatstadt nicht verleugnen, wünschte sich Marina.

Sie war schon ein gutes Stück hinter Versmold im flachen Münsterland Richtung Telgte unterwegs, als sich ihr Handy meldete. Sie drückte auf den grünen Knopf ihrer Freisprechanlage und hörte unmittelbar die Stimme von Johannes Pfeiffer.

„Guten Morgen, Frau Burmann. Johannes Pfeiffer hier. Sie haben etwas sehr Dringendes auf dem Herzen? Meine Sekretärin war tief beeindruckt von Ihrer

Hartnäckigkeit. Sagen Sie, Marina Burmann, der Name kommt mir irgendwie bekannt vor."

„Hallo, Herr Pfeiffer. Schön, dass Sie zurückrufen. Ja, ich hatte schon einmal das Vergnügen, Sie auf einem Fortbildungsseminar zu erleben. Es ging um das Erkennen von Tötungsdelikten, die wie Suizid erscheinen. Im Januar war das."

„Ach ja, richtig, ich glaube, jetzt habe ich ein Bild von Ihnen vor Augen. Aber Sie müssen entschuldigen, ich hab es mit so vielen Menschen zu tun."

„Herr Pfeiffer, um es kurz zu machen. Ich bin schon auf dem Weg zu Ihnen nach Münster. Laut Navi dauert es noch eine halbe Stunde. Haben Sie eventuell schon meine Mail an Sie gelesen?"

„Mail? Nein. So weit bin ich noch gar nicht gekommen. Unsere Frau Drostenmeier hat mich gleich abgefangen und dringend gebeten, Sie umgehend anzurufen. Wie gesagt, Sie haben großen Eindruck auf sie gemacht."

Marina Burmann hörte durchs Telefon, wie eine Tür geöffnet und wieder geschlossen wurde.

„So, jetzt bin ich am Schreibtisch. Einen Moment, ich fahre den Computer hoch."

„Herr Pfeiffer, ich sitze im Auto und kann deshalb nicht so konzentriert sprechen. Ist es okay, wenn Sie zunächst die E-Mail lesen und wenn wir uns dann in einer halben Stunde bei Ihnen im Büro treffen?"

„Aha, jetzt hab ich es. Die Nachricht ist von gestern Abend. Ja, kommen Sie vorbei und ich lese inzwischen, was Sie mir geschickt haben. Gibt ja auch reichlich Anlagen. Oh, ein Obduktionsbericht von Werner Meyer zu Lakefeld. Also, jetzt bin ich neugierig. Bis gleich." Damit legte Pfeiffer auf, während Marina sich wieder auf den Straßenverkehr konzentrierte.

Über Niedersachsenring und Friesenring erreichte die Bielefelder Kommissarin das rechtsmedizinische Institut der Uni Münster. Problemlos gelangte sie zu Professor Pfeiffer, der sie mit einem lauten Hallo wie eine alte Bekannte begrüßte.

„Kommen Sie! Kommen Sie! Hab mir inzwischen schon die ganze Sache angesehen. Aber zuallererst! Glückwunsch zu Ihrem Spürsinn und Ihrer Hartnäckigkeit. Da hat das Seminar ja richtig was gebracht. Setzen Sie sich doch."

Pfeiffer zeigte auf einen Stuhl an einem mit Papieren voll belegten Tisch, den er ein wenig freiräumte, damit sein Gast dort seine Unterlagen ausbreiten konnte. Er selbst blieb hinter seinem Rechner sitzen. Doch bevor Burmann zu Wort kam, redete der Rechtsmediziner schon weiter.

„Nun ja! Was Sie mir da geschickt haben, ist schon sehr spannend. Obwohl eine persönliche Leichenschau natürlich etwas anderes ist. Wenn es hart auf hart kommt, müsste ich die schon vornehmen und dafür nach Bielefeld kommen."

Eine kurze Atempause nutzte Marina für eine Zwischenfrage: „Und, lohnt sich der Aufwand? Oder soll ich stillschweigend zurückfahren und die Akte als Suizid schließen?"

„Nein! Niemals! Ich sagte doch: Ich beglückwünsche Sie zu Ihrem Spürsinn. Das, was der Lakefeld hier schreibt, ist das genaue Gegenteil einer Meisterleistung. Wischiwaschi von Anfang bis Ende. ‚Es ist deshalb eher davon auszugehen, dass der Tod durch die eigene Hand des Opfers herbeigeführt wurde'. Was ist das für eine Loser-Formulierung. Diese dritte Strangfurche, die Ihnen aufgefallen ist, kann man doch nicht durch Verrutschen des Seils erklären. Da müssten sich selbstverständlich entsprechende weitere Spuren finden, wo das Seil am Hals hochgerutscht ist. Die müsste man auch auf dem Foto erkennen. Lakefeld schreibt nichts davon. Das hätte er aber doch bestimmt getan, denn das hätte seine Argumentation erheblich gestützt. Ehrlich, einen solchen Mist hätte ich dem alten Haudegen denn doch nicht zugetraut."

„Verstehe ich Sie richtig, dass ich am Ball bleiben soll? Auch wenn es zu einer heftigen Auseinandersetzung kommen sollte?"

„Sie sollten nicht nur, Sie müssen! Das hier war ganz bestimmt kein Suizid, sondern Mord."

„Und kann ich dabei auf Sie zählen? Bekomme ich das von Ihnen schriftlich?"

Jetzt zögerte Pfeiffer doch. So eine schriftliche Äußerung war wohl etwas anderes.

„Schriftlich? Verstehe, sonst ist Ihnen nicht geholfen." Er wiegte nachdenklich den Kopf hin und her. „Schriftlich?", wiederholte er sich dann. „Ja, in Ordnung. Ich will versuchen, das Ganze klar und vorsichtig zugleich zu formulieren. Aber ganz ehrlich, wenn Sie damit zu Lakefeld gehen, wird der noch mehr auf stur schalten als bisher. Ich kenne ihn schon ziemlich lange. Wir sind uns seit einer Sache vor vielen Jahren in, wie soll ich sagen, herzlicher Abneigung verbunden. Aber ja, Sie bekommen etwas Schriftliches."

Marina war einerseits sehr erleichtert, andererseits dachte sie daran, dass jetzt ein Clinch mit Lakefeld vorprogrammiert war. In jedem Fall würde die Besprechung am Nachmittag nun einen ganz anderen Verlauf nehmen. Die neue Lage konnten Sommer und Wende nicht mehr übergehen. Außerdem würde der Staatsanwalt, wenn es hart auf hart käme, sicher eine zweite Leichenschau veranlassen.

„Ein Vorschlag zum Verfahren: Heute Nachmittag um halb vier ist die entscheidende Dienstbesprechung angesetzt. Deshalb würde ich gern unverzüglich wieder zurückfahren. Könnten Sie eventuell in der Zwischenzeit Ihre kurze Stellungnahme verfassen und per E-Mail an mich schicken? Wenn ich dann zu Hause bin, liegt sie schon vor und ich kann damit sofort zu meinem Chef gehen."

„So machen wir das. Alles andere würde ja gar keinen Sinn machen."

Sie verabschiedeten sich voneinander und Marina setzte sich ins Auto, um sich auf den Rückweg zu machen.

Es war Mittag, als Burmann wieder auf den Hof des Polizeipräsidiums in Bielefeld einbog. Da sich ein deutlicher Hunger bemerkbar machte, wollte sie sich einen schnellen Abstecher in die Kantine erlauben. Das Wetter war wieder sonnig und deshalb würde sie draußen auf der schattigen Terrasse sitzen können, die allerdings noch das Schönste an dem sonst an Schlichtheit kaum zu übertreffenden Polizeirestaurant war, wenn man einmal von dem schmucklosen Betonkasten als Ganzem absah, in dessen Souterrain die Kantine untergebracht war.

Sie wählte Kotelett, Pommes frites und Salat, dazu Cola und steuerte die Außenterrasse an.

„Hallo Marina! Komm, setz dich zu uns." Karsten, Pit und Frank saßen dort an einem Vierertisch, der für sie noch Platz bot. Aha, vielleicht ergibt sich ja hier schon eine Gelegenheit, die Neuigkeiten aus Münster loszuwerden, dachte sie. Und tatsächlich dauerte es gar nicht lange, bis ausgerechnet ihr Chef das Gespräch auf ihre Fahrt nach Münster brachte. Offenbar hatte er die beiden anderen über ihren Abstecher zu Pfeiffer bereits unterrichtet. Was Pit wohl dazu gesagt hat, dachte sie. Sie schilderte knapp und sachlich den Verlauf ihrer Unterredung mit dem Münsteraner Rechtsmediziner.

„Also, ich hab noch nicht gesehen, was in der Mail steht, ich wollte erst was essen, ihr versteht? Aber das wird sich kaum von dem unterscheiden, was er mündlich dazu geäußert hat."

Nachdenkliches Schweigen machte sich breit. Schwameyer legte sein Besteck ziemlich geräuschvoll weg. Hat er das jetzt auf den Tisch geknallt?, überlegte Marina.

„Hammer! Und nun?" Karsten war der Erste, der die Sprache wiederfand.

„Jetzt haben wir ein Problem. Dennoch Gratulation, Marina. Du bist echt hartnäckig. So muss ein Polizist sein. Äh, eine Polizistin natürlich auch." Pit konnte nicht mehr umhin, seiner Kollegin Hochachtung zu zollen. Marina fühlte sich fast ein wenig geschmeichelt. Hatte sie den manchmal etwas groben Hauptkommissar falsch eingeschätzt oder lag da in Pits Worten Süffisanz oder gar Sarkasmus? „Willkommen in unserem Team, das vor nichts Angst hat, nicht einmal vor alterssenilen Rechtsmedizinern. Ich hoffe aber, du hast dich für die Auseinandersetzung, die nun kommt, warm angezogen. Im Übrigen", fuhr er fort, „solltet ihr noch wissen, dass mit diesem Messerstecher nun wirklich alles klar ist. Er war heute Morgen zur Gegenüberstellung bei uns und dabei wurde er von den Restaurantgästen in Gegenwart von Anna und mir eindeutig identifiziert. Danach hab ich ihn noch mal eingehend befragt und dann hat er erneut gestanden."

„War Anna bei dieser Befragung auch dabei?“ In Franks Stimme lag etwas Besorgtes. „Nicht, dass da …“

„Kannst dich beruhigen, Frank. Ich habe ihn nicht gewürgt oder was auch immer du denkst. Aber Anna war nicht dabei, nein. Schließlich ist er bei mir erkennbar umgänglicher.“

„Ah! Das Team, das vor nichts Angst hat. Nicht vor Lakefeld und schon gar nicht vor einem Messerstecher und dessen Rechtsverdreher. Wenn wir uns einig sind, kann uns nichts passieren“, fügte Marina mit einem breiten Grinsen hinzu.

„Und wir sind uns einig“, unterstützte Sommer sie. „Übrigens, da hinten kommt Anna, holt die doch mal an unseren Tisch, damit wir sie schon vorwarnen können, was nachher passieren wird. Ich habe nämlich diesmal erreicht, dass Lakefeld tatsächlich kommt. Mit Wendes Unterstützung musste er einwilligen.“

15.30 Uhr - Sitzungszimmer. Es liegt Spannung in der Luft. Aufgeregt wird getuschelt. Wende und Sommer sitzen schräg vorn auf der rechten Seite. Ein Platz ist an ihrem Tisch noch frei. Alle anderen nehmen in einem offenen Rechteck Platz, mit gutem Blick auf drei Pinnwände mit den wichtigsten Fakten, die Marina noch schnell aufgestellt hat. Auch der Pressesprecher Hermes ist von Sommer dazugebeten worden. Marina, ganz vorn bei den Tafeln, rutscht aufgeregt auf ihrem Stuhl hin und her. Sie wird gleich, soweit nötig, die Fakten noch einmal zusammentragen und dann die E-Mail von Pfeiffer vorlesen. Aber alle im Raum kennen sie schon. Sommer ist der Meinung gewesen, dass es die Fairness gebietet, dass diese Nachricht kurzfristig und noch vor der Sitzung verbreitet wird. Dabei hat er ausdrücklich auch Meyer zu Lakefeld einbezogen. Aber der ist nicht da. Sein ihm zugedachter Platz neben Sommer und Wende ist noch frei. Nun sind alle gespannt, als Frank Sommer um Punkt halb vier die Besprechung eröffnet.

„Herr Wende, Herr Hermes, liebe Mitarbeiter", beginnt er deutlich förmlicher als in der Regel. „Sie wissen alle, welchem Zweck das heutige Treffen dient. Es geht um die Frage, ob ein uns noch Unbekannter für den Tod von Dörthe Langer verantwortlich ist oder ob sie von eigener Hand gestorben ist. Deshalb dürfen wir uns unsere Entscheidung nicht leicht machen. Gerechtigkeit beginnt damit, dass wir unvoreingenommen nach der Wahrheit suchen und, das betone ich, diese auch dann akzeptieren, wenn sie uns unbequem erscheint. Diese Wahrheit ist allerdings nicht immer gänzlich eindeutig. Manchmal ist es eher ein Abwägen des einen gegen etwas anderes, was uns am Ende als Wahrheit erscheint. So ist es auch heute. Deshalb möchte ich hier und jetzt noch einmal beide Seiten, wenn ich das einmal so ausdrücken darf, zu Wort kommen lassen, das heißt, unsere junge Kollegin Marina Burmann einerseits und unseren altbekannten und erfahrenen Rechtsmediziner Werner Meyer zu Lakefeld andererseits. Leider ist, wie ihr seht, sein Platz hier vorn noch unbesetzt. Aber ich bin sehr zuversichtlich, dass er bald erscheinen wird. Wir sollten ihm zugutehalten, dass er den weitesten Weg hierher hat."

Ein Geräusch unterbricht die Rede. Meyer zu Lakefeld betritt den Raum.

„Entschuldigen Sie bitte die Verspätung. Auf dem Adenauer Platz hat es einen Unfall gegeben. Nichts

Gravierendes, glaube ich, aber es reichte für einen Stau."

Der Rechtsmediziner wirkt ungewöhnlich vorsichtig. Bleibt an der Tür stehen, so als wisse er nicht recht, wohin er jetzt gehen solle. Ein fast schon fahriger Blick. Seine Unterlagen fest an sich gedrückt. Die Stimme weniger laut als sonst.

„Herr Lakefeld. Schön, dass Sie da sind." Es ist an Sommer, diese Situation zu meistern, und er nimmt den Ball problemlos auf. „Kommen Sie, wir haben Ihnen bei uns einen Platz freigehalten, hier neben dem Kriminaldirektor."

Ist das der Lakefeld, den wir kennen?, fragt sich Marina, als der Mediziner sich an den Teilnehmern der Besprechung vorbeischiebt. Bin ich zu weit gegangen? Habe ich ihm Unrecht getan? Nein! Er hatte jede Möglichkeit, sich den Argumenten zu stellen. Aber er wollte sie nicht hören, nicht das Augenfällige sehen. Und nun ist er unsanft von seinem Sockel gefallen. Das ist unangenehm. Das tut weh. Aber es ist nicht das Ende. Jetzt und hier hat er die Chance, sich einen guten Abgang zu verschaffen. Wird er seine Auffassung revidieren oder wird er bei seiner Meinung bleiben, trotz der erkennbaren Verunsicherung weiter auf stur schalten? Ist Nachgeben für ihn Schwäche oder kann er die Größe zeigen, sich der Kraft der Argumente nicht mehr zu verschließen? Martina sieht zu Karsten hinüber, in dessen Augen sie die gleichen Fragen zu sehen glaubt. Wahrscheinlich wird es den meisten im Raum so gehen. Gut, denkt sie, dass Sommer den Rechtsmediziner hier nicht auf die Arme-Sünder-Bank setzt, sondern ihn direkt nach vorn holt, ihm damit Mut macht. Symbolische Gesten sind oft mehr wert als tausend schöne Worte.

Es dauert eine Weile, bis Lakefeld Platz genommen hat. Seine Verunsicherung ist deutlich zu spüren. Umständlich begrüßt er nacheinander Sommer und Wende und schließlich, ein gewisses Zögern fällt den allermeisten im Raum auf, geht er auch auf Marina Burmann zu. Ein förmlicher Händedruck zwischen den beiden, die Gesichter unbeweglich, so als begrüßten sich zwei Boxer vor dem Kampf. Dann endlich lässt der Mediziner sich auf seinem Stuhl nieder und Sommer steht auf.

„Ich begrüße nun auch Herrn Lakefeld in unserer Runde. Schön, dass Sie durch den Stau hindurch zu uns gekommen sind." Er sieht den Forensiker betont freundlich an und nickt ihm deutlich zu. Dann fährt er fort: „Es wäre Unsinn, zu behaupten, dass unsere heutige Besprechung reine Routine sei. Sie ist es nicht. Es ist vielmehr ein ziemlich ungewöhnlicher Vorgang, dass wir uns hier in dieser Form treffen, und wenn es nach mir geht, soll es auch eine Ausnahme bleiben. Aber wie sich die Dinge nun einmal entwickelt haben, ist dieses Treffen notwendig geworden. Ich brauche jetzt überhaupt nicht mehr viel zu sagen. Alle sind über die Fakten informiert. Da gibt es keine Geheimnisse. Die Frage ist, wie sie zu bewerten sind. Und, wir werden heute mit einem Ergebnis den Raum verlassen, so viel steht fest."

Wende unterstreicht Sommers Worte mit heftigem Kopfnicken.

„Ich glaube, es gebietet die Fairness", fährt der Leiter der Mordkommission fort, „dass wir zunächst Herrn Lakefeld zu Wort kommen lassen, der uns sicher seine Sicht der Dinge gern und deutlich vortragen wird." Damit gibt Sommer dem Forensiker ein Zeichen und setzt sich.

Umständlich und irgendwie gebückt steht Lakefeld auf und nimmt einen Zettel zur Hand, auf dem er sich vermutlich die wichtigsten Stichpunkte seiner Argumentation aufgeschrieben hat. Mit untypisch leiser Stimme beginnt er:

„Es ist in der Tat ein sehr ungewöhnlicher Vorgang in meiner langen Zeit als Rechtsmediziner in Bielefeld, dass ich hier heute stehe, um einen meiner Berichte wie im Rigorosum einer Dissertation zu verteidigen." Er atmet schwer, als er diese Worte sagt. Hier und da breitet sich sogar Mitgefühl für Lakefeld aus. Dann spricht er weiter. Aber statt zur Sache zu kommen, folgt eine lange, ermüdende Ausführung über die Bedeutung der Rechtsmedizin, über ihre Möglichkeiten, aber auch über ihre Grenzen. Die ersten Zuhörer verdrehen bereits die Augen, als er endlich auf den aktuellen Anlass der Besprechung eingeht.

„Wenn ich soeben von den Grenzen der Forensik gesprochen habe, so markiert unser Fall genau diese Grenze. Sie alle kennen, wie Herr Sommer schon angesprochen hat, die Details und es geht deshalb hier nur um deren Bewertung. Und die ist in der Tat schwierig, weshalb ich vorsichtig formuliert habe. Ich zitiere: ‚Es ist deshalb eher davon auszugehen, dass der Tod durch die eigene Hand des Opfers herbeigeführt wurde' – Zitat Ende. Nach wie vor bin ich der Meinung, dass ich mit dieser vorsichtigen Aussage die Sache nicht falsch interpretiert habe. Aber es sind in der Tat nur minimale Aspekte, die den Ausschlag in die eine oder, wie bei dem Kollegen Pfeiffer, in die andere Richtung geben. Wenn ich nun, der verehrten jungen Kollegin Burmann vorgreifend, einen Blick auf die dort an den Pinnwänden aufgeführten Fakten werfe, dann muss ich heute sagen: Unter erneuter Würdigung der Gesamtumstände kann auch die Interpretation ‚Tod durch Fremdverschulden' zutreffend sein. Dabei betone ich, dass es sich weniger um eine medizinische Beurteilung handelt, als vielmehr um die Würdigung der begleitenden kriminalistischen Umstände. Ich werde Ihnen deshalb ein neues Gutachten zukommen lassen, in dem ich das hier mündlich Geäußerte bestätigen werde. Dass es noch nicht fertig vorliegt, bitte ich zu entschuldigen, aber es blieb für ausführliche schriftliche Formulierungen keine Zeit mehr."

Damit setzt er sich wieder auf seinen Platz und lässt seine Zuhörer verblüfft zurück. Eine ganze Zeit sagt niemand etwas. Dann beginnt ein immer stärker werdendes Gemurmel, in das hinein Sommer das Wort ergreift.

„Vielen Dank, Herr Lakefeld, für die Erläuterung Ihrer Einschätzung des vorliegenden Falles. Liebe Kolleginnen und Kollegen! Sie haben es gehört. Wir müssen von Fremdverschulden ausgehen. Herr Hermes, das wird jetzt sicher auch die Presse interessieren." Der Pressesprecher nickt deutlich. „Marina und Karsten, ihr habt euch schon die ganze Zeit mit dem Fall federführend beschäftigt, das soll auch so bleiben. Mit Herrn Wende ist das abgesprochen. Aber ihr bekommt Unterstützung von Anna und Pit. Formell bin ich Leiter der Ermittlungsgruppe. Anders ausgedrückt, wir sind wieder ein Team und wir werden denjenigen schon finden, der für den Tod von Dörthe Langer verantwortlich ist und dafür, dass Mia nach allem, was sie durchgemacht hat, nun auch noch ohne Mutter dasteht. Auf geht's! An die Arbeit. Ihr vier, in mein Büro. Wir müssen besprechen, wie's jetzt weitergeht."

„Gute Arbeit! Das war ein diplomatisches Meisterstück", lobt Wende den Leiter der Mordkommission, allerdings erst, nachdem er, wie zuvor schon Sommer, Lakefeld betont höflich und zuvorkommend verabschiedet hat.

„Alles, was recht ist, damit hätte ich nun wirklich nicht gerechnet!" Pit Schwameyer war der Erste, der bei der Nachbesprechung in Sommers Dienstzimmer aussprach, was alle dachten.

„Da hat der alte Fuchs doch tatsächlich noch einmal die Kurve gekriegt. Ehrlich, Hut ab, wie er diese brenzlige Situation gemeistert hat. Aber so kleinlaut hab ich ihn jedenfalls noch nie erlebt. Und, Marina? Jetzt zufrieden?"

„Wenn du nach dem rein sachlichen Ergebnis fragst, ja! Aber menschlich kann einen das, was wir heute erlebt haben, nur bedingt zufriedenstellen. Es muss für Lakefeld persönlich schon ein echter Gang nach Canossa gewesen sein, sich heute hier hinzustellen und im Grunde nichts anderes zu sagen als: Ich habe mich geirrt. Ja eigentlich sogar: Ich habe mich verrannt. Deswegen. Ja, zufrieden in Bezug auf die Sache, aber keine Genugtuung ihm gegenüber. Schon gar kein Triumph." Nach einer kurzen Pause fügte sie hinzu: „Ich glaube, ich werde zu ihm gehen und ihm das genau so sagen."

„Und was machst du, wenn er dich in gewohnter Manier anblafft?", hakte Karsten mitfühlend nach.

„Dann hab ich es wenigstens versucht und mein Gewissen beruhigt. Im Übrigen weiß ich dann, dass er wieder ganz der Alte ist, und das ist ja auch was", schloss Marina.

„Ja, mach das. Geh zu ihm", pflichtete Sommer seiner Kollegin bei. „Ihr habt bis zu seiner Pensionierung schließlich noch ständig miteinander zu tun. Da könnt ihr nicht umeinander herumlaufen wie zwei Raubkatzen, die sich die Beute nicht gönnen. Aber nun zur Sache. Wie geht es weiter?" Frank sah interessiert in die Runde.

„Nach meinem Eindruck", begann Karsten, „ist es jetzt am wichtigsten, dass wir uns Klarheit über die Ereignisse vor sieben Jahren in Göttingen verschaffen. Ich bin ziemlich sicher, dass dort der Schlüssel zur Lösung heute liegt."

„Das sehe ich auch so", unterstützte Marina ihren Kollegen. „Und dann lohnt es sich vielleicht, auch noch einmal genau mit den verschiedenen Nachbarn von Dörthe Langer zu sprechen, vielleicht auch mit Arbeitskollegen. Obwohl ich nicht glaube, dass das sehr viel bringt, aber man weiß ja nie. Vor allem: Wer ist da eigentlich in ihrer Wohnung in der letzten Zeit ein und aus gegangen? Die Fingerabdrücke und die fremden Frauenhaare gehen mir nicht mehr aus dem Kopf. Das hat etwas zu bedeuten. Das müssen wir herausfinden. Und inzwischen sind Dörthe Langers Etagennachbarn ja vielleicht aus ihrem Urlaub zurück. Mit denen haben wir noch gar nicht gesprochen."

„Ihr habt recht", fasste Frank zusammen. „Und deshalb machen wir das so: Ich kündige umgehend euren Besuch in Göttingen an. Auch um die Genehmigung als Dienstreise kümmere ich mich. Karsten und Marina, ihr müsst euch vor Ort ein Bild machen und ihr müsst mit den damals ermittelnden Kollegen sprechen, auch mit der Mutter oder vielleicht gibt es ja auch noch weitere Verwandte, aber ganz besonders mit diesem Steffen Boehn. Die Adresse nach seiner Haftentlassung habt ihr. Also bereitet euch darauf vor, dass ihr bald nach Göttingen fahrt. Wenn alles gut geht, könnt ihr am selben Abend schon wieder hier sein. So weit ist es ja nicht. Also, wenn ihr Übernachtungskosten vermeiden könntet, wäre ich euch dankbar. Ich ruf jetzt sofort in Göttingen an, dann könnt ihr vielleicht schon morgen früh losfahren. Ist das okay?"

Marina und Karsten nickten mit dem Kopf, während Sommer bereits zum Telefonhörer griff.

„Stopp mal!" Das war Anna. „Bevor du da jetzt anrufst. Ich finde, Pit und ich oder zumindest einer von uns könnte doch derweil die Nachbarn noch einmal befragen."

„Und der Messerstecher?", schaute Frank seine Kollegin erstaunt an.

„Ist doch nur noch eine Formalie. Schließlich habe ich heute Morgen zum zweiten Mal ein Geständnis von dem Fröhlich gekriegt", bemerkte Pit. „Anna, fahr du ruhig nach Werther und sieh zu, ob du da was Neues herausfindest."

„Exakt so soll es sein", bestätigte Sommer. Dann telefonierte er mit den niedersächsischen Kollegen. Nach einer halben Stunde war alles geklärt. Marina und Karsten wurden tatsächlich schon am nächsten Tag gegen zehn in der Göttinger Polizeidienststelle an der Groner Landstraße erwartet. Ansprechpartner war Kriminalkommissar Janis Jatzitakis, dem Namen nach offenbar griechischer Abstammung.

„Na, dann wünsch ich euch allen einen schönen Feiera..." Frank Sommer kam nicht mehr dazu, den Satz zu Ende zu sprechen. Er wurde durch das Telefon unterbrochen.

„N'Abend Herr Hauptkommissar. Polizeiobermeister Hege. Hier unten im Eingangsbereich ist eine Frau Langer, Maria Langer aus Göttingen. Sie möchte unbedingt zu Ihnen. Es ginge um ihre Tochter Dörthe. Sie wüssten dann schon Bescheid."

„Frau Langer aus Göttingen?“ Sommer wiederholte den Namen bewusst laut, damit seine Kollegen gleich mitbekamen, worum es ging. „Ja sicher, wir wissen Bescheid. Schicken Sie sie einfach nach oben. Oder besser, es kommt jemand runter und begleitet Frau Langer in mein Zimmer.“

„Bin schon auf dem Weg“, übernahm Marina die Initiative und eilte nach unten. Minuten später kam sie zurück, in Begleitung einer etwa sechzig Jahre alten Frau in Jeans und Bluse, die grauen Haare kurz geschnitten, in der Hand eine geräumige Tasche.

„Entschuldigen Sie, bin ich hier richtig bei Herrn Sommer?“ Maria Langers Stimme war brüchig, wie auch ihre gesamte Erscheinung eher gedrückt war. Diese Frau hat Schlimmes durchgemacht, dachte Sommer unmittelbar, als er Dörthe Langers Mutter sah.

„Frau Langer, ich bin Frank Sommer, Leiter der Mordkommission. Kommen Sie, setzen Sie sich doch.“ Der Hauptkommissar bot ihr einen Stuhl an und der Gast setzte sich zaghaft. „Darf ich Ihnen mein tief empfundenes Beileid aussprechen? Wir sind hier alle sehr erschüttert wegen des enormen Leides, das Ihnen und Ihrer Familie in den letzten Jahren widerfahren ist. Und nun auch noch der Tod Ihrer Tochter. Es tut uns aufrichtig leid.“

„Danke“, sagte Maria Langer. Schluchzend suchte sie in ihrer Tasche nach einem Taschentuch. Als sie ein Päckchen gefunden hatte, entnahm sie ein Tuch und tupfte sich die Augen trocken. Dann fuhr sie fort: „Sie sagten Mordkommission? Mir wurde etwas von Suizid erzählt.“

„Ja, das war in der Tat lange die Frage. Aber so leid es uns tut, wir wissen inzwischen, dass Ihre Tochter sich nicht selbst das Leben genommen hat. Ihr wurde vielmehr Gewalt angetan.“

Maria Langers Schluchzen wurde lauter, dann fasste sie sich wieder. „Danke, dass Sie mir das so deutlich sagen. Ich bin nämlich eigentlich hierhergekommen, um Sie genau davon zu überzeugen. Sie hätte nie im Leben Mia allein gelassen. Ich nehme an, Sie wissen über Mia Bescheid."

„Ja, das tun wir. Wir haben inzwischen schon eine Menge herausgefunden, auch die Umstände, unter denen Mia zu Schaden kam. – Übrigens, die anderen Personen hier im Raum sind die Mitglieder der Mordkommission, die Damen Tomczyk und Burmann sowie die Herren Schwameyer und Linnemann. Frau Burmann und Herr Linnemann sind in besonderer Weise mit dem Tod Ihrer Tochter beschäftigt. Sie hatten übrigens vor, Sie morgen in Göttingen zu besuchen."

Es stellte sich heraus, dass Frau Langer vor allem wegen Mia nach Bielefeld gekommen war. Es galt, die Frage des Sorgerechts zu klären. Der Heimleiter von Haus Elim hatte mit ihr Kontakt aufgenommen und versprochen, ihr dabei zu helfen. Inzwischen waren die notwendigen Formalitäten auf den Weg gebracht worden. Darüber hinaus war man sich einig, dass es das Beste wäre, wenn Mia zunächst in der gewohnten Umgebung des Pflegeheimes bleiben würde. Ob ein Umzug in eine Einrichtung näher bei Göttingen in Frage käme, sollte eventuell später entschieden werden.

Mias Großmutter hatte eine Zeit lang allein gesprochen. Nun machte sie, deutlich erschöpft, eine Pause.

„Frau Langer", nutzte Marina die Gelegenheit, „wir verstehen, dass es Ihnen nicht leicht fällt, über all die Geschehnisse zu sprechen. Aber ein paar Fragen haben wir noch und ich hoffe, dass Sie sie beantworten können."

„Ich werde es versuchen, so gut es geht."

„Okay. Waren Sie eigentlich in der letzten Zeit bei Ihrer Tochter in der Wohnung, in Werther?"

Maria Langer sah erstaunt auf. „Ja, natürlich war ich schon in der Wohnung. Das letzte Mal im Mai, über Pfingsten. Ist also noch nicht so lange her. Warum fragen Sie?"

„Ich will ehrlich sein. Wir haben in der Wohnung Frauenhaare gefunden, die nicht von Ihrer Tochter stammen. Eigentlich länger als Ihre und auch nicht, entschuldigen Sie bitte, grau, sondern gefärbt."

„Also, meine Haare waren schon immer so."

„Ja, das glauben wir Ihnen gern. Aber dennoch, würden Sie uns eine Speichelprobe geben, damit wir ausschließen können, dass die Haare von Ihnen stammen?"

Maria Langer sah überrascht auf. Sie zögerte. Dann aber nickte sie.

Karsten griff sofort zum Hörer und rief in der Kriminaltechnik an. Die Chefin meldete sich selbst.

„Hallo Clau, da haben wir aber Glück, dass du noch da bist, um die Uhrzeit. Denk dran: Überstunden werden nicht bezahlt." Karsten lachte laut auf und auch Claudias herzhaftes Lachen war durch das Telefon zu hören.

„Aber im Ernst. Worum es geht, ist nicht spaßig. Könntest du, oder wenn sonst noch jemand da ist, zu uns raufkommen, in Franks Zimmer? Wir müssten eine Speichelprobe nehmen. Die Mutter der verstorbenen Dörthe Langer ist hier. - Wie? - Nein, auf keinen Fall. - Sie war vor Kurzem in der Wohnung. Ja genau. Zum Abgleich mit den Frauenhaaren. - Wie? - Ach so, ja. Und Fingerabdrücke. - Okay."

„Frau Langer, es kommt sofort jemand, um die Probe zu nehmen. Wir haben in der Wohnung aber auch noch nicht identifizierte Fingerabdrücke gefunden. Wären Sie so nett, uns Ihre zu geben? Dann können wir die eventuell auch ausschließen."

„Muss das denn sein?" Maria Langer wurde jetzt etwas ungehalten. „Ich komm mir ja wie ein Verbrecher vor."

„Nein! Nein! Kein Sorge!" Jetzt mischte sich Frank Sommer wieder ein. „Wir verdächtigen Sie nicht. Natürlich nicht! Aber wie gesagt: In der Wohnung gibt es auch noch nicht zugeordnete Fingerabdrücke. Und wenn die zu Ihnen gehören sollten, dann brauchen wir dieser Spur nicht weiter nachzugehen. Angst, dass Sie sich mit Farbe beschmutzen könnten, ist übrigens unnötig. Das geht heute alles elektronisch."

„Wenn's denn sein muss."

„Sind Sie eigentlich die einzige Verwandte Ihrer Tochter?" Das war Anna, die sich nun ebenfalls einbrachte.

„Mein Mann, also Dörthes Vater, ist vor ein paar Jahren gestorben. Der Kummer über das, was unserer Tochter zugestoßen war, hat ihn krank werden lassen. Irgendwann hat sein Herz nicht mehr mitgemacht."

„Das tut uns leid. Haben Sie noch weitere Kinder?"

„Ja. Dörthe hat noch einen Bruder. Die beiden mochten sich sehr. Er wohnt mit seiner Familie auch in Göttingen."

„Können Sie uns seine Anschrift geben?"

„Sicher: Am Nonnenstieg. Er konnte da vor einigen Jahren günstig ein altes Haus kaufen, damit genug Platz für die Familie ist."

„Sie haben also außer Mia noch weitere Enkelkinder", ging Marina auf die Situation ein.

„Ja, zwei. Svenja und Lisa." Die Kommissarin machte sich einige Notizen. Dann fuhr sie fort: „Und wie sieht es mit Steffen Boehn und dessen Verwandten aus?“

Maria Langer zuckte deutlich zusammen, als sie das gefragt wurde. Sie verzog sogar das Gesicht, kam aber nicht mehr zu einer Antwort, weil Claudia Bruning ins Zimmer kam. Sie machte sich sofort an die Arbeit. Es dauerte einen kleinen Moment, bis alles erledigt war, und die Kriminaltechnikerin zog sich wieder zurück.

„Ich kümmere mich gleich morgen darum“, sagte sie beim Hinausgehen.

„Entschuldigen Sie die Unterbrechung“, nahm Marina den Faden wieder auf.

„Ist schon okay“, beeilte sich Maria Langer zu sagen. „Sie fragten nach Verwandten. Soll ich ehrlich sein?“ Durch eine kleine Geste forderte Marina sie auf, weiterzusprechen.

„Wenn Sie mich fragen, dann ist das eine ganz schlimme Bagage. Vor allem Steffens Geschwister, Schwester und Bruder. Die sind wohl auch einiges älter als er. Die Eltern sind, glaube ich, früh gestorben.“

„Haben Sie Namen und Adressen?“

„Nein. Auch nicht von Ulla.“

„Ulla?“

„Steffens erste Frau. Der war schon einmal verheiratet. Steffen war ja auch älter als Dörthe. Diese Ulla hat es irgendwann bei ihm nicht mehr ausgehalten. Schade, dass wir das alles nicht früh genug erfahren haben. Aber Dörthe war damals, wie man so schön sagt, vor Liebe blind.“

Die Ermittler sahen sich bedeutsam an. Da gab es offenbar noch ein weites Feld zu beackern. War irgendjemand von all diesen Personen eventuell Urheber der Spuren in Dörthe Langers Wohnung und auf dem Dachboden? Kam vielleicht sogar jemand als Täter in Frage?

„Und diese Ulla? Wissen Sie da Näheres? Den Nachnamen? Den Wohnsitz?"

„Nein, da müsste ich zu Hause nachsehen. Irgendwo habe ich vielleicht Name und Anschrift. Vielleicht auch von Steffens Geschwistern. Aber erstens kann ich das nicht versprechen und zweitens bin ich ja jetzt nicht zu Hause."

„Kein Problem. Bemühen Sie sich nicht. Wir werden das schon herausfinden."

„Wenn Sie jetzt keine weiteren Fragen mehr haben, dann würde ich gern gehen. Ich bin ziemlich erschöpft."

„Ja sicher, das verstehen wir. Werden Sie noch länger in Bielefeld bleiben? Und wo können wir Sie erreichen?"

„Ich geb Ihnen meine Handynummer. Im Übrigen wohne ich zurzeit in einem der Besucherzimmer in Haus Elim. Ich geb Ihnen aber auch meine Adresse in Göttingen. Vielleicht noch ein, zwei Tage. Wenn hier alles erledigt ist, fahr ich zurück."

Sie verabschiedeten sich und Karsten brachte Frau Langer noch zum Ausgang.

Als er zurückkam, waren auch die anderen im Aufbruch begriffen.

„Karsten", informierte ihn Sommer, „wir haben verabredet, dass sich an unserem Vorgehen nichts ändert, auch wenn ihr Frau Langer nicht mehr zu besuchen braucht. Im Augenblick jedenfalls nicht. Ihr beiden fahrt auf jeden Fall morgen nach Göttingen. Und kümmert euch um die Verwandtschaft von Steffen Boehn."

Dritter Teil

Verschleierung

Kapitel 15

Pit Schwameyer fuhr an diesem Abend mit etwas besserer Laune nach Hause. In seinem eigenen Fall hatte er es noch am Morgen vor der großen Sitzung mit Lakefeld geschafft, dem Messerstecher ein zweites Mal ein Geständnis abzuringen, und auch die Sache mit Lakefeld und Burmann hatte sich noch zum Guten gewendet. Marina hatte recht. Der Todesfall Dörthe Langer war kein Suizid.

Im Grunde war er froh, dass diese Kuh vom Eis war. Er hasste solche Konflikte seit einiger Zeit immer mehr. Früher war das anders gewesen. Da lief er zu großer Form auf, wenn es mal so richtig krachte. Er empfand das wie ein reinigendes Gewitter. Danach arbeitete es sich viel leichter. Aber jetzt fehlte ihm oft die Kraft dazu. Immer häufiger wollte er nur noch in Ruhe gelassen werden, um seine Arbeit irgendwie zu erledigen. Das war schwer genug, und ihm wurden ohnehin zu viele Knüppel zwischen die Beine geworfen. So empfand er das jedenfalls, wenn zum Beispiel dieser Staatsanwalt Peters den Messerstecher nach Hause schickte und die schnelle Erledigung dieses Falls damit verhinderte. Inkompetenz wohin er blickte. Manchmal hatte er das Gefühl, überhaupt nur noch von Losern umgeben zu sein, und das Präsidium erinnerte ihn dann an das „Haus, das Verrückte macht" aus einem der Asterix Comics. Und er war derjenige, der den verdammten Passierschein A38 besorgen musste. Aber das war in seinem Fall alles andere als komisch. Wie auch immer! Jetzt fuhr er erst einmal nach Hause, seinem verdienten Feierabend entgegen.

Hatte er gerade „nach Hause" gedacht? War die gemeinsame Wohnung in Ubbedissen doch schon sein Zuhause geworden? Er wusste es nicht. Der Weg zumindest zog sich genauso hin wie jeden Abend. Und wie jeden Abend dachte er wehmütig an seine ehemalige Bleibe im Westend, weshalb er auch diesmal über die Wertherstraße fuhr und sich so den Anblick seines geliebten Siegfriedplatzes ersparte. Den Siggi musste er in jedem Fall endgültig vergessen. Das war ihm klar. Seine alte Wohnung war schon längst wieder vermietet. Sie wäre auch für ihn und Susanne zu klein gewesen. Deshalb hatte er schließlich zugestimmt und war nach Ubbedissen gezogen, in die Wohnung seiner Lebensgefährtin. Dennoch: Das Thema Wohnungswechsel ließ ihn nicht los. Mal sehen, ob er die Kraft aufbringen konnte, es erneut anzusprechen. Irgendetwas, was für beide gleich günstig lag und dennoch im Grünen. Das war Susanne wichtig. Oder sollte er es einfach so lassen, wie es war? Einen Vorteil hatte Ubbedissen als Wohngegend immerhin: Man war sehr schnell mit dem Motorrad aus der Stadt heraus und in den wunderbaren lippischen Bergen, mit erstklassigen Kurvenstrecken. Aber mal eben runtergehen und mit Bekannten ein Bier auf dem Siggi trinken, das ging eben nicht. Pit seufzte tief bei diesem Gedanken.

Nein, am Ende musste er feststellen, dass in letzter Zeit alles irgendwie querlief. Und wenn Susanne dann auch noch abends arbeiten musste, was oft vorkam, dann packte ihn der Blues.

Verdammt, dachte er. Jetzt ist meine gute Stimmung, die ich vorhin noch hatte, wieder weg. Und noch immer war er kaum weiter als bis Sieker gekommen. Ich hasse die Detmolder Straße, dachte er.

Vor ihrer Wohnung angekommen, stellte er den Motor seines Golfs ab, blieb aber noch eine Weile sitzen. Susanne war offenbar schon da. Ihr BMW stand jedenfalls vorm Haus. Mit einem erneuten Seufzer verließ er das Auto, ging zur Haustür und dann nach oben in die Wohnung im Obergeschoss. Er traf seine Lebensgefährtin in ihrem kleinen Arbeitszimmer an.

Sie hat diese Wohnung ganz in ihrem Sinne aufgeteilt und eingerichtet, dachte er, als er sie dort vor aufgeschlagenen Akten sitzen sah. Drei Zimmer, Küche, Bad, Balkon. Überall ihre Spuren. Und seine? Die eigentlich gar nicht. Er war hier eingezogen wie eine Art Dauergast. Hätte er doch nur länger seine alte Wohnung behalten. Aber er war einfach so unendlich glücklich gewesen. Und jetzt? Sein Leben war in Auflösung begriffen. Dabei war sein Einzug erst ein halbes Jahr her. Ihm kam es unendlich viel länger vor.

„Hallo", sagte er zu Susanne, während er seinen Kopf kurz durch die halb geöffnete Tür ihres Arbeitszimmers steckte. Ihres Arbeitszimmers natürlich, wessen auch sonst. Auf dem Weg ins Wohnzimmer holte er sich aus dem Kühlschrank eine Flasche Bier. Dann setzte er sich in seinen Sessel. Genau: seinen Sessel, den hatte er mitgenommen, immerhin! Sonst war fast alles in der Wohnung am Siggi geblieben. Dem Vermieter war das recht gewesen. So konnte er die Wohnung lukrativer als bisher an Studenten vermieten. Wenigstens war eine kleine Entschädigung gezahlt worden.

Das Einzige, was sie sich zusammen neu angeschafft hatten, waren ein größeres Bett und ein neuer Kleiderschrank gewesen. – Scheiße, dachte er, der Blues wird schlimmer. Das zieht mich ja richtig nach unten, wie in einer Spirale. Aber da will ich nicht hin. Nein! Er trank die Flasche Bier in einem Zug bis zur Hälfte aus. Das tägliche Feierabendbier gehörte inzwischen zu einem Ritual, das er sich selbst gebastelt hatte. Und oft war es nicht nur eins, sondern zwei oder drei.

„Meine Güte, Pit, was ist denn mit dir los?“ Susanne war ins Wohnzimmer gekommen.

„Deine Mundwinkel hängen ja bis auf die Knie.“

„Ach, was weiß ich. Irgendwie ist doch alles Mist. Obwohl, eigentlich gibt es dazu heute gar keinen Grund. Stell dir vor, dieser Lakefeld hat tatsächlich eingelenkt und zugegeben, dass sein erstes Gutachten völliger Quatsch war. Nun schreibt er ein neues und der Suizid der Frau aus Werther ist kein Suizid mehr. Und das Messerstecherbürschchen haben wir auch im Sack.“

„Und trotzdem so eine schlechte Stimmung? Das geht schon länger so, stimmt's?“

„Hat man gemerkt, oder?“

„War nicht mehr zu übersehen.“

„Ich weiß auch nicht. Entschuldige, aber manchmal könnt ich heulen. Alles ist aus den Fugen geraten. Im Präsidium ...“ Er machte eine Pause, als ob er sich nicht traute, weiterzureden.

„Im Präsidium?“, versuchte Susanne ihm wieder auf die Sprünge zu helfen.

„Die drehen da alle am Rad.“ In Pits Stimme lag mehr Resignation als Ärger. „Dieser Affentanz zwischen Lakefeld und Burmann, das war doch völlig unnötig. Nur gut, dass am Ende wenigstens einer klein beigegeben hat. Dass das allerdings Lakefeld sein würde ... Und dann dieser dämliche Staatsanwalt Peters. Dieser Schisshase! Lässt den Fröhlich laufen und wir hatten dadurch zusätzlich drei Tage Arbeit, bis wir ihn am Ende dingfest machen konnten. Aber für eure Zunft ist so was natürlich ein gefundenes Fressen."

„Holla! Wie meinst du das denn?"

„Na ja, diese Chance ließ sich dein Kollege Rechtsanwalt jedenfalls nicht entgehen. Statt gleich zu einem Geständnis zu raten."

„Stopp mal! Als Anwalt ist man schließlich gänzlich seinem Mandanten verpflichtet."

„Ja klar!" Pits Stimme triefte vor Süffisanz. Er merkte das selbst und fügte hinzu: „Also, ich meine, in dem Fall hätte er dem Fröhlich wirklich besser zu einem Geständnis geraten. Wir haben ihn schließlich auch so an den Hammelbeinen. Und nun wird es schlimmer für ihn, weil er als uneinsichtig gilt. Aber am schlimmsten ist, dass wir uns mit dieser Sache weiter herumschlagen müssen. Alles unnötige Arbeitskraft, die da vergeudet wird."

Pit trank den Rest von seinem Bier und lehnte sich resigniert in seinem Sessel zurück. Seine leeren Augen waren es, die Susanne am meisten beängstigten. Das ist nicht mehr der Pit, den ich kennen und lieben gelernt habe, dachte sie. Was ist nur passiert?

„Was meinst du", versuchte Susanne ihn aufzumuntern. „Sollen wir nicht heute Abend mal wieder ausgehen? Ist so ein schöner Sommerabend. In irgendeinen netten Biergarten vielleicht? Wo man auch noch was Ordentliches zu essen bekommt? Oder wir schwingen uns noch aufs Motorrad. Ist ja schließlich bis fast elf Uhr hell!"

„Nee. Keine wirkliche Lust." Pits Antwort klang müde. „Und Biergarten? Wo gibt's hier in der Walachei so was? Wir leben doch am Arsch der Welt!"

Das war zu viel für Susanne. „Verdammt! Jetzt reiß dich aber zusammen! Hör endlich auf, dich selbst zu bemitleiden, dich so endlos fallen zu lassen! Immer wieder in der letzten Zeit hast du mir in den Ohren gelegen, dass ich keine Zeit für gemeinsame Unternehmungen habe, und nun mache ich einen Vorschlag und dann ist es auch nicht recht. Pass mal gut auf! Ich werde mich von dir nicht in deine elende Stimmung hineinziehen lassen. Ich hab schließlich auch einen schweren Tag hinter mir, das kannst du mir glauben. Du hast heute Abend genau zwei Möglichkeiten! Erstens: Du bleibst allein hier sitzen, um weiter mit dem Bier in der Hand vor dich hin zu grübeln, und ich schwing mich auf meine Maschine und dreh 'ne Runde. Oder wir machen das gemeinsam, entweder mit den Bikes oder im Auto in einen schönen Biergarten, meinetwegen sogar auf den Siggi zu deinem geliebten Straßenbahnwagen. Aber eins werde ich nicht tun. Ich werde nicht hier sitzen und dir dabei helfen, deinem Blues im wahrsten Sinne des Wortes zu trinken zu geben." Das Letzte sagte sie mit Blick auf die zweite Flasche Bier, die Pit sich soeben geholt hatte und die er nun ansetzte.

Fast erschrocken, wachgerüttelt, sah Pit Susanne an. Einen solchen Ausbruch hatte er von ihr noch nie erlebt.

„Nein. So mein ich das doch nicht. Ich will doch auf keinen Fall hier allein sitzen bleiben. Und ich will dich auch nicht verärgern. Du bist doch das Einzige, was ich noch habe."

„Und das Motorrad, vergiss das nicht."

„Stimmt! Und das Motorrad. Lass uns schnell … Nee! Verdammt! Motorrad geht nicht. Hab ja schon Bier getrunken. Da will ich nichts riskieren. Pass auf! Ich setz mich in deinen BMW und du fährst uns jetzt dahin, wo du meinst. Ich lass mich einfach überraschen. Du kennst dich hier im Umkreis besser aus. Aber ich würd gern was Deftiges essen."

„Okay. Dann weiß ich schon, was wir machen. Und ehrlich, Pit. Das Leben ist doch viel zu schön, um sich so in den Blues sinken zu lassen."

„Wenn du meinst."

Kapitel 16

Noch auf dem Flur vor Sommers Dienstzimmer hatten Karsten und Marina sich für den Abend auf ein Bier verabredet. Sie spürten beide das Bedürfnis, die Ereignisse des Tages Revue passieren zu lassen. Auch wollten sie über die Fahrt am nächsten Tag sprechen. Nach einigem Hin und Her beschlossen sie, sich um halb acht in der Nähe von Marinas Wohnung in Schildesche zu treffen, im Erbsenkrug. Schließlich versprach es, ein warmer Juniabend zu werden, und dafür war dessen Biergarten genau das Richtige. Für Karsten brachte das zwar einige Umstände mit sich, die er indes gern auf sich nahm. Das war es wert, so fand er. Marina war es, der sein Interesse galt. Und deshalb erhoffte er sich von diesem Abend mehr als nur ein Gespräch unter Kollegen.

Als sie vor etwas über einem Jahr zu ihrem Team in Bielefeld stieß, war er sofort von ihr fasziniert. Sie wirkte genau so, wie er sich eine Frau vorstellte: selbstbewusst, ohne überheblich zu sein, einfühlsam, aber nicht vor Mitleid triefend, gut gekleidet, aber nicht, wie er es nannte, überdrapiert. Ihre ganze Erscheinung, äußerlich, als Person sowie als Kollegin, zog ihn ungemein in ihren Bann. Froh beschwingt fuhr er daher ihrem Treffen entgegen und die Aussicht auf die gemeinsame Reise nach Göttingen beflügelte ihn zusätzlich, auch wenn es nur eine Dienstreise war.

Sie war schon da, als er im Erbsenkrug eintraf, was ihn irritierte. War das ein gutes Zeichen? War sie früh gekommen, weil auch sie sich auf den Abend freute? Oder war er einfach zu spät? Ein Blick auf die Uhr ernüchterte ihn. Es war sein Fehler. Die Parkplatzsuche hatte sich leider etwas schwierig gestaltet und er war tatsächlich nicht gerade pünktlich.

Sie hatte einen Platz draußen im Garten ausgesucht, auf rustikalen Holzbänken, jedoch mit Kissen, immerhin. „Entschuldige, dass ich dich hab warten lassen", beschloss er, in die Offensive zu gehen. „Aber irgendwie habe ich keinen Parkplatz gefunden. Schön, dich zu sehen."

„Ja, das ist hier nicht ganz einfach. Alles sehr eng, um die Stiftskirche herum. Aber das macht ja auch die Atmosphäre aus. Kleinstädtisch, fast dörflich, mit vielen schönen alten Häusern, auch viel Fachwerk. Das sieht man sonst in Bielefeld eher weniger. Ich bin sehr froh, dass ich hier eine Wohnung gefunden habe. Gleich auf der anderen Seite der Kirche, gegenüber der Buchhandlung Welscher."

„Ja, stimmt. Ist wirklich sehr nett hier. Könnte mir sicher auch gefallen." Karsten sah seiner Kollegin tief in die Augen. Ein angenehmes Gefühl durchströmte ihn. Ich bin dabei, mich zu verlieben, dachte er. „In Werther ist es natürlich auch ganz nett. Aber eben einsam. Umso mehr freue ich mich, dass wir hier heute mal so entspannt sitzen und den schönen Abend genießen."

„Haben Sie schon gewählt?" Unbemerkt hatte sich die Bedienung zu ihnen gesellt.

Marina bestellte sich Garnelenspieße und dazu ein Glas trockenen Weißwein, Karsten mochte es deftiger. Er nahm Schweinesteak und dazu ein Bier. „Aber besser alkoholfrei. Ich muss noch fahren", korrigierte er sich.

Beim Essen drehte sich das Gespräch vor allem um den aktuellen Fall, die Ereignisse des Tages und die bevorstehende Fahrt nach Göttingen. Lakefelds Kehrtwende kam aber nur noch kurz zur Sprache. Wirklich gespannt waren sie auf das, was sie in Göttingen erwarten würde. Dieser merkwürdige Fall von Kindstötung mit anschließender Geisterfahrt – sehr befremdlich, wie immer, wenn es um einen sogenannten erweiterten Suizid ging. War der Täter in dem damaligen Umfeld zu finden? Das lag irgendwie nahe. Zwischen Täter und Opfer gibt es fast immer eine Beziehung. Psychopathen, die sich wahllos Opfer auswählen, gibt es zwar, sind aber nur im Kino häufig.

Seit dem Anruf seiner Schwester hatte Jan Henneberger keine Ruhe mehr gefunden. Dieses elende Schwein, musste er immer wieder denken. Tod und Verderben, wohin man blickt. Erst vergiftet er seine Kinder, eines stirbt, ein anderes bleibt schwerstbehindert zurück. Jetzt taucht er wieder auf, und was passiert? Seine Exfrau ist tot. Aber das Schlimmste von allem ist natürlich nach wie vor: Er hat Papa auf dem Gewissen! Und für das alles kommt er am Ende wegen guter Führung vorzeitig raus und erfreut sich wieder seines Lebens. Papa kann das nicht, seine Ex auch nicht. Und Mama kann das schon gar nicht! Einen Augenblick blieben seine Gedanken bei seiner Mutter hängen. Dann sagte er laut zu sich selbst: „Und ich kann das auch nicht! Und ich will das auch nicht! Am liebsten würde ich …" Er rief sich selbst zur Raison. Wo dieser Kerl jetzt wohl steckt? Aber wie sollte er das herausbekommen? Ob er wohl ganz normal im Telefonbuch stand? Einen Versuch wär's wert, dachte er.

Er fuhr seinen Laptop hoch und öffnete die Telefonauskunft. Dort gab er „Böhn, Steffen" ein. Es gab eine Reihe von Einträgen, verteilt auf ganz Deutschland, aber keinen aus Göttingen und Umgebung. Dann fiel sein Blick auf den Korrekturhinweis des Programms. „Boehn" mit „oe" wurde als weitere Möglichkeit vorgeschlagen. Ein Blick in den Zeitungsartikel, den seine Schwester ihm gemailt hatte, bestätigte die Schreibweise. Der neue Versuch brachte einen Treffer: Steffen Boehn, Europaallee in Göttingen. Sofort suchte er danach in einer digitalen Karte. Er fand die Adresse auf Anhieb. Stadtteil Holtenser Berg. Offenbar eine Wohnsiedlung mit riesigen Wohnblocks, wie er dank der Satellitenfunktion erkannte. Ob das tatsächlich der Steffen Boehn war, den er suchte? Sicher war es natürlich nicht. Aber wer sollte es sonst sein? Irgendein Unbeteiligter, der zufällig denselben Namen hat und ebenso zufällig auch in Göttingen wohnt, während der von ihm Gesuchte eventuell gar kein Festnetztelefon hat? Möglich ist vieles, aber nur wenig wahrscheinlich. Er musste einfach mal hinfahren und es herausfinden. Schlicht mal an der Tür klingeln und den Bewohner fragen. Ob das so einfach war? Egal. Er würde es versuchen. Was sollte schon passieren. Er wird mich ja nicht gleich umbringen, wenn ich da vor seiner Tür stehe. Oder? Er versuchte seine Gedanken zu beruhigen. Aber der Drang, diesem Steffen Boehn von Angesicht zu Angesicht gegenüberzustehen, wurde größer und größer und ließ sich kaum unterdrücken. Er musste seine Schwester anrufen und später würde er auch noch mit Sabine darüber sprechen, wenn sie am Abend von der Arbeit nach Hause kam.

Es war kurz nach halb acht am nächsten Morgen, als Karsten vor Marinas Wohnung eintraf. Er war mit seinem Privat-Pkw von Werther zum Präsidium gefahren und dort in einen Dienstwagen umgestiegen, mit dem er jetzt auf einen Parkplatz vor ihrem Haus einbog. Sie wartete schon vor der Tür. Nach der Größe ihrer Tasche zu urteilen, rechnete sie nicht damit, alles, was sie sich vorgenommen hatten, an einem Tag erledigen zu können. Karsten nahm es mit Freude zur Kenntnis. Ein gemeinsamer Abend im Hotel - er fing an, sich Hoffnungen zu machen.

„Oh, wie ich sehe, hast du dich auf einen längeren Aufenthalt eingerichtet", stellte Karsten fest, als er ihr, ganz Kavalier, die Tasche abnahm, um sie in den Kofferraum zu stellen.

„Man weiß ja nie", gab sie zurück. Dabei lächelte sie ihn an.

„Stimmt, man weiß ja nie", pflichtete Karsten ihr bei und zeigte auf seine ebenfalls etwas größere Tasche. Dann gab er „Göttingen - Groner Landstraße - Polizei" in das Navi ein und die beiden fuhren los. Die vorgeschlagene schnellste Route führte sie auf der Autobahn über Kassel nach Göttingen. Hundertfünfundachtzig Kilometer, eine Stunde und neunundvierzig Minuten reine Fahrtzeit.

Kurz vor Göttingen verlangsamten sie ihre Geschwindigkeit. Neugierig schauten sie auf den Rasthof an der gegenüberliegenden Seite der A7. Aus den Protokollen hatten sie genau vor Augen, was sich dort ereignet hatte. Sie stellten sich vor, wie Steffen Boehn als Geisterfahrer so viele Menschen in Leid und Elend stürzte.

Zeit, darüber nachzudenken, hatten sie allerdings jetzt nicht. Ihr Navi forderte sie vielmehr kurz danach auf, die nächste Ausfahrt zu nutzen. Sie waren in Göttingen angekommen. Die B3, auf die sie nun einbogen, führte sie zunächst stetig abwärts in die Kernstadt und, wie sie zu ihrer großen Freude feststellten, auch direkt bis zur Polizeidirektion Göttingen.

„Morgen, Kollegen", ging Marina forsch auf die Wachhabenden im Eingangsbereich zu. „Ich bin Kriminalkommissarin Marina Burmann und das ist mein Kollege Karsten Linnemann. Wir sind aus Bielefeld und haben eine Verabredung mit Kommissar Janis Jatzitakis." Während sie das sagte, zeigte sie den Göttingern bereits ihren Dienstausweis.

„Okay, ich frag mal eben nach." Der uniformierte Kollege nahm einen Telefonhörer und wählte eine Nummer.

„Hallo Janis. - Ja danke. Dir auch. - Stimmt, war ein gutes Spiel gestern. Wurde aber auch Zeit, dass wir mal wieder gewonnen haben. - Du, pass mal auf. Hier unten sind zwei Kollegen von der Polizei aus Bielefeld, die - ja, alles klar. Ich schick sie rauf. - Nein? - Du kommst runter. Okay."

Es dauerte kaum zwei Minuten, bis der gut einen Meter neunzig große, schlanke Janis zu ihnen kam. Sein sportliches Aussehen unterstützte er durch ein Poloshirt, offenbar aus dem oberen Preissegment, in einem dieser modernen Farbtöne, die Karsten für sich selbst eher ablehnte. Irgendeine Variante von Pink. Dazu klassische Jeans und hellbraune Sommerslipper. Die Haare kurz, etwas kraus und sehr dunkel. Auf Nase und Gesicht passte die Beschreibung: griechisch-römisch. Karsten sah in Marinas Augen ein ihn ziemlich irritierendes Funkeln.

„Hi", begrüßte Janis sie freundlich, sah dabei aber fast nur Marina an. Auch das irritierte Karsten. „Hat alles gut geklappt? Gut durchgekommen? Wie lange fährt man von Bielefeld?"

„So knapp zwei Stunden", antwortete Karsten, der das Heft in die Hand nehmen wollte. „Über Kassel geht es am schnellsten."

Janis' Blick lag nur kurz auf Karsten, bevor er sich wieder Marina zuwandte.

„Und du bist Marina? - Ach Entschuldigung! Wie unhöflich von mir, euch gleich zu duzen."

„Ja, geht schon. Wir Ostwestfalen sind zwar nicht so schnell - aber ist schon in Ordnung", antwortete sie. „Ich bin tatsächlich Marina, Marina Burmann."

„Und ich bin Karsten Linnemann".

„Und ich Janis Jatzitakis. Hört sich griechisch an - ist es auch! Dann kommt mal erst mit nach oben, damit wir besprechen können, wie es weitergeht."

Sie fuhren mit dem Fahrstuhl in den zweiten Stock. Dort betraten sie einen der üblichen Büroräume, der Karsten und Marina unmittelbar an ihr eigenes Dienstzimmer erinnerte. Irgendwie sehen die alle gleich aus, dachten beide.

„Sucht euch einfach eine Sitzgelegenheit und entschuldigt, dass es nicht aufgeräumter ist. Ich bin hier schließlich zum Arbeiten, nicht zum Putzen", lachte Jatzitakis. „Übrigens, dort an dem zweiten Schreibtisch sitzt sonst meine Kollegin Beate Reiser. Sie hat damals mit dem Kollegen Schrager den Fall bearbeitet, an dem ihr offenbar Interesse habt."

„Stimmt", bestätigte Linnemann. „Wann wird Frau Reiser zurück sein? Es ist uns sehr wichtig, mit ihr zu sprechen."

„Erst mal gar nicht!", war die ernüchternde Antwort. „Die Beate ist gestern völlig überraschend ins Krankenhaus gekommen. Blinddarm. Wie ich heute Morgen von ihrem Ehemann erfahren habe, ist sie am späten Abend noch operiert worden. In den nächsten Tagen kann sie deshalb nicht besucht werden. Tut mir leid."

Karsten und Marina sahen den Göttinger Kollegen sehr enttäuscht an.

„Schade!", nahm Marina den Faden auf. „Wir hatten gehofft, gerade von ihr etwas zu erfahren, was nicht in den Akten steht."

„Und was ist mit dem Kollegen Schrager?", hakte Karsten nach. „Nach unseren Informationen ist er im Ruhestand. Könnte man den vielleicht ...?"

„Schrager? Sicher. Könnte man versuchen. Wohnt allerdings nicht mehr in Göttingen, soweit ich weiß. Aber noch irgendwo in der Nähe. Ich krieg das raus." Janis versuchte offenbar, wirklich zu helfen. „Wie auch immer. Jetzt mach ich uns erst mal Kaffee. Oder ist eure Dienststelle in Bielefeld das einzige Büro in Deutschland, in dem kein Kaffee getrunken wird?" Jatzitakis wartete die Antwort gar nicht erst ab, sondern begann sofort mit einem Henkeltöpfchen zu hantieren, das schräg hinter ihm auf einer kleinen Herdplatte stand.

„Ich mache mir meinen Kaffee immer auf griechische Art. Alles, was ich dafür brauche, bríki und Platte, hab ich extra aus der Heimat meiner Eltern mitgebracht", erklärte Janis. „Jetzt kommt die entscheidende Frage: glykós, métrios oder skétos?"

Die Bielefelder sahen ihn ziemlich verdutzt an.

„Süß, mittel oder ohne Zucker? Das muss man schon vorher wissen, denn der Zucker wird mitgekocht. Also, wie hättet ihr es gern?"

Beide entschieden sich für „mittel". „Ist immer am einfachsten, wenn man es nicht ganz genau weiß", flachste Karsten.

Als Janis eingeschenkt hatte, hakte Marina nach. „Woher stammen deine Eltern, wenn ich fragen darf?"

„Von Samos. Kennt ihr die Insel?"

„Nein", beeilte sich Karsten zu antworten. Marina, so stellte sie umgehend fest, war allerdings schon einmal dort gewesen, mit ihrem damaligen Freund vor einigen Jahren im Urlaub.

„Ach, das ist interessant, dann seid ihr bestimmt auch durch den Heimatort meiner Eltern gefahren, Karlóvasi. In der Nähe gibt es einen herrlichen Strand und einen etwas verborgen liegenden Wasserfall. Den kann man nur erreichen, wenn man durch einen Bach aufwärts watet und teilweise sogar schwimmt. Da wart ihr bestimmt. Steht in jedem Reiseführer."

Marina überlegte einen kurzen Moment „Ja sicher", bestätigte sie dann. „Da waren wir tatsächlich. So eine wunderbare Insel! Und die haben deine Eltern verlassen, um nach Deutschland zu kommen?"

„Ach weißt du, als sie Ende der Sechzigerjahre von dort weggegangen sind, war Tourismus noch kein Thema, Armut und Rückständigkeit aber umso mehr und Diktatur, nicht zu vergessen. Hier haben meine Eltern schließlich ein Restaurant aufgemacht. Das gibt's übrigens noch heute. Mein Bruder führt es. Ihr werdet es kennenlernen. Ich hab uns für heute Mittag zum Essen angemeldet."

„Oh, schön. Allerdings - ich weiß nicht. Wird die Zeit für ein größeres Mittagessen reichen?", versuchte Marina, nicht unhöflich zu sein.

„Ja sicher. Man muss doch auch mal Pause machen", wischte Janis den Einwand beiseite.

„Okay, dann sollten wir jetzt anfangen zu arbeiten", war Karstens Antwort, dem das fröhliche Hin-und-her-Geplänkel der beiden bereits gehörig auf die Nerven ging. Diese Dienstreise nahm irgendwie gar nicht den Verlauf, den er sich vorgestellt hatte.

Während sie den Kaffee tranken, einigten sie sich darauf, zuerst Steffen Boehn zu treffen und dann dessen Geschwister und auch Ulla, seine erste Frau. Schließlich, wenn irgend möglich, den pensionierten Hauptkommissar. Nach dessen Verbleib wollte sich Janis in der Mittagspause erkundigen.

Jan hatte sich mit seiner Schwester in ihrer Wohnung in Göttingen verabredet. Sie war zwar schon in der Klausurphase am Ende des Sommersemesters, aber für einige Zeit wollte sie ihr Lernprogramm unterbrechen, um mit ihrem Bruder zum Holtenser Berg zu fahren. „Bitte komm mit", hatte er sie geradezu angefleht. „Ich muss mit diesem Herrn sprechen. Ich muss ihm in die Augen sehen und ich möchte einen Eindruck von ihm haben. Ich spüre ganz deutlich, dass das für mich, für uns, befreiend sein kann." Julia wusste, wie wichtig das für Jan war, auch wenn sie diese Begegnung niemals von sich aus angestrebt hätte. Ihr Vater hatte einen Unfall gehabt und ihre Mutter war krank geworden, Punkt! So sah sie das. Und man musste das Unvermeidliche akzeptieren. Das hatte sie gelernt. Nicht so Jan! Deshalb ließ sie sich überreden mitzukommen, denn allein sollte er dem Mann, der nach seiner Meinung der Ursprung all ihres Unglücks war, nicht gegenübertreten. Aber Julia hatte kein gutes Gefühl dabei. Zum einen fürchtete sie, dass auch bei ihr selbst wieder das alte Trauma aufbrechen könnte, zum anderen war sie unsicher, ob das für Jan der richtige Weg war. Aber wichtiger als diese Überlegungen war eine undefinierbare Angst, dass dieser Steffen Boehn auch ihnen, ihr und ihrem Bruder, in irgendeiner Form gefährlich werden könnte. Wo immer er ist, ist Tod und Verderben, dachte Julia. Da hat Jan recht.

Es war mitten am Vormittag, als sie in der Europaallee ihr Auto abstellten und zu dem Hauseingang gingen, der zu Boehns Wohnung führte. Sie hatten auch daran gedacht, vorher anzurufen, den Plan aber wieder verworfen, weil sie sofort, direkt, von Angesicht zu Angesicht, mit ihm sprechen wollten. Außerdem waren sie immer noch unsicher, ob sie es hier mit dem richtigen Herrn Boehn zu tun hätten.

Einen Augenblick standen sie im achten Stockwerk vor der Tür mit dem Namensschild „Boehn". Dann drückte Jan entschlossen auf den Klingelknopf. Sie hörten, wie drinnen ein Gong ertönte. Aber sonst war nichts zu bemerken. Sie läuteten erneut. Wieder nichts. Auch nicht beim dritten Mal. Offenbar war niemand zu Hause.

„Lass es uns an den Nachbartüren versuchen", schlug Jan vor. Aber auch da hatten sie zunächst kein Glück. Erst an der dritten Tür öffnete schließlich eine ältere Frau.

„Guten Tag, entschuldigen Sie bitte die Störung. Wir wollten zu Herrn Boehn. Der scheint aber nicht da zu sein. Kennen Sie ihn näher?"

„Wen? Herrn Boehn? Nein. Als er einzog, habe ich ihn ein paarmal gesehen. In letzter Zeit scheint er sich aber irgendwie rar zu machen. Jedenfalls begegne ich ihm eher selten. Sind Sie Freunde von ihm? Nein, dafür sind Sie wohl zu jung. Der Herr Boehn ist doch sicher schon einiges über vierzig."

„Nein, Freunde sind wir nicht." Julia hatte geantwortet. Dann zögerte sie, bevor sie weiterredete. „Ach, Sie können es ruhig wissen. Wir sind seine Kinder aus erster Ehe. Nach der Scheidung unserer Eltern haben wir unseren Vater aus den Augen verloren. Mutter wollte das so. Aber jetzt sind wir beide erwachsen und da haben wir beschlossen, nach unserem Vater zu suchen. Man möchte ja schließlich wissen, woher man kommt."

„Ach, das ist ja interessant", sagte die ältere Dame, die sich nun als Frau Hermann vorstellte. „Wenn Sie wollen, kommen Sie doch herein."

„Nein, nein, das ist wirklich nicht nötig. Wir kommen einfach später noch mal wieder. Vielleicht ist er ja heute Abend da."

„Wie Sie meinen. Aber ich könnte Ihrem Vater ja was ausrichten. Wenn Sie mir Ihre Namen und eine Telefonnummer geben würden? Die kann ich ihm dann geben oder vielleicht auch unter der Tür durchschieben."

„Gar keine schlechte Idee", übernahm wieder Julia das Wort. „Wir sind Julia und Jan und ich schreib Ihnen mal unsere Handynummern auf."

Julia wollte schon gehen, als Jan noch einmal nachhakte. „Sagen Sie, wie lange wohnt unser Vater eigentlich schon hier und hat er eine neue Familie?"

„Nein, ich hab ihn immer nur allein gesehen." Sie überlegte einen Moment. Dann schüttelte sie den Kopf. „Keine neue Familie, nein. Und wann ist der hier eingezogen? Zum Ende des Winters war das, glaube ich. Im März. Ja sicher, wir hatten dieses Jahr ja ziemlich spät noch mal Schnee. Genau zu der Zeit war das."

„Vielen Dank, Frau Hermann. Das hilft uns schon sehr viel weiter. Geben Sie unserem Vater die Telefonnummern und bitten Sie ihn anzurufen. Vielleicht klappt es ja. Bis später, kann ja sein, dass man sich noch mal sieht."

Als sie wieder im Fahrstuhl waren, sagte Jan: „Er ist es. Daran besteht kein Zweifel. Ist offenbar direkt nach seiner Entlassung im Frühjahr hier eingezogen und er lebt allein. Kein Zweifel, er ist es."

Die Anschrift von Dörthe Langers Exmann hatten Marina und Karsten schon in Bielefeld ermittelt. Die Siedlung Holtenser Berg erwies sich als eines der in den Sechziger- und Siebzigerjahren am Reißbrett entstandenen Wohngebiete des sozialen Wohnungsbaus, die in ihrem Kern aus großen Wohnblocks unterschiedlicher Höhe bestanden, umgeben von möglicherweise erst später gebauten kleineren Ein- und Zweifamilienhäusern.

Sie waren mit Janis' Wagen gefahren und dieser stimmte die Bielefelder unterwegs auf das ein, was sie erwartete. Karsten und Marina fühlten sich dabei an die als sozialer Brennpunkt bekannte Baumheide in ihrer Heimatstadt erinnert. Als sie allerdings ihr Ziel erreichten, war der Eindruck ein vollkommen anderer. Von Verwahrlosung kaum eine Spur. Zwar riesige, schier endlos lange Wohnblocks, aber alles durchaus gepflegt. Was sich hinter den Mauern abspielte, war natürlich von außen nicht zu erkennen. Aber galt das nicht auch für Einfamilienhäuser?

Etwa in der Mitte der Europaallee stoppte Janis den Wagen. Die Straße war großzügig und breit angelegt. Im hinteren Teil wurde sie etwas schmaler, vor allem deshalb, weil links und rechts Auto an Auto quer zur Straße geparkt war.

Steffen Boehn sollte etwa in der Mitte einer weit über hundert Meter langen Wohnanlage in der achten Etage wohnen. An der Haustür kam ihnen ein junges Pärchen entgegen, dem sie den Vortritt ließen. Janis Jatzitakis sah der jungen Frau auffallend lange hinterher. Marina hatte das bemerkt und Karsten registrierte, dass Marina es gesehen hatte. Dann fuhren sie im Fahrstuhl nach oben. Mehrere Türen führten zu den durchnummerierten Wohnungen. Sie klingelten an der

Nummer vier, dort stand Boehns Name ordentlich unter der Klingel. Trotz wiederholter Versuche blieb es jedoch ruhig. Sehr bald mussten sie erkennen, dass niemand zu Hause war. Vielleicht konnte ihnen irgendjemand in den Nachbarwohnungen helfen. Leider blieben auch dort die Türen verschlossen. Mitten am Vormittag gingen die Bewohner sicher ihrer Arbeit nach. Erst bei der dritten Tür hatten sie Glück. Eine ältere Frau öffnete ihnen. Am Klingelschild stand „Hermann" zu lesen.

„Entschuldigen Sie, Frau Hermann, wir sind von der Polizei." Janis redete als Erster und zeigte seinen Dienstausweis. „Das sind meine Kollegen Burmann und Linnemann. Wir wollten Herrn Boehn sprechen, treffen aber niemanden an. Können Sie uns da weiterhelfen?"

„Meinen Sie den Herrn dort aus Nummer vier? Hat er was ausgefressen?"

„Nein. Wir möchten ihn einfach sprechen. Wann haben Sie ihn das letzte Mal gesehen?"

„Keine Ahnung. Das ist schon etwas her. Aber sagen Sie, wieso wollen heute so viele Menschen diesen Herrn Boehn sprechen?"

„Wie meinen Sie das?", fragte Janis ziemlich überrascht.

„Na ja, grad eben war ein junges Pärchen hier, Bruder und Schwester. Die wollten auch Herrn Boehn sprechen. Eigentlich müssten Sie sie noch gesehen haben. Die sind wirklich gerade erst runtergefahren."

„Ein junges Paar sagen Sie? Der Mann etwas jünger als die Frau und beide so um die zwanzig?"

„Ja, sicher."

„Verdammt, die sind uns unten an der Haustür begegnet", platzte Janis heraus. „Vielleicht erwisch ich die noch."

Zum Glück war der Fahrstuhl noch da und Janis Jatzitakis fuhr augenblicklich nach unten. Viel Hoffnung hatten Marina und Karsten allerdings nicht, dass ihr Kollege die beiden noch einholen könnte. Marina allerdings bemerkte, er sei ja schließlich ein ziemlich durchtrainierter Sportler. Das irritierte Karsten erneut.

„Frau Hermann, vielleicht können Sie uns in der Zwischenzeit etwas zu Herrn Boehn sagen. Als Nachbarin weiß man da vielleicht was", nahm Karsten den Faden wieder auf.

„Ach, ehrlich gesagt, in so einem großen Haus geht jeder seiner Wege. Und mit dem Herrn Boehn habe ich eigentlich noch nie gesprochen. Macht sich ziemlich rar. Im März war das, als er hier eingezogen ist. War insgesamt übrigens ziemlich komisch damals. Daran erinnere ich mich noch genau. Der hatte nämlich gar keine Möbel. Eines Tages war er einfach da und dann kam er mal mit ein paar Möbelkartons von Ikea. Das weiß ich deshalb, weil er eine Weile den Aufzug blockiert hat, um alle Teile nach oben zu schaffen."

„Danke", sagte Karsten, „das ist schon wichtig. Und ist Ihnen sonst noch etwas aufgefallen?"

„Ja sicher, dieses Pärchen eben, das sind doch seine Kinder. Aus erster Ehe, haben sie gesagt. Sie hätten ihren Vater schon sehr lange nicht mehr gesehen, weil ihre Mutter das nach der Scheidung nicht wollte. Aber nun seien sie ja erwachsen und deshalb wollten sie ihren Vater wiedersehen."

„Wie bitte? Das waren Boehns Kinder?" Marina und Karsten waren fassungslos.

„Ja, und sie haben auch gesagt, wie sie heißen: Jan und Julia. Und eine Telefonnummer haben sie mir auch gegeben. Warten Sie, ich hab sie gerade erst auf das Tischchen gelegt. Den beiden hab ich doch versprochen, ihren Vater zu informieren, wenn er kommt."

„Nur Jan und Julia? Keinen Nachnamen?"

„Nein, aber die werden doch wohl auch Boehn heißen, oder?"

„Ja, kann sein. Und sonst? Wissen Sie noch was über Ihren Flurnachbarn?"

Frau Hermann schien ernsthaft nachzudenken. Dann sagte sie: „Nee, aber vielleicht kann Ihnen unser Pastor weiterhelfen, Pastor Dreyer. Der war mal mit ein paar Jugendlichen aus der Gemeinde hier. Die brachten Herrn Boehn einen Herd und eine Waschmaschine, die Herr Dreyer irgendwie organisiert hatte."

„Woher wissen Sie das, ich meine ..."

„Hat er mir doch selbst erzählt. Ich kenne ihn schließlich ziemlich gut, als Mitglied im Frauenkreis der Kirchengemeinde, und unser Pastor kümmert sich öfter mal um so was. Das ist hier bekannt. Wenn jemand noch gebrauchsfähige Möbel oder Haushaltsgeräte hat, die durch neue ersetzt werden sollen, dann kann man sich bei ihm melden. Oft weiß er, wer die alten gerade gebrauchen kann."

„Danke. Vielen Dank. Das könnte uns tatsächlich weiterhelfen", verabschiedete sich Marina, bevor sie sich auf den Weg nach unten machten.

Als die Fahrstuhltür sich öffnete, kam ihnen ihr Göttinger Kollege entgegen, der inzwischen wieder nach oben gefahren war.

„Hab die beiden leider nicht mehr erwischt", sagte er, immer noch leicht außer Atem.

„Schade, wär bestimmt interessant gewesen, mit ihnen zu sprechen."

„Keine Sorge, das holen wir nach. Wir haben nämlich Namen und Telefonnummer." Und dann erzählten sie dem staunenden Janis alles, was sie von Boehns Wohnungsnachbarin erfahren hatten. „Na, dann ist ja nur die Frage, wer dort anruft und wann“, fasste Janis das Gesagte zusammen. „Aber vielleicht gehen wir doch zuerst zu diesem Pastor. Die Gemeinde, von der Frau Hermann gesprochen hat, muss ja hier ganz in der Nähe sein.“

„Ja, unbedingt“, meinte Marina. „Vielleicht kann er uns auch etwas zu diesen ominösen Kindern sagen, die wir eben verpasst haben.“

„Einen Versuch ist's wert. Obwohl, wenn er wirklich was weiß, wird er mit Sicherheit auf seine seelsorgerliche Schweigepflicht verweisen.“

Der Besuch bei dem Pastor war dann am Ende tatsächlich wesentlich weniger ergiebig, als sie gehofft hatten. Im Grunde konnte und wollte er ihnen wegen der Schweigepflicht nicht mehr sagen, als sie ohnehin schon wussten. Wenigstens konnte er die Polizisten in ihrem Verdacht bestätigen, dass es sich bei dem Pärchen Jan und Julia vermutlich nicht um Steffen Boehns Kinder handelte. Etwas enttäuscht fuhren sie schließlich wieder Richtung Innenstadt, um noch vor Mittag Boehns Schwester Margot Wilhelm zu besuchen. Als Information über sie konnten sie dem Pfarrer wenigstens noch entlocken, dass Steffen Boehn wohl ein ziemlich enges Verhältnis zu ihr habe, ja man könne vielleicht sogar von einem Mutter-Sohn-Verhältnis sprechen, weil sie, deutlich älter als er, nach dem frühen Tod der Mutter deren Rolle übernommen hätte.

Kapitel 17

Über die Weender Landstraße und den Kreuzbergring erreichten die Polizisten schließlich die Gutenbergstraße, in der die Schwester wohnte.

„Ich kenne die Gegend, wo wir jetzt hinfahren, übrigens hervorragend. Das Restaurant ‚Potis', das mein Bruder führt, liegt ganz in der Nähe. Wir kommen sogar direkt daran vorbei. Ich dachte, wir halten da kurz an und ich sage drinnen Bescheid, wann wir nach dem Gespräch mit Frau Wilhelm zum Essen kommen. Habt ihr irgendeinen besonderen Wunsch, was ihr essen möchtet? Ihr seid natürlich unsere Gäste."

„Können wir das nicht besser nachher klären? Wir haben doch noch gar keine Ahnung, wie lange der Besuch bei dieser Frau Wilhelm dauern wird", wandte Marina ein, der das alles zu schnell ging.

Schließlich ließen sie das „Potis" rechts liegen und bogen unmittelbar in die schmale Gutenbergstraße ein, die sich unterhalb eines langgestreckten Wäldchens hinzog. Am Ende der Straße stellten sie ihren Wagen auf einem größeren Parkplatz ab, mit Blick auf das weitläufige Gelände des Sportzentrums der Universität. Ein paar Schritte zurück, und sie hatten ihr Ziel erreicht. Der Gegensatz zu den Wohnsilos, in denen Steffen Boehn jetzt lebte, konnte nicht größer sein. Einige, zum Teil große Wohnmobile auf dem Parkplatz zeugten davon, dass die Besitzer dieser Einfamilienhäuser offenbar außer ihren Immobilien auch genügend Geld hatten, sich ein teures Hobby zu leisten.

Nach dem Klingeln öffnete ihnen sogleich eine knapp sechzig Jahre alte, sehr resolut wirkende Frau die Tür. Kräftige Figur, dunkle, vermutlich gefärbte Haare, T-Shirt über ausgewaschenen Jeans und ein Gesichtsausdruck, der den Polizisten die Frage „Wer stört?" geradezu entgegenschrie. Selbst Janis verschlug es einen Moment die Sprache, bevor er sich und seine Kollegen so beiläufig wie möglich vorstellte.

„Polizei? Geht das schon wieder los?" Frau Wilhelm wirkte empört. „Sind Sie etwa wieder wegen meines Bruders hier? Der hat seine Strafe abgesessen."

„In der Tat, Frau Wilhelm, es geht um Ihren Bruder. Wir möchten ihn gern sprechen, können ihn aber nicht erreichen. Ob wir wohl kurz eintreten können? Vielleicht können Sie uns da weiterhelfen."

„Wenn's denn sein muss. Dann kommen Sie rein."

Das Haus machte einen dunklen Eindruck, was aber, wie die Kommissare bald feststellten, an den in vielen Zimmern heruntergelassenen Rollläden lag. Die Einrichtung, irgendwie wuchtige Stilmöbel, versetzt mit der einen oder anderen echten Antiquität.

Frau Wilhelm bat die Gäste ins Esszimmer, wo sie das Rollo ein wenig öffnete, sodass nun mehr Licht einfiel.

„Entschuldigen Sie bitte", sagte sie, „aber wegen der Sonne habe ich immer die Fenster verdunkelt. Es wird sonst zu warm und außerdem schadet das UV-Licht den Möbeln." Schließlich zeigte sie auf die schweren Sessel und befand: „Wenn Sie schon da sind, können Sie sich auch setzen."

Die Frau schien sich tatsächlich gestört zu fühlen und betrachtete den Besuch offenkundig als Überfall, den sie so schnell wie möglich beenden wollte.

„Wenn Sie sich bitte kurz fassen würden? Ich habe noch einen Nachmittagsjob in einer Steuerkanzlei. Da darf ich nicht zu spät kommen."

„Natürlich“, antwortete jetzt Marina. „Wann beginnt Ihre Arbeit?“

„Um zwei.“

Marina sah demonstrativ auf ihre Uhr. Es war kurz nach elf.

„Na, da haben wir ja noch etwas Zeit“, antwortete sie trocken.

Frau Wilhelm biss sich resignierend auf die Lippen.

„Was wollen Sie wissen?“, fragte sie dann.

„Zuerst interessiert uns, wo sich Ihr Bruder zurzeit aufhalten könnte. Wir haben in Erfahrung gebracht, dass er schon eine Weile nicht mehr in seiner Wohnung gesehen worden ist. Könnte er verreist sein?“

„Verreist? Sind Sie noch zu retten? Von welchem Geld sollte er wohl wegfahren? Im Übrigen bin ich nicht seine Gouvernante.“

„Frau Wilhelm, wir wollen ganz offen sein.“ Karsten übernahm jetzt die Initiative. „Wir müssen ihn unbedingt sprechen. Seine Exfrau, Dörthe Langer, geschiedene Boehn, ist vor Kurzem ermordet worden.“

Linnemann hielt kurz inne, um die Reaktion von Margot Wilhelm zu testen. Diese kam prompt und heftig.

„Ermordet? Wieso das denn? – Ach, und jetzt glauben Sie ...? Nein, das ist nicht Ihr Ernst. Mein Bruder würde das niemals tun! Wer weiß, wem diese Schlampe sonst noch auf die Füße getreten ist.“

„Langsam, langsam! Von einem solchen Verdacht war doch gar nicht die Rede. Interessant ist aber, dass Sie sofort in diese Richtung denken. Wir wollten eigentlich nur von Ihnen wissen, ob Sie oder Ihr Bruder in der letzten Zeit Kontakt zu Dörthe Langer hatten. Nachbarn in Werther, wo sie wohnte, haben uns berichtet, dass gelegentlich ein Göttinger Auto vor der

Tür stand und dass sie Besuch von einem Mann gehabt hat. Hat Ihr Bruder ein Auto?"

„Nein, ein eigenes nicht. Der lebt doch von Hartz IV!"

„Was heißt: ein eigenes nicht?"

„Na ja, wir haben ihm eins zur Verfügung gestellt. Das heißt, wir haben ihm eins gekauft, das er nutzen kann. Aber es läuft auf meinen Namen."

„Und das können Sie sich leisten?"

„Wüsste nicht, was Sie das angeht!"

„Aber was für ein Auto es ist, das können Sie uns sicher sagen, und auch das Kennzeichen bitte."

„Muss das sein? Ich verstehe überhaupt nicht, was Sie wollen." In Margot Wilhelms Stimme lag zunehmend mehr Unmut.

„Ja, es muss sein, und wenn Sie es uns nicht hier und jetzt verraten, müssen wir das Straßenverkehrsamt bemühen. Am Ende kommt es aufs Gleiche raus. Also: Was für einen Wagen fährt Ihr Bruder?"

„Einen älteren Golf, dunkelgrau. War ziemlich günstig, wenn Sie's unbedingt wissen wollen, aber noch ganz gut in Schuss."

„Und das Kennzeichen?"

„Weiß ich nicht."

„Würden Sie bitte nachsehen. Sie heben den Kfz-Brief doch sicher hier bei sich auf, oder? Das Auto ist schließlich auf Ihren Namen zugelassen."

Margot Wilhelms Blick traf die drei Polizisten wie ein Bannstrahl, dem sie jedoch mühelos standhielten. Schließlich stand die Frau betont widerwillig auf und ging an den Wohnzimmerschrank, dem sie einen Aktenordner entnahm. Nach kurzem Blättern antwortete sie: „GÖ BQ 629."

„Und Sie selbst? Haben Sie auch ein Auto?" Jetzt war es wieder Janis, der die Frage stellte. Sie waren ein gutes Team, als ob sie schon lange zusammengearbeitet hätten.

Margot Wilhelm zögerte erneut mit der Antwort.

„Ja, sicher! Ist das verboten?“, antwortete sie schließlich in nach wie vor rauem Ton.

„Und was für ein Wagen ist das? Dürfen wir den mal sehen?“

„Ein Fiat Panda. Steht draußen vor der Tür. Damit fahre ich, wenn's recht ist, gleich zur Arbeit.“

„Und Ihr Mann?“, insistierte Burmann.

„Der hat ein eigenes Auto, einen BMW und der ist blau. Brauchen Sie sonst noch intime Details? Meine Kleidergröße oder wie wir unsere Freizeit verbringen? ... Ich sag's Ihnen noch mal: Wer auch immer diese Dörthe umgebracht hat, Steffen war es nicht! Verdammt, der hat wirklich nur Pech mit seinen Frauen gehabt.“

Die letzte Bemerkung ließ die Polizisten aufhorchen.

„Sagten Sie ‚mit seinen Frauen‘? – Plural? Meinen Sie damit seine erste Frau?“, hakte Janis nach.

„Ja, sicher. Ulla, Ulla Sand. So heißt die jetzt wieder. Mit der hat Steffen einen gemeinsamen Sohn. Timo, der ist jetzt ...“ Margot Wilhelm dachte einen Moment nach. „Der müsste jetzt etwas über zwanzig sein, zweiundzwanzig vielleicht auch dreiundzwanzig.“

„Gab es noch weitere Kinder? Noch einen Sohn und eine Tochter?“

„Wie bitte? Was reden Sie denn da für einen Unsinn. Mit Ulla hatte Steffen einen Sohn, den Timo. Und mit Dörthe zwei Kinder, Mia und“, sie stockte einen Moment, „und Felix.“

Die Kommissare notierten sich das. Die Sache mit diesen angeblichen Kindern wurde immer interessanter.

„Und die Beziehung mit Ulla Sand ging also in die Brüche?“

„Ja, sagte ich doch. Steffen gerät offenbar immer an die falschen Frauen. Ich hatte ihn vorher extra gewarnt. Beide Male! Aber er wollte ja nicht hören!“

„Wie lange ist das jetzt her? Wann war die Hochzeit Ihres Bruders und wann die Scheidung? Wissen Sie das auswendig?“

„Natürlich, was glauben Sie denn? So was weiß man doch! Nach dem Tod unserer Mutter hab ich den Haushalt führen müssen. Unser Vater war ja Geldverdienen. Und da kam die Verantwortung auf mich. Das war wirklich eine schwere Zeit. Aber was blieb mir anderes übrig? Steffen war damals erst sechs Jahre alt und ich schon siebzehn. Wer sollte sich denn sonst kümmern?“ Fragend und auf verständnisvolle Zustimmung hoffend sah Margot Wilhelm ihre Gäste an. Als keine Reaktion kam, fuhr sie fort: „Was wollten Sie wissen?“

„Das Datum der ersten Hochzeit und der Scheidung.“

„1989 und 1997. Timo ist, jetzt weiß ich's wieder, ein Jahr, nachdem sie geheiratet hatten, geboren, also 1990. Ja genau! Das war die Zeit der Wiedervereinigung, als hier in Göttingen alles voll von Trabbis und Ossis war. Sie verstehen, bis zur Grenze in Duderstadt waren es nur zwanzig Kilometer.“

Keiner der Polizisten wollte das kommentieren. Sie notierten sich aber sehr genau alle Daten und Personenangaben.

„Sagen Sie, wissen Sie vielleicht auch, wo Ulla Sand heute wohnt? Und gibt es außer Ihnen noch weitere Angehörige Ihres Bruders?“

„Anschrift von dieser Ulla Sand? Nee – bestimmt nicht. Und weitere Verwandte? Nur noch unser Bruder Klaus, verheiratet mit Martina. Und die Kinder natürlich, Enkel haben wir auch schon, also mein Mann und ich, Klaus und Martina noch nicht."

„Ihren Bruder würden wir auch gern sprechen. Wo finden wir den?"

„Göttingen-Nikolausberg, Im Winkel. Aber der ist jetzt nicht da. Muss schließlich arbeiten und seine Frau auch."

„Und wo arbeiten die?"

„Meine Güte, jetzt reicht's aber langsam. Was wollen Sie denn noch alles wissen? Da hat diese Dörthe mit ihrem Ableben noch mal richtig Staub aufgewirbelt, was?" Margot Wilhelm konnte gar nicht genug Häme in ihre Worte legen. Die Kommissare waren zunehmend angewidert, aber auch hellhörig geworden aufgrund des Hasses und der Verachtung, die ihnen hier entgegenschlugen.

„Wenn Sie das denn unbedingt wissen müssen: Mein Bruder arbeitet an der Uni, er ist Bibliothekar in der Uni-Bücherei. Und meine Schwägerin ist Lehrerin an der Brüder-Grimm-Grundschule. War's das jetzt endlich? Oder wollen Sie jetzt die alten Geschichten noch mal hervorzerren?"

„Die alten Geschichten interessieren uns heute nicht. Steht alles detailliert in den Akten. Aber der Beantwortung einer anderen wichtigen Frage sind Sie vorhin aus dem Weg gegangen: Waren Sie oder Ihr Mann eventuell in der letzten Zeit in Werther? Entschuldigen Sie, aber wir müssen das wissen."

„Wo?"

„In Werther, in der Wohnung von Dörthe Langer? Wir sprachen doch schon darüber, ob Ihr Bruder vielleicht mal dort gewesen ist." Karsten wurde ungeduldig.

„Jetzt tun Sie nicht so verständnislos." Auch Marina reichte es. „Sie wissen doch genau, was wir meinen. Also, waren Sie in den letzten Wochen in Werther? Ja oder nein?"

„Nein, verdammt noch mal. Nein! Weshalb sollte ich?"

„Sie waren nicht in Werther in Dörthe Langers Wohnung. Das haben wir notiert. Dann werden Sie auch sicher nichts dagegen haben, uns eine DNA-Probe zu geben. Ein Haar zum Beispiel. Bitte, nur um Sie tatsächlich auszuschließen." Marinas Stimme war ganz weich geworden, aber mit einem deutlich hörbaren Unterton.

„Sind Sie jetzt völlig verrückt geworden?", platzte es aus Frau Wilhelm heraus. „Sie können mich doch mal! Lassen Sie mich endlich in Ruhe. Ich habe keine Lust mehr auf diesen Unsinn. Verschwinden Sie aus meiner Wohnung, und zwar auf der Stelle. Sie sind hier nicht mehr willkommen. Auch in Zukunft nicht. Und verlassen Sie sich darauf: Ich werde unseren Anwalt benachrichtigen und dann bekommen Sie den Ärger, den Sie verdienen."

„Dann wünschen wir Ihnen noch einen schönen Tag. Auf Wiedersehen, Frau Wilhelm", verabschiedete sich Janis Jatzitakis stellvertretend für die anderen. Noch in der Tür fügte er jedoch hinzu: „Kann allerdings sein, dass wir trotzdem noch einmal wiederkommen müssen. Aber dann werden wir uns darauf einstellen, wie wenig kooperationsbereit Sie sind. Schönen Tag noch."

Nachdem sie das Haus der Wilhelms verlassen hatten, fuhren sie direkt die wenigen hundert Meter zum Restaurant Potis am Kreuzbergring.

„Willkommen in unserem Restaurant!", wurden die drei von Nikos, Janis' Bruder, bereits am Eingang begrüßt. „Hab euch schon erwartet. Wollt ihr draußen sitzen? Ist so ein schöner Tag. Dort hinten vielleicht?"

Nikos ging voran und zeigte ihnen ihre Plätze im hinteren Teil eines schönen Terrassengartens, der sich seitlich an das Restaurant anfügte und der, wie auch der Innenraum, mit den typischen Attributen griechischer Gaststätten ausgestattet war. Allerdings erkannten sie sofort, dass dies kein Schnellimbiss war, sondern durchaus gewissen Ansprüchen genügte.

„So, hier haben wir auch die Speisenkarte. Alles typisch griechisch und nicht nur Gyros", lachte Nikos. „Lasst euch Zeit beim Aussuchen. Ich bringe erst einmal Mezes und Getränke. Vermutlich alkoholfrei? Ihr seid ja im Dienst."

Zwei Cola und eine Apfelschorle, war die Antwort. Und auf den fragenden Blick der beiden Bielefelder hin stellte Janis klar: „Mezes – gemischte Vorspeisenplatte, ohne geht gar nichts."

Während sie die unterschiedlichen Vorspeisen probierten, die Lust auf mehr machten, und nachdem sie den Hauptgang bestellt hatten, ließen sie noch einmal den Vormittag Revue passieren. Irgendeine Ahnung, wo sich Steffen Boehn zurzeit aufhalten könnte, hatten sie immer noch nicht. Aber, hatte Margot Wilhelm etwas zu verbergen? Oder war sie einfach nur eine unfreundliche Person? So etwas soll es ja geben. In jedem Fall erschien es ihnen notwendig, zunächst den Bruder Klaus aufzusuchen. Die in der Wohnung in Werther gefundenen biologischen Spuren verlangten danach, identifiziert zu werden. Ob Spuren von Dörthe Langers Exmann darunter waren, darüber würden sie bald Klarheit haben. Das entsprechende Spurenmaterial von Steffen Boehn war hoffentlich inzwischen in Bielefeld angekommen und sie würden bald wenigstens wissen, ob er in der Wohnung war, ob er also der Mann mit dem Göttinger Auto war, den die Nachbarn beobachtet hatten.

„Verdammt", sagte Marina plötzlich. „Was ist, wenn Boehn schon Kontakt zu seiner Tochter gesucht hat? Im Streit mit seinen Frauen ging es immer vor allem um die Kinder, wer sich um sie kümmern durfte. Als ich in Haus Elim mit dem Einrichtungsleiter sprach, hatte Boehn das noch nicht getan. Aber jetzt, wo er nicht aufzufinden ist – wäre doch irgendwie möglich."

Sie griff sofort zum Telefon und suchte im Speicher nach Nils Sendenhorsts Nummer. Nach kurzem Klingeln nahm er ab. Sehr erleichtert waren alle, als sie erfuhren, dass Boehn noch nicht in Haus Elim aufgetaucht war. Man würde aber besonders aufmerksam sein, versprach der Heimleiter. Schließlich sei es der ausdrückliche Wunsch der Mutter gewesen, dass Mias Vater keinen Kontakt zu seiner Tochter haben sollte, was wegen der Vorgeschichte ja auch nicht mehr als verständlich sei. Anschließend informierte Marina auch ihren Chef in Bielefeld.

„Oh, gut, dass du anrufst", meldete sich Sommer. „Claudia hat inzwischen Fingerabdrücke und DNA von Steffen Boehn mit den Spuren in Dörthe Langers Haus abgeglichen. Das Wichtigste zuerst: Boehn war hier. Definitiv! Allerdings fanden sich keine Spuren auf dem Dachboden, nur in der Wohnung. Und zwar an verschiedenen Stellen. Der Teilabdruck, der sich am Treppengeländer befand, ist also nicht von Dörthe Langers Ex. Leider konnten auch die Männer- und Frauenhaare noch nicht zugeordnet werden. Und wie sieht's bei euch aus?"

„Wir waren eben bei der Schwester und die hat, gelinde gesagt, einen sehr verwirrenden Eindruck hinterlassen. Nach einer DNA-Probe haben wir sie schon gefragt. Sie hat aber entrüstet abgelehnt und uns aus dem Haus komplimentiert. Jetzt könnte es doch eine Chance auf eine richterliche Anordnung geben. Und wenn du schon dabei bist: vielleicht eine entsprechende Genehmigung auch für Boehns Bruder Klaus. Nähere Daten maile ich dir umgehend. Muss diese Verfügung eigentlich bei uns in Bielefeld erwirkt werden oder hier in Göttingen?“

„Wir sind in jedem Fall federführend. Ich kümmer mich drum. Das kann aber eventuell ein bisschen dauern.“

„Macht, so schnell ihr könnt. Im Übrigen werden wir hier heute vermutlich ohnehin nicht fertig. Es stehen noch ein paar Gespräche an. Vor allem mit Klaus Boehn und Hans Schrager, dem pensionierten Hauptkommissar, der damals die Ermittlungen geführt hat. Janis, also unser hiesiger Kontaktmann, kümmert sich gerade darum, dass wir Schrager möglichst noch heute oder sonst morgen sehen. Bis dahin sind vielleicht auch die richterlichen Anordnungen da. Ach ja, und dann ist da noch etwas sehr Merkwürdiges geschehen. Ein junges Pärchen ist aufgetaucht, das Steffen Boehn in seiner Wohnung aufsuchen wollte, kurz bevor wir dort waren. Angeblich seine Kinder aus erster Ehe, Jan und Julia. Wir wissen allerdings inzwischen eindeutig, dass das so nicht stimmen kann. Aber wir haben ihre Handynummern … Na egal. Da werden wir dran bleiben.“

„Okay, macht das. Vielleicht kommt jetzt endlich etwas Fahrt in die Sache. Und ihr bleibt noch einen Tag in Göttingen? Aber denkt an die Spesenrechnung. Tschüss, bis dann.“ Damit legte Sommer auf.

Marina erläuterte kurz, was sie mit Frank besprochen hatte.

„Okay", sagte Janis, „ich habe auch Neuigkeiten. Ich hab es tatsächlich geschafft, mit Hans Schrager zu sprechen. Er wohnt gar nicht weit von hier entfernt in Hattorf am Harz. Das sind so fünfundzwanzig Kilometer, bei Herzberg. Wieder in seinem Elternhaus, wenn ich das richtig verstanden habe. Er erwartet uns heute Nachmittag gegen sechzehn Uhr."

„Schön", kommentierte Karsten. „Und was machen wir bis dahin? Was ist mit dem Bruder? Könnten wir den vielleicht vorher sprechen, an seinem Arbeitsplatz in der Uni-Bibliothek zum Beispiel? Oder vielleicht zunächst Ulla Sand, Boehns erste Frau? Dann könnten wir mit der Genehmigung unter dem Arm morgen auch schon Klaus Boehns Fingerabdrücke nehmen."

Nach einigen Telefongesprächen war ihr weiteres Vorgehen klar: um sechzehn Uhr zu Hans Schrager in Hattorf, um neunzehn Uhr zu Ulla Sand und am nächsten Tag, wenn die richterlichen Verfügungen da waren, sollten Klaus Boehn und noch einmal Margot Wilhelm besucht werden. Auf den letzten Termin freuten sich alle schon ganz besonders.

„Aber was machen wir mit euch über Nacht?", fragte Janis schließlich.

„Irgendein Hotel. Kannst du da was empfehlen? Aber denk dran: Die Polizei ist arm", meinte Karsten. „Bis zu dem Termin in Hattorf haben wir ja noch Zeit, uns eine Unterkunft zu suchen."

„Hotel? Kommt gar nicht in Frage!" Janis' Tonfall ließ keinen Widerspruch zu. „Ihr könnt bei uns bleiben, wir haben ein schönes Gästezimmer. Meine Frau wird sich freuen, euch kennenzulernen. Und ein paar Flaschen guten Wein haben wir auch im Keller und

Ouzo natürlich." Dann stockte er, als er Marinas zögerlichen Gesichtsausdruck sah, während er bei Karsten so etwas wie frohe Erwartung zu sehen glaubte.

„Ach so, nein, keine Angst, wir haben zusätzlich ein extra Schlafsofa. Getrennte Räume also." Karstens frohe Erwartung verflüchtigte sich umgehend. „Ihr könnt einfach kommen, wenn ihr bei dieser Sand fertig seid", fuhr Janis fort. „Ich werde euch heute übrigens nicht weiter begleiten. Die beiden Gespräche, das schafft ihr auch allein. Auf meinem Tisch liegt eine Menge Arbeit. Also, was ist? Angenommen?"

Das war ein Angebot, das man im Grunde kaum ablehnen konnte, das aber bei echten Ostwestfalen, und zu dieser Kategorie Mensch gehörten sowohl Marina als auch Karsten, eher auf Skepsis stieß. So viel spontane Nähe, das war ihnen nicht geheuer.

„Wir wollen auf keinen Fall Umstände machen", sprach dann Marina aus, was wohl auch Karsten dachte. „Jede Menge Arbeit für deine Frau. Sei uns nicht böse, aber wir gehen besser in ein Hotel und morgen früh sehen wir uns dann wieder."

Janis sah fast ein wenig beleidigt aus. Dann sagte er: „Ihr Deutschen seid ein komisches Volk. Wir Griechen haben die Gastfreundschaft quasi erfunden. Da braucht ihr euch nicht zu schämen oder Angst zu haben, dass es zu viel Arbeit ist. Im Gegenteil, Gäste bedeuten Spaß pur. Das haben wir schon seit dem Altertum im Blut. Wusstet ihr, dass es im Griechischen nur ein Wort für ‚Fremder' und für ‚Gast' gibt, nämlich ‚xénos'? Fremder und Gast, das ist sozusagen ein und dasselbe. Und die ‚xenía', die Gastfreundschaft, hatte geradezu etwas Heiliges im antiken Griechenland. Aber ich verstehe euch. Irgendwie bin ich ja inzwischen auch Deutscher, nicht nur dem Pass nach.

Wahrscheinlich wollt ihr nach einem anstrengenden Tag einfach allein sein. Ja, ist okay. Aber vorher treffen wir uns hier noch mal im Lokal. Wir müssen unsere Zusammenarbeit und Freundschaft doch noch begießen. Also, lasst das Auto am Hotel stehen und kommt mit dem Taxi. Egal wie spät es ist. Das dürft ihr jetzt aber nicht mehr ausschlagen!"

Nein, das durften sie nicht ausschlagen und das taten sie auch nicht. Bis halb neun oder neun am Abend würden sie es sicher schaffen.

Kapitel 18

Auf der B27 fuhren Burmann und Linnemann aus Göttingen hinaus in Richtung Harz. Sie genossen die Fahrt durch die sommerliche Landschaft. Eine gut ausgebaute Straße führte sie an kleinen Ortschaften vorbei. Ebergötzen, Wollbrandshausen, Gieboldehausen – Namen, die sie noch nie gehört hatten. Schließlich überquerten sie einen kleinen bewaldeten Höhenzug, bei dem das Navi aber kaum mehr als zweihundert Höhenmeter anzeigte. Auf der anderen Seite hatten sie endlich freien Blick auf die Berge des Harzes. Nur wenig später, unmittelbar hinter einem Flüsschen mit dem Namen „Oder", wurden sie aufgefordert, nach links abzubiegen.

„So weit im Osten sind wir schon", bemerkte Karsten trocken, im Hinblick auf den Flussnamen. „Na ja, wie auch immer. Gibt wohl zwei Flüsse mit dem Namen Oder." Marina verdrehte die Augen.

Eine schnurgerade Straße, die nur einmal, wegen eines Bahnübergangs, zwei dicht aufeinanderfolgende 90-Grad-Kurven machte, führte sie direkt in den kleinen Ort Hattorf am Harz und dort in die Sieberstraße, in der Hauptkommissar a.D. Schrager wohnte.

„Ist ja ziemlich idyllisch hier", meinte Karsten, als sie vor einem älteren renovierten Haus hielten. Tatsächlich musste Marina ihm recht geben, als sie auf einem Wiesenstreifen ihr Auto abstellten, hinter dem ein weiteres kleines Flüsschen sich entlangschlängelte. Später erfuhren sie, dass das die Sieber sei, die noch in Hattorf in die nur unwesentlich größere Oder mündete.

Hans Schrager öffnete die Tür und bat sie, ihm durch das Haus hindurch auf die Terrasse zu folgen. Die Idylle setzt sich fort, dachte Karsten mit Blick auf den gepflegten Garten, in dem es sogar ein größeres Gemüsebeet gab. Prägend für das Gesamtbild war allerdings ein großer Kirschbaum. Seine Früchte würden noch zwei Wochen brauchen, bis sie richtig reif seien, klärte Schrager seine Gäste auf. Bis dahin führe er einen heroischen Kampf gegen Stare und Amseln.

„Aber Sie sind ja nicht gekommen, um das Landleben zu genießen", sagte er schließlich und bat sie, Platz zu nehmen. „Wenn ich Jatzitakis recht verstanden habe", sagte er, als er Kaffee eingoss, „dann wollen Sie etwas über einen meiner letzten Fälle erfahren. Diese schreckliche Sache mit der Kindstötung und dem anschließenden Suizidversuch als Geisterfahrer auf der Autobahn."

Schrager verfiel sofort in eine ausführliche Erzählung der Ereignisse vor sieben Jahren. Karsten und Marina ließen ihn zunächst gewähren, denn es war sehr interessant, was er zu berichten wusste. Die ganze Tragik der schlimmen Ereignisse wurde den Bielefeldern auf diese Weise noch intensiver vor Augen gestellt, als es durch das reine Aktenstudium möglich gewesen war. Schließlich machte der Expolizist eine Pause und lehnte sich in seinen Terrassensessel zurück, um seinen kalt gewordenen Kaffee zu trinken.

„Herr Schrager", nutzte Marina die Gelegenheit, „was ich nicht recht verstehe: Wieso kommt dieser Boehn nach der Tat wieder zurück, unternimmt einen irgendwie halbherzigen Versuch, seine Kinder zu retten, denen er vorher eine Überdosis Tabletten verabreicht hat, überlässt sie aber dann doch ihrem Schicksal und fährt als Geisterfahrer auf die Autobahn, um sich selbst umzubringen? Das passt doch alles nicht so recht zusammen."

„Diese Frage hat auch im Prozess eine große Rolle gespielt. Vor allem der psychologische Gutachter hat sich damit beschäftigt. Seine Stellungnahme müsste aber bei den Akten sein. Wenn ich mich richtig erinnere, ging es vor allem um die Frage der Schuldfähigkeit und um die Frage, ob die Tötung des Sohnes Mord war oder, wie schließlich angenommen, Totschlag. Eine psychische Ausnahmesituation hat das Gericht am Ende nur für die Geisterfahrt erkennen können. Zu dem Zeitpunkt, so der Gutachter, sei Boehn nicht Herr seiner Sinne gewesen und deshalb nicht schuldfähig. Anders aber vorher. Die Tötung der Kinder sei geplant gewesen, weil er Mia und Felix seiner Frau nicht habe überlassen wollen. Dabei spiele es auch keine Rolle, ob der eigene Suizid von Anfang an gewollt war oder nicht. Niedere Beweggründe sind aber nicht angenommen worden. Stattdessen wurden die Rückkehr und der Rettungsversuch zu Gunsten von Boehn gewertet. Genau dieser Moment sei es aber gewesen, in dem, wenn ich das so laienhaft sagen darf, seine Schuldunfähigkeit einsetzte, und zwar als er bemerkte, dass für seinen Sohn jede Hilfe zu spät kam."

Schrager machte wieder eine Pause, um sich innerlich zu sammeln. Offenbar nahm ihn die Sache auch nach Jahren noch mit.

„Sagen Sie", fuhr Karsten schließlich fort, „könnte Boehn heute für den Tod seiner Exfrau in Werther verantwortlich sein? Halten Sie das für möglich? Ist er unser Mann?"

„Ganz ehrlich? Ja! – Also, mit Vorsicht natürlich. Aber wenn ich mich richtig erinnere, dann ist das damalige Geschehen als ein sogenannter erweiterter Suizid zu verstehen, das heißt, Boehn wollte offenbar aus dem Leben scheiden und hat dabei seine Kinder sozusagen mitnehmen wollen. Die Gesamtsituation hielt er einfach nicht mehr aus. – Da spielt übrigens seine erste Ehe noch eine Rolle."

„Sie meinen seine Ehe mit Ulla Sand?", unterbrach Marina ihn.

„Ja, ich glaube, so hieß die erste Frau. Haben Sie mit ihr schon gesprochen?"

„Nein, noch nicht, aber wir wollen nachher noch zu ihr."

„Gut. Dann werden Sie Boehn noch besser verstehen und ihn heute einschätzen können. Nicht um ihn zu entschuldigen, das kann niemand, sondern um beurteilen zu können, wie gefährlich er heute noch ist. Wie gesagt: Sie sollten ihn im Auge behalten. Aber Sie wissen nicht, wo er zurzeit steckt?"

„Nein, wir suchen nach ihm. Was ich allerdings überhaupt nicht begreife", fuhr Marina fort, „sind die Motive. Warum bringt sich jemand nicht nur selbst um, sondern vorher auch noch seine Kinder, manchmal die ganze Familie? Warum tun Menschen das? Der Vater verschwindet nicht nur einfach von der Bildfläche, nein, erst vergiftet er seine Kinder. Warum? Das gibt doch gar keinen Sinn."

„Darüber hatte sich der psychologische Gutachter beim Prozess natürlich auch lange ausgelassen. Offenbar war es für Boehn damals unvorstellbar, seine Kinder bei deren Mutter zu lassen, wenn er selbst sich das Leben nähme. Das Ganze ist irgendwie total vertrackt. Wenn eine Mutter sich selbst umbringen will und vorher ihre Kinder tötet, dann oft deshalb, weil sie es sich in ihrer kaputten psychischen Welt nicht vorstellen kann, dass die Kinder allein zurechtkommen. Die Welt ist, salopp gesagt, so schlecht, dass man nicht nur selbst nicht darin leben kann, sondern dass dies auch für die Kinder unvorstellbar ist. Der Gutachter hat irgendwas von Symbiose und Altruismus erzählt."

Marina und Karsten hörten wie gebannt zu. Wie ernsthaft krank muss eine Frau sein, wenn sie das glaubt, dachten sie.

„Und bei Männern?", interessierte sich Linnemann. „Hier geht es uns ja um Steffen Boehn."

„Nun, da liegt die Sache etwas anders", setzte Schrager seinen Vortrag fort. „Männer sind in einem solchen Fall mehr von einer Aggression gegen die Frau und Mutter geleitet. Boehn war scheinbar der Meinung, ich glaube, so hat es der Gutachter ausgeführt, dass, wenn er die Kinder nicht haben durfte, dann auch seine Frau nicht. Im Grunde sei sogar Dörthe Boehn das eigentliche Ziel seines Handelns gewesen."

„Ich glaub's ja nicht!", platzte Marina heraus. „Das ist ja alles total verrückt, null nachvollziehbar. Aber eins dürfte wohl klar sein: Wir müssen unbedingt diesen Steffen Boehn finden. Es könnte doch sein, dass er heute, nach seiner Haft, das Werk vollendet hat, das er vor sieben Jahren noch nicht fertiggebracht hat. Etwas, was er sich damals noch nicht traute, weshalb er stattdessen sich selbst und seine Kinder töten wollte. Ich rufe sofort Frank an und erzähle ihm das alles. Und du fährst uns zu dieser Ulla Sand."

„Ja, sicher", bremste Karsten seine Kollegin. „Aber vorher sollten wir unseren lieben Kollegen a.D. noch nach zwei Namen Fragen." Gespannt hörte Schrager zu, als ihm von Jan und Julia, Boehns angeblichen Kindern, erzählt wurde. Es dauerte, bis er eine Antwort gab.

„Jan und Julia, sagen Sie? - Spontan fällt mir dazu nichts Richtiges ein. Mehr so eine Ahnung." Er dachte noch einmal nach. „Also, bei dieser Geisterfahrt ist ein Familienvater ums Leben gekommen. Wie hieß der doch noch? Henne…? Henne… irgendwas. Hatte der zwei Kinder? Nee. Tut mir leid. Ich weiß es wirklich nicht mehr. Aber fragen Sie doch Jatzitakis, damit der mal in den alten Akten nachschaut. Vielleicht werden Sie ja fündig. Wär schon gut zu wissen, wer die beiden sind, bevor Sie mit ihnen telefonieren."

„Ja, so werden wir das machen", versicherte Karsten, als sie sich verabschiedeten, „und herzlichen Dank. Aber jetzt erst mal zu Ulla Sand."

Sommer war in Bezug auf Steffen Boehn einer Meinung mit Marina, nachdem sie ihn während der Rückfahrt nach Göttingen von ihren neuen Erkenntnissen unterrichtet hatte. Allerdings gab er zu bedenken, dass es sich dabei nur um Vermutungen handelte. Schließlich sei er zwar definitiv im Haus seiner Exfrau in Werther gewesen, aber ein handfester Beweis für seine Täterschaft sei das natürlich nicht. Dennoch versprach er, jetzt eine offene Fahndung einzuleiten. Sie mussten ihn unbedingt finden, und zwar je schneller desto besser. Er war im Augenblick ihr Hauptverdächtiger. Daran konnte auch die Spurenlage nichts ändern. Vielleicht war er einfach nur clever genug vorgegangen. Und was das Pärchen Jan und Julia anging, war er entschieden der Meinung, dass Janis zunächst einmal herausfinden sollte, ob die beiden tatsächlich die Kinder des bei der Geisterfahrt getöteten Familienvaters sein könnten, bevor, wie Frank sich ausdrückte, die Pferde scheu gemacht würden. Marina und Karsten stimmten ihm unbedingt zu, schließlich hatten sie viele, wichtigere Dinge zu tun, um Dörthe Langers Mörder zu finden. Und das hieß, zunächst mit Boehns erster Frau zu sprechen und dann ihn selbst zu finden.

Es wurde bereits Abend, als die Bielefelder Kommissare bei Ulla Sand ankamen. Sie wohnte etwas nördlich von Göttingen, im Nachbarort Bovenden, in einer Wohnung im ersten Stock eines kleinen Mehrfamilienhauses. Auf dem Klingelschild stand Sand/Boehn. Karsten wollte soeben läuten, als die Haustür von innen geöffnet wurde.

„Oh! Guten Abend! Kann ich helfen?" Eine ältere Frau sah die beiden Kommissare freundlich an. „Wenn Sie zu Ulla Sand wollen ..." Sie zeigte auf das Schild, bei dem Karsten soeben den Knopf drücken wollte. „Sie müsste eigentlich zu Hause sein. Oder wollen Sie zu Timo? Der studiert irgendwo anders. Ulla hat mir das schon mal erzählt, aber fragen Sie mich jetzt nicht, wo das war. Sie fährt immer mal wieder hin, ihn zu besuchen. Das letzte Mal ist noch gar nicht so lange her. - Aber was rede ich hier eigentlich? Ich kenn' Sie ja gar nicht. Entschuldigen Sie, ich bin immer viel zu redselig." Damit drängelte sie sich, nun wortlos, an den Polizisten vorbei.

„Aha", bemerkte Karsten, bevor er endlich den Klingelknopf drückte. Fast umgehend summte der Türöffner und sie gingen, Marina voran, nach oben. Auf dem Treppenabsatz wurden sie von einer Frau um die fünfzig erwartet. Ihre bequeme Kleidung verriet, dass sie sich offenbar auf einen ruhigen Feierabend eingerichtet hatte.

„Frau Sand, nehme ich an?", begann Marina. „Bitte bekommen Sie keinen Schreck. Wir sind von der Polizei und haben ein paar Fragen zu Ihrem früheren Ehemann, Steffen Boehn." Unaufgefordert zeigten ihr beide ihre Dienstausweise.

„Polizei Bielefeld?" Ulla Sand sah sie sehr skeptisch an. „Ist was mit Timo?", fragte sie leicht nervös.

„Nein, wieso?"

„Mein Sohn studiert dort."

„In Bielefeld? Ach, tatsächlich?" Marina und Karsten stutzten einen Moment. „Dürfen wir reinkommen? Dann erklären wir Ihnen, worum es geht."

Die beiden Polizisten glaubten, eine gewisse Zurückhaltung zu spüren, als sie an Frau Sand vorbei die Wohnung betraten. Oder war es gar Misstrauen? Das Unbehagen der beiden Kommissare wurde bestätigt durch die Art, wie ihnen ein Platz am Esstisch angeboten wurde. Im Esszimmer platziert zu werden, bedeutete fast immer, dass man sich Eindringlinge auf Distanz halten wollte. Nun gut, dachte Marina, ist ja auch wirklich nicht alltäglich, dass einem zwei Polizisten ins Haus geschneit kommen. Aber schon zum zweiten Mal schlug ihnen heute so deutlich Ablehnung entgegen.

„Was kann ich für Sie tun?", begann Ulla Sand das Gespräch.

So ruhig und sachlich wie möglich versuchte Marina Burmann ihr zu erklären, was der Anlass ihres Besuchs war. Karsten beobachtete dabei aufmerksam die Gestik und Mimik. Je länger von dem Mord an Dörthe Langer und von Steffen Boehn geredet wurde, desto unruhiger wurde Ulla Sand. Schließlich fragte Marina: „Wie ist eigentlich Ihr Verhältnis zu Steffen Boehn und das Ihres Sohnes? Timo, sagten Sie, heißt er?"

„Mein Verhältnis zu Steffen? Gibt es noch eins?" Sie stockte einen Moment und Marina registrierte, dass sie leicht unsicher wirkte. „Er war ja schließlich lange im Gefängnis. Da wollte ich ihn übrigens mal besuchen, hab aber keine Genehmigung bekommen. Angeblich wollte er nicht mit mir sprechen." Jetzt war aus Unsicherheit Resignation geworden.

„Und seine zweite Frau, Dörthe, haben Sie die gekannt?"

Ein unvermittelt harter Gesichtsausdruck irritierte die Kommissare. Auch in der Stimme lag deutlich Kälte.

„Dörthe? Nee, danke. Kein Bedarf, die kennenzulernen." Sie hielt sich die Hand vor den Mund, als wolle sie sich jedes weitere Wort verbieten.

„Wie auch immer. Eigentlich wollten wir von Ihnen etwas über Ihre Zeit und die Ihres Sohnes mit Steffen Boehn hören."

„Meine Güte, das liegt doch zwanzig und mehr Jahre zurück. Aber wenn Sie's genau wissen wollen - von mir aus. Steffen war ein wunderbarer Ehemann. Hört sich heute vielleicht etwas komisch an, war aber so. Jedenfalls bis diese Dörthe auftauchte. Irgendwann veränderte er sich immer mehr. Wurde mürrisch, blieb lange weg und kam spät nach Hause. Manchmal rochen seine Sachen nach einem fremden Frauenparfüm. Da hab ich ihn zur Rede gestellt. Und er? Sagt mir frech ins Gesicht, ja, er habe eine andere, und die sei - ach was weiß ich, was die war. Steffen war wirklich wie verwandelt. Er wurde richtig bösartig, bis er dann eines Tages auszog und mich zurückließ, mit Timo."

„Er hat Sie verlassen?" Karsten war irritiert. „Wir haben vorhin in einem anderen Gespräch gehört, dass, umgekehrt, Sie Steffen verlassen hätten."

„Wer hat Ihnen denn den Quatsch erzählt? Doch nicht etwa diese ...?" Ulla Sand unterbrach sich selbst einen Moment. „Da kann doch nur diese alte Hexe dahinterstecken, Steffens Schwester Margot! Also, was auch immer die Ihnen weismachen wollte: Steffen hat mich verlassen und nicht umgekehrt, und zwar wegen dieses Flittchens."

„Hatten Sie Wut auf die Neue Ihres Mannes? Hatten Sie das Gefühl, dass sie an allem schuld sei, oder wem gaben Sie die Schuld?"

„Der Tusse natürlich, wem denn sonst. Die hat sich doch in unsere Ehe gedrängt. Die hat Steffen doch auf diesen Trip gebracht." Ulla Sands Körpersprache und Tonfall signalisierten nichts anderes als Verachtung und Hass. „Steffen hat das dann bitter bezahlen müssen. Ohne Dörthe wäre alles, was dann kam, doch gar nicht passiert." Wieder hielt sie eine Hand vor ihren Mund. Bevor sie weiterredete, atmete sie tief durch. „Wie auch immer. Was rege ich mich eigentlich so auf. Ist schließlich alles lange her. Und jetzt ist Dörthe tot, sagen Sie? Ermordet? Doch nicht Steffen, oder? Wenn er's wäre …" Sie brach mitten im Satz ab.

„Was wäre, wenn er's wäre, Frau Sand?", hakte Karsten nach.

„Na was wohl? Entsetzlich wäre das, also für Steffen, meine ich. Dann hätte diese Dörthe es endgültig geschafft, Steffens Leben zu zerstören." Wieder legte sie ihre Hand auf den Mund.

„Und Timo? Der lebt seit damals bei Ihnen?"

„Das wäre ja wohl noch schöner gewesen, wenn ich meinen Sohn ihm und seiner Flamme überlassen hätte. Da hatte Dörthe Steffen übrigens vollkommen im Griff. Was der alles angestellt hat, um Timo zu bekommen!" Kleine, schmale Augen und zusammengepresste Lippen signalisierten den Polizisten, dass Ulla Sand ihren Ärger kaum bändigen konnte.

„Ich will Ihnen mal was erzählen", fuhr sie fort, nachdem sie sich wieder etwas gefangen hatte. „Irgendwann ist Steffen gegen mich und Timo richtig gewalttätig geworden. Es war an Timos fünftem Geburtstag", erzählte sie, immer noch aufgebracht. „Wir lebten schon getrennt, waren aber noch nicht geschieden. Da erschien er am Nachmittag, mitten in die Geburtstagsfeier hinein. Stellen Sie sich das mal vor. Platzt voll in den Kindergeburtstag. Ich wollte ihn gar nicht reinlassen, als er an der Tür stand. Aber keine Chance. Hat mich einfach zur Seite gestoßen und ist dann ins Wohnzimmer, schnappt sich den völlig verstörten Timo, der sofort zu schreien anfängt, und will wieder raus. ‚Du blöde Kuh', hat er geschrien, ‚du wirst hier nicht mit meinem Sohn feiern und ich bin nicht dabei! Das Kind gehört zu seinem Vater und nirgendwohin sonst!' Im Hintergrund im Auto konnte ich übrigens Dörthe erkennen, die sich das Ganze in aller Seelenruhe anschaute. Es war unglaublich peinlich, vor allem vor den Müttern der anderen Kinder, die ich auch zum Geburtstag eingeladen hatte. Kommt der einfach rein, reißt das Kind an sich und stößt mich um! Eine dieser Mütter hat dann geistesgegenwärtig die Polizei gerufen. Aber da war Steffen mit Timo schon weg. In seiner neuen Wohnung, in der er mit Dörthe damals schon wohnte. Die Polizisten haben Timo dann mit Gewalt dort rausgeholt. Einen Riesenaufstand muss er da gemacht haben."

„Und? Haben Sie Anzeige erstattet?"

„Hab dran gedacht."

„Nur dran gedacht?" Marina war ziemlich überrascht.

„Ja, sicher. Eigentlich hätte ich doch gegen diese Dörthe Anzeige erstatten müssen und nicht gegen Steffen. Sie war doch die Drahtzieherin im Hintergrund. Steffen war doch", sie hielt eine Sekunde inne, „Opfer!"

Karsten und Marina waren vor Verblüffung einen Moment nicht in der Lage weiterzufragen.

„Nur damit ich das richtig verstehe", fragte Karsten schließlich. „Ihr Ex macht sich eines Kindesentzugs schuldig, aber sie sehen keinen Anlass, ihn anzuzeigen, weil er Opfer einer Intrige seiner Neuen ist? War das so?"

„Ja, so muss man das sagen."

„Eine Frage", mischte sich jetzt Marina ein. „Wenn Steffen Boehn morgen vor Ihrer Haustür stehen und Sie um Verzeihung bitten würde, für alles, was er angerichtet hat, was er Ihnen angetan hat, würden Sie ihn reinlassen und einen neuen Anfang wagen?"

Verblüfft sah Ulla Sand die Kommissarin an. Dann sagte sie langsam und verhalten: „Wenn Sie mich so fragen ... also na ja, er kann doch am wenigsten für alles. Er war wie Wachs in den Händen von dieser Dörthe. Er war doch überhaupt nicht mehr er selbst. Ich kenne ihn doch, wie er wirklich ist."

„Aber er hat seine Kinder vergiftet." Karsten konnte überhaupt nicht fassen, was er da hörte.

„Ja, weil sie ihn so in die Enge getrieben hat!" Jetzt schrie Ulla Sand die Worte beinahe heraus. „Sie hat ihn doch zu diesem seelischen Wrack gemacht." Dann brach sie ab und wischte mit einem Taschentuch Tränen aus ihren Augen.

Die Kommissare ließen ihr eine Pause, bevor sie weiterfragten: „Und Timo hatte gar keinen Kontakt mehr zu seinem Vater?"

„Nein. Leider! Soweit ich weiß, jedenfalls. Als Steffen ins Gefängnis musste, war Timo ja fast noch ein Kind. Aber jetzt ist er wieder frei. Wissen Sie eigentlich, wo er wohnt?"

„Sorry, das können wir Ihnen leider nicht sagen. Das fällt unter Datenschutz. Aber Timo wohnt noch hier bei Ihnen? Auf dem Klingelschild stand auch sein Name, Boehn."

„Ja, im Prinzip schon. Also zumindest, wenn er nicht in Bielefeld ist."

„Und dort besuchen Sie ihn natürlich hin und wieder. Entschuldigen Sie, eine redselige Nachbarin erzählte so etwas gerade, als wir unten vor dem Haus standen. Können Sie uns sagen, wann zuletzt? Und vielleicht Adresse oder eine Telefonnummer von Timo an seinem Studienort. Wir würden gern auch mit ihm sprechen."

„Muss das sein?"

„Ja, nur Routine, muss aber erledigt werden."

„Wenn's denn der Wahrheitsfindung dient. Bei Timo war ich vor knapp drei Wochen und seine Handynummer schreib ich Ihnen auf."

„Und haben Sie bei der Gelegenheit eventuell auch diese Dörthe Boehn in Werther aufgesucht? Wenn Sie schon mal in der Nähe waren?"

„Ich? Dörthe? ... Nein. Wieso? Was soll ich da? Die Frau ist für mich erledigt!" In der Stimme lag etwas Aufgescheuchtes, was die Polizisten genau registrierten.

„Na gut", beendete Karsten das Gespräch. „Falls noch was sein sollte, geb ich Ihnen mal meine Karte. Ich schreib Ihnen aber auch die Nummer eines gewissen Janis Jatzitakis auf, das ist unser Kontaktmann hier in Göttingen, auch Kriminalkommissar. Wir beide fahren spätestens morgen wieder zurück nach Bielefeld."

„Was war das denn?", fragte Marina, als sie wieder im Auto saßen und Richtung Göttingen fuhren. „Dieses Gespräch hatte ich mir ehrlich gesagt doch etwas entspannter vorgestellt. Mehr Routine, irgendwie."

„Jepp! Aber nach Routine hörte sich das alles nicht an. Da ist noch jede Menge Ärger und Hass. Aber spannenderweise auf Dörthe Langer und nicht auf Steffen Boehn." Karsten wiegte nachdenklich den Kopf.

„Stimmt. Die Sand macht nach wie vor Dörthe Langer für alles verantwortlich. Kein Wort des Bedauerns über ihren Tod. Wohl aber für den ‚armen Steffen', dem sie alles verzeihen würde, wenn er nur zu ihr zurückkäme. Ist das noch normal? Sie baut diesen Steffen ja geradezu zu einer Art Märtyrer auf. Wenn wir wieder zu Hause sind, müssen wir unbedingt Hanna Hülsmeier danach fragen. Diese Frau sollten wir im Auge behalten. Da stimmt was nicht, Karsten."

Ein Anruf von Frank Sommer unterbrach ihr Nachdenken.

„Hallo, hier ist Frank. Wo steckt ihr?"

„Nun ja, also", Marina kam wegen des unerwarteten Anrufs etwas ins Stocken und weil ihr Chef ziemlich besorgt klang. „Wir sind eben bei Ulla Sand gewesen, Steffen Boehns erster Ehefrau, und nun auf dem Weg zu Jatzitakis, du erinnerst dich, unser hiesiger Kontaktmann. Also dies Gespräch mit der Sand – ziemlich komisch das Ganze. Müssen wir unbedingt drüber reden."

„Ja, mag sein. Jetzt ist aber anderes wichtiger. Hab eben mit Janis gesprochen. Euch konnte ich irgendwie nicht erreichen! Egal. Spielt im Moment keine Rolle. Die erneute Befragung von Boehns Geschwistern morgen, das macht jedenfalls dieser Grieche allein. Er freut sich schon sehr darauf, noch einmal vor allem bei der Schwester aufzutauchen und sich eine Speichelprobe abzuholen. Tut mir leid, aber euer feuchtfröhlicher

Abend im netten Kreis einer griechischen Familie muss ausfallen. Ich brauche euch wieder hier. Setzt euch sofort auf die Autobahn, und wir sehen uns morgen früh wieder pünktlich um acht zur Dienstbesprechung. Aber lasst das Handy an, falls irgendetwas zwischendurch passiert und ich euch sogar heute noch brauche."

„Okay?" Marina sprach das Wort aus, wie man es betont, wenn man nicht widersprechen kann, aber auch nicht weiß, worum es eigentlich geht.

„Also, es ist so", erläuterte Sommer. „In Mias Pflegeeinrichtung ist ein unbekannter Mann aufgetaucht. Sehr viel wissen wir darüber nicht. Aber er wollte zu ihr. Das hat er jedenfalls gesagt und er hat sich äußerst merkwürdig verhalten. Als eine Pflegerin Näheres von ihm hören wollte, hat er sich aus dem Staub gemacht. Dummerweise konnte sie kaum vernünftige Angaben über diesen Mann machen, außer dass er irgendwie mittelalt sei. Wir haben ihr ein Bild von Boehn gezeigt. Vielleicht, vielleicht auch nicht, war ihre Antwort. Sie war wohl im selben Moment zu einem Notfall gerufen worden. Aber das Ganze macht überhaupt keinen guten Eindruck. Meine Bauchgefühlampel hat eindeutig auf Rot geschaltet. Was ist, wenn sich Boehn tatsächlich hier herumtreibt?"

„Moment mal", sagte Marina ins Telefon. Und dann zu Karsten: „Wir müssen sofort zurückfahren. Frank braucht uns zu Hause. Hier ist für uns Schluss. Fahr am besten gleich auf die Autobahn. Da vorn geht's doch schon rechts ab, Richtung A7, oder?"

„Alles klar. Du wirst deine Gründe haben. Aber irgendwie auch schade", sagte er. „Hätte ein schöner Abend werden können. Und ein bisschen mehr Zeit mit dir hätte ich mir auch gewünscht." Dann setzte

Karsten bereits den Blinker und fuhr auf die Zubringerstraße zur Autobahn.

Marina sah Karsten überrascht von der Seite an, aber dann erwiderte sie: „Ja, da hast du wohl recht."

„Sprichst du mit mir?", meldete sich Sommer am Telefon.

„Wie? Nein. Bin jetzt wieder bei dir, Chef", sagte Burmann ins Telefon. „We are on the road again! Aber am besten, ich berichte dir auch noch ausführlich von dem Gespräch mit Ulla Sand. Das war nämlich ziemlich spannend. Irgendetwas hat mich an dieser Frau irritiert. Normalerweise würde ich da noch mal nachhaken. Am besten, ich sprech mit Janis darüber. Und dann ist da noch Timo, dreiundzwanzig Jahre, ein Sohn von Ulla Sand und Steffen Boehn, und rate mal, wo der zurzeit ist? – Student in Bielefeld! Den müssen wir unbedingt auch befragen."

Sie waren schon geraume Zeit auf der Autobahn, als Marina endlich auf die Aus-Taste drückte und das Gespräch mit Sommer beendete. Karsten hatte sich auf den Straßenverkehr konzentriert, der um diese Tageszeit noch sehr dicht war. Mehr noch als das Gespräch mit Ulla Sand beschäftigte ihn im Moment die verpasste Chance, einen netten Abend mit Marina zu verbringen. Er fühlte sich in ihrer Nähe einfach unglaublich wohl. Andererseits, vielleicht war es auch gut so, denn bei Janis wären sie alles andere als allein gewesen.

„Schade um den schönen Abend, den wir in Göttingen hätten haben können", sagte er schließlich. „Was hältst'n davon, wenn wir den verpassten Abend zu Hause nachholen? Freitagabend vielleicht? Wenn du willst, wieder im Erbsenkrug oder in Werther im

Sedan. Oder irgendwo in der Innenstadt, vielleicht beim Brasilianer gegenüber vom Spiegel bei der Stadthalle?"

Marina sagte einen Augenblick nichts, und er hatte schon Bedenken, er könnte sich getäuscht haben und sie erwiderte seine Gefühle doch weniger, als er gehofft hatte. Dann aber blickte sie von der Seite auf und antwortete mit erstaunlich weicher Stimme: „Gern, das sollten wir unbedingt tun. Zur Abwechslung mal bei dir in der Nähe, also in Werther im – wie hieß das?"

„Sedan!"

„Okay. Freitag, sagen wir um halb acht?"

„Wunderbar! Ich reservier einen Tisch. Aber dann reden wir nicht über den Fall!"

Trotz des netten Abends, den Susanne und er schließlich nach der denkwürdigen Sitzung mit Lakefeld verbracht hatten, war Pit Schwameyer am Morgen noch lustloser als ohnehin schon in den letzten Wochen ins Präsidium gefahren. Immer mehr hatte er besonders morgens das Gefühl, die Aufgaben des Tages türmten sich zu hoch für ihn auf. Das Einzige, was ihn aufrechterhielt, war der Gedanke daran, dass er den Messerstecher endlich hatte dingfest machen können. Der saß sicher in Untersuchungshaft. Dieser Hooligan-Verschnitt sollte ihm auf keinen Fall wieder von der Angel springen. Ein paarmal hatte der zwar lautstark darauf verwiesen, dass er seinen Anwalt dabei haben wollte. Aber Pit hatte überhaupt keine Lust mehr auf diese Verzögerungsspielchen. Hier musste Flagge gezeigt werden. Wo kommen wir denn da hin! Schließlich hatte Fröhlich Ruhe gegeben und das lückenlose Geständnis, nun sozusagen zum zweiten Mal, unterschrieben. Man kann sich von so einem rüpelhaften Schnösel nicht alles gefallen lassen. Irgendwann muss auch einmal Schluss sein.

Im Dienstzimmer angekommen, machte Schwameyer sich zuerst einen starken Kaffee. Ohne diese Dröhnung kam er immer weniger in die Gänge.

Oft wälzte er sich nachts schlaflos hin und her, besonders in den Morgenstunden. Immer häufiger gingen seine Gedanken dann wie von allein in eine Richtung, die ihm ganz und gar nicht gefiel, die er aber auch beim besten Willen nicht ändern konnte. Krampfhaft versuchte er, an irgendetwas Schönes zu denken, aber es gelang ihm kaum. Seine Grübeleien holten ihn regelmäßig ein und sie drehten sich wieder und wieder um dieselben Themen: Ärger im Beruf, Ärger darüber, nach Ubbedissen gezogen zu sein, und Trauer, dass Susanne ihn ständig allein ließ, in dieser ungeliebten Wohnung. Seine Versuche, sich die Dinge schönzudenken, hatten nur wenig Erfolg. Die trüben Gedanken gewannen bald die Oberhand. Er war ihnen schlichtweg ausgeliefert. Und das Schlimmste: Je mehr er grübelte, desto weiter entfernt war auch nur der Ansatz einer Lösung. So nahm er sich regelmäßig vor, endlich mit Susanne zu sprechen, aber in Wirklichkeit konnte er sich nicht dazu aufraffen. Und das führte zu erneuten dunklen Grübeleien.

Der Kaffee hatte nicht die gewünschte Wirkung. So war es immer öfter in der letzten Zeit. Die Müdigkeit wollte nicht weichen. Kopfschmerzen auf Grund von Schlafmangel – er suchte nach einer Aspirin, fand aber nur eine leere Schachtel. Routinemäßig öffnete er stattdessen die E-Mails, die sich schon wieder im Postkasten seines Computers angesammelt hatten. Das erste Ärgernis des Tages. Jeden Morgen kostete ihn das eine halbe Stunde und mehr, nur um zu sehen, ob irgendetwas Interessantes darunter war. Das meiste natürlich auch heute völlig überflüssig.

Er hätte nicht sagen können, was genau er eigentlich an diesem Vormittag getan hatte. Anna, mit der er sich das Büro teilte und die ihn des Öfteren ernst angesehen hatte – warum eigentlich? –, war irgendwann verschwunden, um was auch immer zu erledigen. Schließlich, kurz vor Mittag, meldete sich das Telefon. Frank Sommer war am anderen Ende der Leitung und schien ziemlich aufgeregt zu sein. Er solle sofort in sein

Zimmer kommen und die Unterlagen vom Fall des Messerstechers mitbringen. Pit schwante Böses. „Scheiße! Scheiße! Scheiße!", rief er laut aus. Am liebsten wäre er sofort schreiend aus dem Haus gelaufen, um von diesem ganzen Quatsch nichts mehr hören zu müssen. Aber das ging natürlich nicht. Er musste in die Höhle des Löwen.

Der Chef der Mordkommission empfing ihn wie erwartet frostig. Mit einem Handzeichen bedeutete er Pit, ihm gegenüber Platz zu nehmen. Sommer selbst blieb, gegen seine Gewohnheit, hinter dem Schreibtisch, und erst recht gegen seine Gewohnheit war es, keinen Kaffee anzubieten.

„Kannst du dir denken, warum ich dich hergebeten habe?"

Schwameyer blies die Backen auf und atmete schwer aus.

„Nun gut, ich will nicht lange um den heißen Brei herumreden. Du hast richtig Mist gebaut. Der Messerstecher ist heute zum zweiten Mal von Staatsanwalt Peters aus der U-Haft entlassen worden. Ehrlich, Pit! Wie kann man so bescheuert sein und diesen wasserdichten Fall aus der Hand geben. Ihr hattet ihn doch im Kasten!" Sommer war sichtlich erbost, versuchte aber, sich unter Kontrolle zu halten.

„Er hat doch eindeutig gestanden", versuchte Pit seine Haut zu retten.

„Ja, aber auch das zweite Geständnis ist nichts wert! Wie konntest du nur Fröhlichs ausdrücklichen Wunsch nach seinem Anwalt ignorieren. Das sind doch Anfängerfehler! Als der Rechtsverdreher heute Morgen in der U-Haft erschien, hat es keine halbe Stunde gedauert und das Bürschchen war wieder auf freiem Fuß. Und als ob das noch nicht gereicht hätte, hast du nun auch noch eine saftige Dienstaufsichtsbeschwerde am Hals. Das geht bis zur Polizeipräsidentin. So leid es mir tut: Ich muss dich ganz aus der Schusslinie nehmen. Aus diesem Fall bist du komplett raus. Den übernehme ich jetzt selbst oder Anna. Wir müssen retten, was zu retten ist. Aber auch sonst darf vorerst bei keinem offiziellen Verhör dein Name mehr auftauchen. Am besten, du sprichst mit Anna, dann kannst du dich an der Befragung der Nachbarn von Dörthe Langer beteiligen. Aber wie gesagt: keine offiziellen Vernehmungen. Haben wir uns verstanden?"

Schwameyer war völlig in sich zusammengesunken. Immer kleiner war er während der Standpauke seines Chefs geworden. Sein Puls raste, seine Hände schwitzten und seine Lippen waren zu einem dünnen Strich zusammengepresst. Er wollte antworten, konnte es aber nicht. Stattdessen ließ er noch mehr den Kopf hängen. Hier gab es nichts mehr zu sagen. Hier war alles klar. Er hatte so richtig Mist gebaut. War er es jetzt selbst, der einen Anwalt brauchte? Alle möglichen Phantasien schossen ihm durch den Kopf. Vor seinem geistigen Auge wurde er nach einem schrecklichen Disziplinarverfahren bereits aus dem Dienst entlassen. Susanne, dachte er, jetzt brauche ich dich wirklich, als Partnerin und als Anwältin.

Unbemerkt von Pit war Frank um den Schreibtisch herumgekommen und hatte die Kaffeemaschine in Gang gesetzt. Nun setzte er sich neben ihn und stellte ihm einen Espresso hin, mit einem kräftigen Löffel Zucker, so wie Pit es mochte.

„So Pit, das war der offizielle Teil. Den konnte ich dir nicht ersparen, auch nicht den gewaltigen Ärger. Du musstest wissen, wie ernst das Ganze ist. Aber du sollst auch wissen, dass wir alle in unserer Abteilung dich nicht im Regen stehen lassen werden. Du bist einer von uns und du bist einer der wichtigsten und erfahrensten Mitarbeiter. Vielleicht darf ich sogar sagen, dass wir im Laufe der Zeit zu Freunden geworden sind. Und als Freund frage ich dich jetzt: Was ist los mit dir? Du machst schon seit einiger Zeit einen niedergeschlagenen, irgendwie entnervten Eindruck. So, als ob dir alles zu viel würde."

„Ach verdammt! Lasst mich doch alle in Ruhe! Ich hab keine Böcke mehr! Es steht mir alles bis zum Hals, der ganze Mist hier. Wir machen uns doch alle zusammen lächerlich, wenn so ein dämliches Messerstecher-Bürschchen den Laden regelrecht zum Narren halten kann. Verdammt, lass mich in Ruhe! Und was heißt hier Freund? Du bist mein Vorgesetzter und als solcher hast du dich eben mehr als deutlich zu erkennen gegeben. Und jetzt soll ich dir freundschaftlich vertrauen? Nee, Frank, so geht das nicht, so nicht!"

Das Letzte sagte Pit schon, während er zur Tür stürmte. „Ich gehe jetzt an meine Schreibtischarbeit. Da ist auch viel liegen geblieben. Oder nein, ich mache Mittag. Aber such mich nicht in der Kantine. Von euch will ich am liebsten keinen mehr sehen."

Dann verschwand er endgültig wutschnaubend durch die Tür, die er mit einem Riesenknall hinter sich zuschlug.

Ziemlich konsterniert, ja beinahe fassungslos blieb Sommer zurück. Pit brauchte dringend Hilfe, das war klar. Und das sehr, sehr schnell. Deshalb musste er jetzt zwei Dinge tun: erstens die Polizeipsychologin Hanna Hülsmeier anrufen, denn er brauchte dringend Rat, und zweitens Pits Lebensgefährtin, die Anwältin Susanne Mühlmann.

Vierter Teil

Verachtung

Kapitel 20

Was mach ich nur? Was soll das Ganze eigentlich? Ich bin doch nicht bescheuert! Hinschmeißen sollte man alles und dann weg, bloß weg, und zwar ganz weit. Pit Schwameyer stürmt nach dem schrecklichen Gespräch mit Frank Sommer direkt aus dem Präsidium. Ein paar Kollegen begegnen ihm auf dem Flur und im Treppenhaus. Haben die ihn gerade angesprochen? Er weiß es nicht. So schnell wie möglich nach draußen, das ist alles, was ihn interessiert. Ich melde mich krank. Ich hab doch keine Lust, mich hier weiter zum Affen zu machen. Nach Hause. Nach Hause!

Er öffnet die Tür seines Autos mit der Fernbedienung und lässt sich hinter das Steuer fallen, den Kopf auf das Lenkrad. Beinahe eruptiv brechen unter lautem Schluchzen Tränen aus ihm heraus. Hoffentlich hört und sieht mich hier keiner, denkt er noch, aber wie auch immer, er kann es nicht abstellen. Nicht er, sondern es, weint. Es schluchzt und es schreit aus ihm heraus. Irgendwann wird er ruhiger, vor Erschöpfung. Nach Hause, denkt er. Ich muss sofort nach Hause fahren. Dafür brauche ich meine ganze Kraft und deshalb muss ich mich jetzt zusammenreißen. Und dann melde ich mich krank. Heute gehe ich jedenfalls nicht mehr ins Büro, auf gar keinen Fall.

Schließlich startet er den Wagen und fährt los. Zu spät merkt er, dass er seinen alten Weg fährt, der ihn direkt an der ehemaligen Wohnung am Siggi vorbeiführen wird. Gleich an der ersten Kreuzung ist er geradeaus statt rechts gefahren. Er hat keine Kraft, das zu ändern. Sie reicht gerade noch, um nach ein paar hundert Metern hinter dem Kiosk am Bürgerpark auf einen kleinen Hinterhofparkplatz einzubiegen. Er sieht sich selbst wie in einem Film, als er die Wagentür öffnet und das Büdchen ansteuert.

„Eine Tageszeitung bitte."

Wie ferngesteuert handelt er. Als er bezahlen will, gerät eine Reihe kleiner Schnapsfläschchen in seinen Blick.

„So 'ne kleine Flasche Korn bitte noch. Sieht doof aus, ich weiß! Hat aber seinen Grund. Nicht, was Sie denken!"

„Ich denke gar nichts", sagt der Verkäufer. Und Pit weiß, dass er genau das denkt, was er nicht soll.

Was mache ich hier eigentlich?, fragt er sich erneut, als er wieder im Auto sitzt und den Flachmann ansetzt. Aber diese Frage führt nicht dazu, dass er die Flasche weglegt. Ich bin nicht mehr Herr meines Handelns, denkt er und trinkt einen tiefen Schluck aus dem Flachmann. Dann noch einen, bis die Flasche leer ist. Eine Zeit noch bleibt er untätig im Wagen sitzen, wie lange, das hätte er nicht sagen können. Der Alkohol beginnt seine Wirkung zu tun. Dann dreht er den Zündschlüssel um und reiht sich wieder in den Verkehr auf der Stapenhorststraße ein. Eine Ruhe, wie in Watte gepackt, macht sich breit. Schon ist es gar nicht mehr so schlimm, an der Kreuzung Weststraße nach links zum Siggi hinunterzuschauen. Er fühlt sich befreit, und irgendwie scheint es ihm immer besser zu gelingen, sich auf das Fahren zu konzentrieren. Nur nach Hause, das ist seine Devise. Stur starrt er auf das vorausfahrende Auto. Einen Auffahrunfall, den kann er im Augenblick überhaupt nicht gebrauchen. Links nimmt er die Kunsthalle wahr, dann fädelt er sich am Adenauerplatz Richtung Detmolder Straße ein. Das wilde Hupen hinter sich blendet er aus. Wieder so ein Idiot!

Vor dem Landgericht passiert, was nicht passieren sollte. Hat die Ampel etwa nicht grün gezeigt, kann er noch denken. Und: Der fährt ja gar nicht! Der steht! Er sieht die Bremslichter näher kommen. Es ist wie in einem Traum, in dem man krampfhaft versucht wegzulaufen, aber nicht kann. Reaktionslos sieht er das Unheil kommen. Als er endlich das Bremspedal drückt, ist es zu spät. Beim Aufprall auf das Auto vor ihm öffnet sich der Airbag mit einem Knall und betäubt seine Ohren. Alle Geräusche dringen nur noch gedämpft zu ihm. Bewegungen nimmt er in Zeitlupe wahr.

Gleich nachdem Pit Schwameyer ihn verlassen hatte, rief Frank Sommer die Polizeipsychologin Hanna Hülsmeier an. Sie hatten schon oft miteinander zu tun und schätzten gegenseitig ihre Arbeit sehr. Er hatte Glück. Nach kurzem Klingeln nahm sie ab.

„Hallo Hanna, hier ist Frank Sommer. Wie geht es dir?"

„Oh, hallo Frank. Was gibt's? Entschuldige, dass ich etwas kurz angebunden bin, aber ich erwarte jeden Augenblick einen Klienten."

„Ja, sicher, verstehe ich. Allerdings muss ich dich dringend sprechen. Aber nicht am Telefon. Es geht um Pit Schwameyer. Wann hast du Zeit für mich?"

„Moment, ich schau mal schnell in meinen Kalender." Sommer hörte es durch das Telefon rascheln, dann meldete sich Hanna Hülsmeier wieder. „Am besten, du kommst heute gleich nach Mittag. Da hab ich eine Stunde Zeit. Sagen wir um Viertel nach zwei, bei mir in der Praxis. Geht das?"

„Das geht. Ich bin da."

Außer ihrer Arbeit für die Polizei hatte die Psychologin auch einige persönliche Klienten, die sich bei verschiedensten Problemen Hilfe von ihr erhofften. Vor zwei Jahren hatten Frank und Hanna sich bei einem schwierigen Falle kennengelernt, bei dem es darum ging, einen psychisch völlig aus dem Ruder gelaufenen Serientäter zu stoppen. Ohne Hülsmeier hätte Sommer die Sache damals kaum zu einem guten Ende bringen können. Zuerst hatte er sich noch gewundert über die kleine, schlanke und sportlich, jugendlich wirkende Frau. Aber das hatte sich sehr bald geändert. Sie war und blieb eine in jeder Hinsicht zuverlässige Gesprächspartnerin in allen psychologischen Fragen, die Sommers Ermittlungsarbeit mit sich brachte.

Pünktlich um Viertel nach zwei stand er vor ihren Praxisräumen, in denen er zuvor noch nie gewesen war. Ein Schuss Neugier spielte daher mit, als er klingelte. Jeans und lockeres T-Shirt, die blonden Haare zum Pferdeschwanz zusammengebunden, genau so kannte er sie von früheren Begegnungen.

„Komm rein. Wir gehen am besten in meinen kleinen Büroraum, wo ich die Sitzungen vor- und nachbereite. Nicht ins Gesprächszimmer. Du kommst ja nicht als Klient."

„Nein, es geht nicht um mich. Es geht, wie ich schon sagte, um Pit Schwameyer. Er macht mir richtig Sorgen und scheint kurz vor einem Zusammenbruch zu stehen."

So ruhig und genau wie möglich schilderte Sommer alles, was er in der letzten Zeit mit Schwameyer erlebt hatte, wie Pit sich immer mehr verändert hatte, wie er immer öfter gereizt war und welche, für ihn sonst völlig ungewöhnlichen Fehler er gemacht hatte, schließlich auch seinen Abgang am Morgen. Die Psychologin stimmte Frank sehr bald zu, dass Pits Verhalten tatsächlich besorgniserregend war. Sie äußerte sogar den Verdacht, dass hier ein Burnout vorliegen könnte, obwohl sie diesen Begriff eher ungern in den Mund nehmen würde. Er sei in der letzten Zeit in den Medien viel zu inflationär gebraucht worden, eine richtige Modeerscheinung. Sie bevorzuge den Begriff einer Erschöpfungsdepression, denn genau das sei ein Burnout. Für den Krankheitsverlauf sei es eher unwichtig, woher diese seelische Erschöpfung stamme. Ob berufliche oder private Ursachen, das Ergebnis sei immer dasselbe, eine mehr oder weniger starke Depression, wobei es bei der Gesprächstherapie natürlich schon eine Rolle spiele, welche persönlichen Umstände vorlägen. Hülsmeier betonte aber, dass sie nur eine Vermutung aussprechen könne, denn um genau zu sagen, was mit Pit los sei, müsse sie schon mit ihm persönlich reden.

Das, was die Psychologin sagte, bestätigte Sommers eigene Befürchtungen. Aber wie sollte er es schaffen, Pit zu einem Termin bei ihr zu überreden, zumal sie sehr deutlich darauf hingewiesen hatte, dass die Einsicht in den Krankheitswert der eigenen Lebenskrise das Schwierigste überhaupt sei. Manche Leute, so Hülsmeier, gingen monatelang, manchmal sogar jahrelang zur Therapie und behaupteten immer noch, im Grunde seien sie gar nicht krank. Und das neumodische Gerede vom Burnout mache es ihnen sogar leichter, sich selbst lediglich für überarbeitet zu halten, wofür die Betroffenen dann häufig genug ihre Mitarbeiter verantwortlich machten, die sie durchweg für unfähig hielten.

Sommer wollte soeben aufbrechen, als sein Handy klingelte. Anna Tomczyk meldete sich.

„Frank, es ist etwas passiert. Du musst sofort kommen. Wo steckst du eigentlich?“

„Bei Hanna Hülsmeier. Was gibt's?“

„Pit hat einen Unfall verursacht und zwar direkt vor dem Landgericht. Aber schlimmer noch: Er war alkoholisiert, 0,7 Promille! So jedenfalls die erste Feststellung mit dem Testgerät vor Ort. Die Kollegen haben ihn dann gleich eingesackt und jetzt wird ihm vermutlich eine Blutprobe entnommen.“ Anna legte auf, ohne Franks Antwort abzuwarten.

„Hanna, die Sache eskaliert“, sagte Frank, als er sein Handy wieder eingesteckt hatte. „Pit hat einen Unfall gebaut, unter Alkoholeinfluss. Jetzt sitzt er bei uns, beim Polizeiarzt. Ich muss da sofort hin, unbedingt.“

„Natürlich. Pit soll sich krankschreiben lassen und du musst seine Lebensgefährtin anrufen. Irgendjemand muss ihn ja abholen.“

„Ja sicher, mal sehen, ob ich Susanne erreichen kann. Zumindest die Kanzlei, in der sie arbeitet.“

„Halt mich auf dem Laufenden“, bat Hülsmeier. „Pit braucht Hilfe.“

Zurück in den Diensträumen ging Frank unmittelbar zu Anna. Von ihr erfuhr er weitere Einzelheiten. Pit war, so hieß es, voll auf ein vor ihm an einer Ampel haltendes Fahrzeug aufgefahren. Ihm selbst war nicht sehr viel passiert. Gurt und Airbag hatten ihre Wirkung getan.

„Als Passanten nach ihm sahen und ihm aus dem Auto helfen wollten“, berichtete Anna sichtlich mitgenommen, „war er zunächst wie gelähmt. Diese Apathie schlug dann jedoch urplötzlich in eine merkwürdige, hektische Aggressivität um. Die Passanten haben später ausgesagt, dass er geschrien habe, sie sollten ihn doch endlich alle in Ruhe lassen. Er hätte keinen Bock mehr auf die ganze Scheiße. – Das waren wohl tatsächlich seine Worte. Als dann die Streifenbeamten kamen, war er zwar wieder etwas ruhiger, stattdessen hielt er aber den Kollegen, Hauptmeisterin Kruge und Obermeister Poll, seinen Dienstausweis entgegen. Pit kommentierte das Ganze mit den Worten: ‚Kollegen, alles im Griff'. Aber er war natürlich weit entfernt davon. Und dann ist die Situation noch weiter eskaliert. Als er ins Röhrchen pusten sollte, hat er so heftig randaliert, dass Kruge und Poll ihn recht unsanft in den Streifenwagen beförderten."

Sommer musste sich von diesem niederschmetternden Bericht erst einmal erholen und war dankbar, dass Anna in ihrem Vortrag eine Pause machte.

„Ich hatte schon Gelegenheit, kurz mit den Kollegen zu sprechen", schloss Anna nach einer Weile an. „Kurz bevor du kamst, waren sie am Telefon. Die Sache ist insgesamt nicht sehr schön, vorsichtig ausgedrückt. Das allgemeine Aufsehen ist beträchtlich. Du kennst ja die Ecke am Landgericht. Pit hat wohl ziemlich laut rumgeschrien, dass er Hauptkommissar sei. Woraufhin einige ihre Handys zückten und sofort draufhielten."

„Verdammt, wenn wir jetzt Pech haben, steht die Sache morgen in der Zeitung oder ist bei YouTube zu sehen. Das hat uns nun wirklich gerade noch gefehlt, wo Pit doch ohnehin diese Dienstaufsichtsbeschwerde am Hals hat."

Steffen Boehn war regelrecht aus dem Pflegeheim seiner Tochter geflohen. Was war eigentlich passiert? Er hatte keine Vorstellung. Er wollte Mia besuchen. Er wollte seine Tochter sehen. Er wollte wissen, wie es ihr heute ging. Deshalb war er wieder nach Bielefeld gefahren, obwohl er sich das im Grunde gar nicht leisten konnte. Aber der Gedanke an seine Tochter ließ ihn nicht los. In all den Jahren im Gefängnis und in den vielen therapeutischen Sitzungen hatte ihn eine Frage immer wieder bewegt: Wie geht es Mia? Er war schuld daran, dass sie so extrem behindert war. Ja, er ganz allein. Das war ihm im Laufe der Jahre immer klarer geworden. Aber gleichzeitig stellte er sich auch die Frage, ob es irgendeine Möglichkeit der Wiedergutmachung gab. Im Grunde nicht, das wusste er tief in seinem Innersten. Aber dennoch war da auch das unabweisliche Gefühl, es wenigstens versuchen zu sollen. Das war auch der Grund, warum er zu Dörthe gefahren war. Sein schlechtes Gewissen ließ ihm keine Ruhe. Er wollte unbedingt ... Ach, eigentlich wusste er gar nicht genau, was er wollte. Und das Ganze endete dann, wie es wahrscheinlich enden musste, in einem totalen Desaster. Zu Dörthe gab es überhaupt keinen Kontakt mehr. Sie ließ ihn nicht an sich herankommen. Es gab kein Gespräch, ja nicht einmal einen richtigen Streit. Sie hat ihn abgefertigt wie einen Schuljungen. Und nun ist sie tot. Scheiße, Scheiße, Scheiße, dachte er.

Mehr als alles andere aber war der Gedanke an Mia war im Laufe der Zeit immer drängender geworden.

Was wurde jetzt aus ihr? Wie stand es überhaupt um sie? Er musste Kontakt zu ihr aufnehmen, irgendwie. Schon seit längerer Zeit wusste er über seinen Therapeuten, in welchem Pflegeheim seine Tochter versorgt wurde. Schon damals hatte ihn die Sorge um Mia fast umgebracht, die Sorge gepaart mit dem quälenden Wissen, an ihrem Schicksal schuld zu sein.

Schließlich konnte er nicht mehr anders und er war losgefahren, hatte sich wieder einmal auf den Weg nach Bielefeld gemacht. Als er dann vor dem Haus Elim seinen Golf abstellte, blieb er noch lange im Auto sitzen. Würden sie ihn so einfach zu Mia gehen lassen, ihn, der sie vergiftet hatte? Aber gerettet hatte er sie doch auch, als er zurückgekommen war. Gerettet – der Ausdruck kam ihm selbst nicht glücklich vor, im Zusammenhang mit Mias Zustand. Wie schlimm war dieser Zustand überhaupt? Er musste es wissen und deshalb war er am Ende ausgestiegen und in das Haus gegangen. Allerdings, sollte er einfach nach Mia fragen? Wen konnte, durfte er fragen? Würden sie nicht sofort seinen Namen wissen wollen und warum er zu Mia wollte? Egal, er musste es versuchen, er musste sie sehen. Seine Schuldgefühle trieben ihn voran.

In der Eingangshalle sah er sich zunächst vorsichtig um. Im Erdgeschoss waren offenbar nur Verwaltungsräume und es gab eine verschlossene Tür, die zu einem größeren Bereich dahinter zu führen schien.

„Kann ich Ihnen helfen?“ Hinter sich hörte er eine freundliche, aber bestimmte Stimme. „Wenn Sie einen Angehörigen besuchen wollen, müssen Sie sich erst vorn melden. Diese Abteilung muss geschlossen bleiben. Die Demenzkranken dort könnten sich sonst verirren. Also, zu wem möchten Sie?“

„Ich, äh, ich … ich wollte nach oben. Da sind doch die Wachkomapatienten?"

„Ja, schon, und wen wollen Sie …?"

„Mia Boehn, die lebt hier, oder?" Ohne auf eine Antwort zu warten, lief er die Treppe hinauf.

„Halt, stopp, Sie können da nicht einfach so raufgehen und schon gar nicht so unvermittelt in ein Zimmer stürmen. Ich weiß doch gar nicht, wer Sie sind."

„Und in welchem Zimmer ist sie?"

„Was soll denn das! Haben Sie nicht gehört, was ich gesagt habe?" Die Pflegerin wurde ungehalten. „Jetzt bleiben Sie doch stehen! Sagen Sie einfach, wer Sie sind, und dann sehen wir weiter. Wir müssen hier schon etwas vorsichtig sein, verstehen Sie? Unsere Bewohner sind doch selbst völlig hilflos."

Er hörte überhaupt nicht zu, blendete die Worte der Pflegerin vollkommen aus.

„Wo ist denn nun Mias Zimmer?", fragte er stattdessen, während er weiterstürmte.

„Hören Sie! So geht das nicht! Entweder Sie sagen jetzt, wer Sie sind, oder ich hole den Heimleiter oder die Polizei! Haben Sie das verstanden?"

Polizei? Verdammt! Panik durchschoss ihn. Er drehte sich um und sah der Pflegerin in die Augen. Sie blickte ihn feindselig an. Polizei? Der Piper der Pflegerin kam ihm zu Hilfe. Sie musste zu einem Notfall. Er rannte aus dem Haus zu seinem Wagen und fuhr augenblicklich los. Bloß keine Polizei, dachte er. Bloß keine Polizei.

Nachdem Steffen Boehn Eckardtsheim voller Angst verlassen hatte, war er direkt auf die ganz in der Nähe gelegene A33 gefahren, dann aber doch auf den nächstbesten Parkplatz eingebogen, um zur Ruhe zu kommen. Was sollte er machen? Sein Versuch, irgendwie unbemerkt zu Mia zu kommen, hatte sich als das erwiesen, was er im Grunde von Anfang an war: eine totale Schnapsidee. Wenn er etwas erreichen wollte, musste er ganz offiziell an den Leiter des Heims herantreten und hoffen, dass der sich irgendwie entgegenkommend zeigte. Das würde aber heute vollkommen unmöglich sein, bei dem Zirkus, den er eben veranstaltet hatte. Wohl oder übel musste er deshalb zunächst nach Göttingen zurückkehren, um eventuell zu einem späteren Zeitpunkt einen neuen Anlauf zu wagen.

Er parkte seinen Wagen vor dem Haus und fuhr hinauf in seine Wohnung. Drinnen nahm er sich ein Bier und ließ sich in einen Sessel fallen. Dass er einmal in der achten Etage eines solchen Wohnblocks leben würde, das hätte er nie gedacht. Aber nun war es so und er musste zufrieden sein, und das war er auch. Es hatte Leute gegeben, die ihm halfen, der örtliche Pastor zum Beispiel mit seinen Möbelspenden und seine Geschwister natürlich.

Margot und Klaus hatten immer zu ihm gehalten, auch als alle gegen ihn standen und ihn verteufelten. Seine Schwester konnte manchmal ganz schön bissig werden und auch ziemlich besitzergreifend sein, aber im Grunde meinte sie es herzensgut. Er konnte sich ganz und gar auf sie verlassen. Das hatte sich auch jetzt wieder gezeigt, als sie ihm ein Auto zur Verfügung stellte. Nichts Besonderes, aber immerhin, er hatte einen fahrbaren Untersatz. Ohne den wäre er kaum nach Bielefeld gekommen, zu Dörthe und nun zu Mia.

Er hielt in seinen Gedanken inne. Aber vielleicht wäre das am Ende sogar besser gewesen, jetzt wo Dörthe tot war, dachte er. Die Polizei würde bestimmt schon längst herausgefunden haben, dass er in der Wohnung seiner Ex war. Und die Aktion heute in Eckardtsheim war wahrlich auch kein Ruhmesblatt.

Es klingelte an der Wohnungstür. Irritiert stand er auf und öffnete. Eine ältere Frau stand dort, die er nur flüchtig als seine Wohnungsnachbarin kannte.

„Guten Abend, Herr Boehn. Ich bin Frau Hermann, Ihre Wohnungsnachbarin. Wir haben uns gelegentlich schon im Aufzug gesehen. Sie erinnern sich?"

Ja, er erinnerte sich, hatte aber bisher kaum mehr als fünf Worte mit ihr gewechselt.

„Bekommen Sie keinen Schreck", fuhr die Nachbarin fort, „aber es waren heute viele Leute hier, die mit Ihnen sprechen wollten."

„Viele Leute, die mit mir ...?" Boehn war überrascht und irritiert zugleich, auch besorgt. „Wollen Sie nicht reinkommen, dann können Sie mir das in Ruhe erzählen."

„Ach nein, das wird nicht nötig sein. Hier ist ein Zettel mit zwei Namen, die Sie bestimmt kennen, und mit Telefonnummern. Jan und Julia, Ihre Kinder. Die waren heute hier und wollten mit Ihnen sprechen. Ich hab mich angeboten, Ihnen das zu sagen und Ihnen diesen Zettel zu geben."

Steffen war völlig konsterniert. „Meine Kinder, ich verstehe nicht?"

Aber Frau Hermann redete schon weiter. „Und dann waren da noch drei Herrschaften von der Polizei. Die wollten auch mit Ihnen reden. Irgendeine Routineangelegenheit. Einer der drei hat mir seine Karte für Sie dagelassen. Ein gewisser", sie sah auf den Zettel, „ein gewisser Janis Jatzitakis, Kriminalkommissar."

„Polizei? Kinder? Ich weiß nicht ... Jan und Julia? Meine Kinder heißen Timo und Mia. Und Felix, aber der ist schon lange tot. Ein …“, er zögerte, „ein Unfall.“ Ungläubig sah er auf die beiden Zettel in seiner Hand. „Haben dieser Jan und diese Julia einen Nachnamen genannt?“

„Nein. Ich dachte, die heißen auch Boehn, wie Sie? Stimmt was nicht?“

„Ehrlich gesagt, ich weiß es nicht. Aber … herzlichen Dank für Ihre Mühe. Ich werd da mal anrufen. Dann höre ich ja, worum es geht. Und bei diesem Herrn Jatzitakis melde ich mich auch gleich morgen früh. Jetzt wird er wohl Feierabend haben.“

Wieder allein in der Wohnung dachte Steffen Boehn erneut über seine Situation nach. Jan und Julia, seine Kinder? So ein Blödsinn. Erlaubt sich da jemand einen Scherz? Wenn ja, dann ist der ziemlich übel. Aber wieso sollte einer das tun? Mehr Kopfzerbrechen machte ihm die Sache mit der Polizei. Jetzt war er vollkommen überzeugt, dass sie seine Fingerabdrücke in Dörthes Wohnung gefunden hatten. Er war schließlich dort gewesen. Gut allerdings, dass sie auf dem Dachboden nichts finden konnten. Da war er sich schließlich sicher. Spuren gab es garantiert nur in der Wohnung. Und genauso sicher war er sich, dass es keineswegs nur Routine war, wenn die hier gleich zu dritt auftauchten. Sie hatten ihn in Verdacht! Was sollte er also tun? Kontakt aufnehmen mit diesem Göttinger Kommissar mit griechischem Namen? Flucht nach vorn, in der Überzeugung, dass die Polizei ihm nichts anhaben könnte, weil sie in dieser Hinsicht keine belastenden Spuren gefunden haben konnten? Und wenn er trotzdem vom Fleck weg verhaftet würde? Was wäre dann mit Mia? Ich will sie sehen, dachte er. Unbedingt! Und zwar noch, bevor ich mit der Polizei rede. Verdammt, hätte ich mich doch nur vernünftiger angestellt. Dann wär jetzt alles viel einfacher. Aber so?

Dann fasste er einen Entschluss: So schnell wie möglich würde er erneut nach Bielefeld fahren. Zuerst zu Mia. Nur einmal einen Blick in das Zimmer werfen und ein kurzes Gespräch mit dem Heimleiter darüber führen, wie es möglich sein könnte, dauerhaft in Kontakt mit seiner Tochter zu bleiben. Das würde der ihm sicher nicht verwehren. Und dann zur Polizei, und zwar sofort in Bielefeld. Schließlich ging es um Dörthes Tod und der Fall würde sicher dort bearbeitet und nicht in Göttingen. Er nahm einen letzten Schluck aus seiner Bierflasche, deren Inhalt inzwischen schal geworden war. Dabei fiel sein Blick erneut auf die Namen Jan und Julia. Und was mache ich mit denen?, fragte er sich.

Die Beantwortung der Frage musste warten. Es schellte erneut an seiner Tür. Hoffentlich nicht die Polizei! Und wenn doch? Dann ist es eben so, dachte er auf dem Weg zum Eingang. Er öffnete und sah zwei junge Menschen vor sich, Mann und Frau, beide so um die zwanzig, er etwas jünger als sie. Verblüfft hielt er inne: „Jan und Julia? Sind Sie Jan und Julia?"

„Sie kennen uns? Sie erinnern sich an uns?" Der junge Mann hatte diese Frage gestellt.

„Nein, natürlich nicht. Wieso sollte ich. Ich weiß nur, dass mir eine Nachbarin einen Zettel mit diesen Namen gegeben und dazu gesagt hat, das seien meine Kinder. Also, sind Sie dieser Jan und diese Julia?" Steffen Boehns innere Befindlichkeit wechselte von ängstlich, überrascht zu kämpferisch, neugierig.

„Ja, wir sind Julia und Jan", mischte sich jetzt die junge Frau ein. „Wir sind Geschwister, aber wir sind natürlich nicht Ihre Kinder. Das war nur ein Trick von uns für die ältere Dame von dort drüben." Sie zeigte auf die Wohnungstür gegenüber. „Bitte entschuldigen Sie. Aber wir möchten Sie wirklich unbedingt kennenlernen."

„Was soll dieser ganze Quatsch? Sind Sie von der Presse? Dann lassen Sie mich, verdammt noch mal, in Ruhe. Ich werde mit niemandem reden. Also verschwinden Sie!" Als Steffen Boehn die Tür schließen wollte, wurde sie von dem jungen Mann offen gehalten.

„Nein, bitte, hören Sie uns wenigstens kurz an. Sagt Ihnen der Name Henneberger etwas? Das ist unser Nachname. Ich bin Jan Henneberger aus Kassel und das ist meine Schwester Julia. Unsere Mutter heißt Anke, aber die werden Sie nicht kennen. Unser Vater hieß Olaf Henneberger, auch den werden Sie nicht kennen. Er ist schon lange tot. Er starb an einem Juliabend bei einem Verkehrsunfall auf der A7. Erinnern Sie sich daran? Müssten Sie eigentlich, denn Sie waren dabei. Sie waren der Geisterfahrer, der Schuld hatte an diesem Unfall."

Steffen Boehn stand wie angewurzelt in seiner Tür. Er konnte sich keinen Zentimeter mehr rühren. Wie ein Hammerschlag hatte ihn jeder einzelne Satz getroffen. Vor seinem inneren Auge sah er splitternde und zerbrechende Autos. In seinem inneren Ohr hörte er Krachen und Scheppern. Wie in einem Flash-Back wurde er zurückversetzt in die furchtbare Szenerie des Unfalles vor sieben Jahren.

„Herr Boehn, haben Sie gehört, was mein Bruder gesagt hat?"

„Ja, … ja." Mühsam kam er in die Wirklichkeit zurück. „Ja, sicher … Kommen Sie doch herein. Wir müssen reden."

„Ja, das müssen wir."

Das Gespräch, das nun folgte, hatte Steffen Boehn an den Rand der physischen und psychischen Erschöpfung gebracht. Mehrfach war er in Tränen ausgebrochen. Immer wieder hatte er beteuert, wie unendlich leid ihm das alles täte, was er ihrem Vater und indirekt ihrer Mutter angetan hätte.

„Bitte verzeihen Sie mir", sagte er schließlich. „Ich kann wenig zu meiner Entschuldigung vorbringen, außer, dass ich nicht mehr gewusst habe, was ich tat."

Im Laufe der Unterhaltung hatten sie auch über Steffen Boehns Kinder gesprochen. Dabei fasste er zumindest zu Julia einigermaßen Vertrauen. Und irgendwie verspürte er auch das Bedürfnis, vor diesen im Grunde fremden Menschen sein Herz auszuschütten. So offen und so ehrlich war er bisher nur zu seinem Therapeuten gewesen, nicht einmal zu seiner Schwester. Aber an diesem Abend waren alle Dämme gebrochen. Immer wieder bat er unter Tränen um Verzeihung.

Julia schien gewillt zu sein, auf seine Bitte um Entschuldigung einzugehen. Bei Jan sah das aber, wie sich bald herausstellte, vollkommen anders aus. Er hatte die ganze Zeit wie versteinert dagesessen und nur wenig gesagt. Im Gegensatz zu seiner Schwester. Und dann war er plötzlich regelrecht explodiert.

„Wissen Sie überhaupt, was Sie uns angetan haben? Wir sollen Ihnen verzeihen? Tut mir leid, aber so einfach geht das nicht. Unsere Mutter ist bei der Beerdigung unseres Vaters völlig zusammengebrochen und ist nie wieder gesund geworden. Jedes Mal, wenn ich sie in ihrem Pflegeheim besuche, tritt mir das geballte Elend entgegen, das Sie verursacht haben! Und da reden Sie von Verzeihung? Warum haben Sie diese

Bitte nicht schon mal viel eher ausgesprochen? Zeit genug hatten Sie doch in all den Jahren. Auch vom Gefängnis aus hätten Sie mit uns zumindest brieflich in Kontakt treten können. Und sagen Sie nicht, Sie hätten unsere Adresse nicht gewusst. Wo Ihre Tochter und Ihre Frau geblieben sind, das haben Sie doch auch irgendwie herausgefunden. Aber zu uns? Nichts! Null Kontakt. Ich frage Sie: Wieso haben Sie sich nicht ein einziges Mal bei uns gemeldet? Nur ein einziges Mal! Nein! Nichts!“

Und dann kam das Schlimmste, was Steffen Boehn je gehört hatte.

„Wo auch immer Sie auftauchen, ist Tod und Verderben. Ist Ihnen das klar? Sie sitzen hier einfach seelenruhig rum und um Sie herum brechen Welten zusammen. Erst Ihre Kinder, dann unser Vater und unsere Mutter, die irregeworden ist, und jetzt auch noch Ihre Frau.“

Steffen sah zum ersten Mal auf. Überraschung und Panik lagen auf seinem Gesicht.

„Ja, glauben Sie etwa, das wüssten wir nicht?“, fuhr Jan bereits fort. „Wir lesen auch Zeitung. Was haben Sie mit ihr gemacht? Haben Sie sie in den Selbstmord getrieben?“

Steffen Boehn saß wieder vollkommen in sich zusammengekrümmt da. Mit eingezogenem Kopf und völlig unfähig, sich zu wehren. Wie ein Schaf auf der Schlachtbank. Aber Jan war immer noch nicht fertig.

„Warum haben Sie sich nicht einfach still und leise selbst aus dem Verkehr gezogen, so wie das die meisten machen, wenn alles um sie herum zusammenbricht und sie keinen Ausweg mehr sehen. Oder meinetwegen hätten Sie auch mit Tam-Tam von der Brücke springen können. Aber nein. Das reichte Ihnen nicht aus. Sie wollten auch noch alle anderen mitnehmen. Und nun: Ihr Sohn, tot! Unser Vater, tot! Ihre Ex, tot! Nur Sie, Sie sind immer noch da. Scheiße, verdammte!"

Wie ein Fausthieb traf jedes einzelne Wort, das Jan herausgeschleudert hatte, Steffen in der Magengrube. Er konnte die Wirkung der Worte körperlich spüren und er konnte sich nicht zur Wehr setzen. Es stimmte ja schließlich. Er hatte sich das alles immer wieder selbst gesagt. Auch zu den Hennebergers hatte er Kontakt aufnehmen wollen, es aber dann doch immer wieder nicht geschafft. Eine jahrelange Therapie war nötig gewesen, um ihn irgendwie wieder auf die Beine zu stellen. Aber jetzt war alles wie weggeblasen.

Das Mädchen hatte irgendwann darauf gedrungen zu gehen und jetzt waren die beiden aus seiner Wohnung verschwunden. Steffen konnte sich nicht einmal richtig verabschieden, so vollkommen fertig war er. Er war am Ende, schlicht und ergreifend am Ende. Er konnte keinen klaren Gedanken mehr fassen. Gab es irgendjemanden, der ihm jetzt helfen konnte?

Auf keinen Fall wollte er in seiner Wohnung allein bleiben. Er musste mit jemandem reden, jetzt und sofort. Aber mit wem? Das Denken fiel ihm schwer. Wen hatte er denn noch? Margot! Natürlich, wen sonst.

Schwerfällig verließ er die Wohnung, nachdem er die nötigsten Sachen zum Übernachten eingepackt hatte. Er setzte sich in sein Auto, das ihres war, und fuhr zu seiner Schwester. Es war schon spät, aber darauf konnte er jetzt keine Rücksicht nehmen. Wenn er Margot jemals gebraucht hatte, dann jetzt. Dass ihm ein Auto mit Kasseler Kennzeichen folgte, bemerkte er nicht.

Jan und Julia hatten noch in ihrem Auto gesessen, als er aus dem Haus kam und zu seinem Wagen ging. Julia hatte ihrem Bruder schwerste Vorwürfe gemacht, Boehn so hart angefasst zu haben.

„Und wenn der sich jetzt umbringt? So wie du auf ihn losgegangen bist? Der Mann war doch völlig am Boden zerstört und du hast ihn immer noch weiter beschimpft."

„Na, und wenn schon! Dadurch wird die Welt nicht ärmer." Jans Worte trieften vor Hass und Sarkasmus.

„Jan, lass es! Versündige dich nicht! Davon wird Vater nicht wieder lebendig und Mutter nicht wieder gesund. Aber deine Seele vergiftet sich immer mehr."

Ihr Bruder antwortete nicht darauf. Dachte er über ihre Worte nach? Julia hoffte es.

„Da ist das Schwein ja!", schrie er plötzlich. „Der haut ab! Guck mal! Mit 'ner Reisetasche. Warte Freundchen. Du entkommst mir nicht!"

Ohne weiter auf seine Schwester zu hören, startete Jan den Motor und fuhr hinter Steffen Boehn her, der die Verfolger offenbar überhaupt nicht bemerkte. Es dauerte allerdings gar nicht lange, bis Boehn sein Fahrtziel erreicht hatte, die Gutenbergstraße in Göttingen. Er stellte seinen Golf auf einem Parkplatz direkt beim Sportzentrum der Universität ab. Dann ging er zielstrebig auf eines der Reihenhäuser zu. Nach einem kurzen Moment wurde die Haustür von einer resolut aussehenden Frau geöffnet und er ging hinein.

„Was macht der da? Wer ist das?" Jan stieg sofort aus und schlich sich zum Hauseingang. Da es bereits dunkel geworden war, blieb er unbemerkt. Nach kurzer Zeit kam er zurück.

„Wilhelm steht auf dem Klingelschild. Hat der hier etwa eine Geliebte, bei der er Unterschlupf findet?"

„Jan, es reicht! Du verrennst dich. Die Frau war doch bestimmt zehn, fünfzehn Jahre älter als Boehn. Eine Verwandte vielleicht. Wohin würdest du gehen, wenn es dir schlecht ginge?"

„Zu dir natürlich, wohin sonst."

„Ja, und vielleicht ist das da ja seine Schwester."

„Verdammt, Julia, auf welcher Seite stehst du eigentlich?"

„Auf deiner. Wo denn sonst. Aber ich habe langsam das Gefühl, dich vor dir selbst schützen zu müssen."

Statt einer Antwort beugte sich Jan vor und entnahm dem Handschuhfach ein kleines Kästchen. Er öffnete es und holte einen etwa handygroßen Gegenstand heraus, mit dem Julia nichts anfangen konnte.

„Was ist das? Was hast du vor?"

„Woll'n doch mal sehen, wo sich dieser feine Herr Boehn so herumtreibt. Das ist ein GPS-Peilsender und den werde ich jetzt an Boehns Auto befestigen."

„Ein Peilsender? Drehst du jetzt völlig am Rad? Woher hast du den überhaupt?"

„Erinnerst du dich an Mona?"

„Deine Freundin?"

„Jedenfalls bis vor zwei Monaten, jetzt meine Exfreundin. Das Flittchen hatte gleichzeitig noch was anderes am Laufen. Und weißt du, woher ich das wusste?" Er zeigte auf das Gerät. „Kann man alles im Internet bestellen. Tolle Sache übrigens. Man braucht nur eine SIM-Karte für den Sender und ein Smartphone, auf das die Daten gesandt werden. Und man muss überhaupt nicht in der Nähe sein. Ich könnte zum Beispiel ohne Weiteres in Kassel sehen, wo sich Boehns Auto hier in Göttingen befindet."

„Jan, du spinnst!“ Julia wurde jetzt richtig laut. „Hör auf mit dem Schwachsinn. Du machst mir Angst!“

„Julia, verstehst du nicht. So kommen wir diesem Kerl auf die Spur. Wer weiß, was der noch so alles anrichtet. Schluss! Ich klebe das Teil jetzt unter sein Auto. Oder willst du hier die ganze Nacht Wache schieben, und dann ist er doch plötzlich weg?“

Resignierend blies Julia die Backen auf.

„Siehste!“, war Jans einziger Kommentar.

Am nächsten Morgen sollten die weiteren Schritte der Bielefelder Mordermittler koordiniert werden.

Das musste jedoch zunächst zurückstehen, weil Frank über Pit Schwameyer berichtete. Marina und Karsten, aus Göttingen zurückgekehrt, fielen aus allen Wolken. Ausgerechnet diesem immer robust wirkenden Kollegen musste so etwas passieren. Besonders Marina hatte Schwierigkeiten, sich das vorzustellen. Pit war gerade in der letzten Zeit zu ihrem Lieblingsgegner in der Gruppe geworden, eisenhart, aber kompetent, auch dann, wenn er nicht ihrer Meinung war. Nach Franks Bericht hatte er wohl tatsächlich 0,7 Promille Alkohol im Blut, was ihm wegen des Unfalls erheblichen Ärger einbringen würde. Pits Freundin Susanne hatte Sommer am Spätnachmittag angerufen und ihm mitgeteilt, dass Pit krankgeschrieben worden sei, zunächst einmal für zwei Wochen. Und sie hatte auch mit Hanna Hülsmeier gesprochen, die ihr die Augen für Pits desolaten seelischen Zustand geöffnet hatte.

„Pit braucht Hilfe und, soweit ich kann, werde ich ihn unterstützen", schloss Sommer seine Erläuterungen. „Und ich hoffe darauf, dass das auch für euch gilt." Er sah dabei besonders Marina an, die durch deutliches Kopfnicken ihre Zustimmung ausdrückte. „Allerdings", fuhr er fort, „ohne Straf- und Disziplinarverfahren wird es nicht abgehen." Er machte eine Pause, die Marina zu einem Hinweis nutzte.

„Frank, da ist noch was. Ich zeig es dir und euch anderen nur ungern, aber es ist nun mal, wie es ist. Das folgende Filmchen hat seit gestern Mittag über tausend Klicks bei YouTube. Man findet es zum Beispiel unter dem Stichwort: Polizist supergeil." Und was sie dann zu sehen bekamen, machte alle nur noch sprachlos.

„Verdammter Mist", war Sommers Kommentar. „Ich hab's geahnt, dass das noch richtig Ärger macht. Hoffentlich sieht Wende das nicht." Aber zuversichtlich war er in dieser Hinsicht nicht. Wende selbst hatte vermutlich nur wenig Ahnung von der digitalen Parallelwelt, aber das würde keine Rolle spielen, weil er mit Sicherheit von anderen darauf aufmerksam gemacht würde.

Dann sah Frank in die Augen seiner drei verbliebenen Kollegen. Sie waren wirklich schockiert, aber da war auch noch etwas anderes, das ihn hoffen ließ: Anteilnahme und Betroffenheit. Ihre mitleidvollen Gesichter rührten ihn beinahe etwas an. Hoffentlich verhalten sich die oberen Etagen auch so solidarisch, dachte er. Vor allem, wenn es darum geht, gegenüber der Presse Rückgrat zu zeigen und nicht deren Wunsch nachzugeben, eine, wie sie es wohl nennen würden, Aufklärungskampagne zu betreiben, die in den Boulevardmedien oft genug zu einer Schmutzkampagne führte.

Dann wechselte er das Thema: „Im Übrigen müssen wir natürlich unsere Arbeit weiterverfolgen. Diesen elenden Messerstecher-Fall habe ich wieder Anna übergeben. Was soll ich sonst machen? Aber, du wirst es schon schaffen", sagte er in Richtung seiner Kollegin. Die Angesprochene nickte dazu.

Er musste tief Luft holen. Alle in ihrer kleinen Runde konnten spüren, wie nahe ihrem Chef die Situation ging. Wie viel echte Anteilnahme an Pits Schicksal dabei war, wie viele Selbstvorwürfe, weil er als Chef nicht früh und gut genug reagiert hatte, und wie viel Ärger über das total idiotische Verhalten seines Hauptkommissars, das ließ sich nicht sagen. Wahrscheinlich war es eine Mischung aus allem. Aber Frank litt unter dieser Situation, das konnten alle sehen.

„Okay", sagte er schließlich. „Irgendwie muss es weitergehen. Und wir müssen unsere Arbeit tun. Anna, du warst in der Zwischenzeit in Werther und hast noch einmal mit verschiedenen Nachbarn von Dörthe Langer gesprochen. Da waren doch auch welche verreist? Sind die wieder da?"

„Ja, sind sie, und was sie zu erzählen hatten, ist wirklich interessant", ging Anna auf die Frage ihres Chefs ein. „Aber bevor ich dazu Näheres sage: Ihr erinnert euch an die Fingerabdrücke auf dem Dachboden, die wir noch nicht zuordnen konnten? Langer Rede kurzer Sinn, es sind die von Sandra und Michael Köllerbach, also nicht vom Täter. Irgendwie schade, aber zu erwarten." Wie zur Entschuldigung hob sie leicht die Hände.

„Umso wichtiger war das, was die beiden über die Langer sagen konnten, und das war nicht wenig", fuhr sie fort. „Als direkte Etagennachbarn hatten sie ganz offensichtlich mehr Kontakt zu unserem Mordopfer als die anderen Hausbewohner. Wohl auch, weil sie in einem ähnlichen Alter sind. Frau Köllerbach sprach sogar von einem freundschaftlichen Verhältnis. Wie auch immer: Irgendwann habe sich Dörthe Langers Stimmung verändert. Ängstlicher, zurückgezogener sei sie geworden. Nach meiner Einschätzung", fügte Anna hinzu, „muss es um die Zeit gewesen sein, als Steffen Boehn aus der Haft entlassen wurde. Irgendwie wird sie davon erfahren haben. Und dann hat sie den Köllerbachs tatsächlich ihre schreckliche Lebensgeschichte erzählt. Ganz plötzlich sei sie bei einem harmlosen Gespräch in Tränen ausgebrochen. Dem Ehepaar ist das richtig nahegegangen, das konnte ich heute noch bei meinem Gespräch mit ihnen spüren. Sie hatten aber versprechen müssen, dass sie es für sich behalten, was sie auch getan haben, sonst hätte sich das in der übrigen Nachbarschaft bestimmt wie ein Lauffeuer verbreitet."

„Konnten die Köllerbachs auch etwas zu den mysteriösen Gästen bei Dörthe Langer sagen, von denen die anderen Nachbarn erzählten und die ihre Spuren hinterlassen haben?"

„Ja, und zwar viel detaillierter, weil Dörthe Langer es ihnen selbst erzählt hat. Das Wichtigste zuerst: Steffen Boehn ist tatsächlich dort gewesen, aber das wissen wir ja schon und jetzt auch, warum. Es ging um Mia. Er wollte sich unbedingt um seine Tochter kümmern. Das sei sein gutes Recht als Vater, hat er gesagt, und Mia brauche ihn und er habe sich geändert, sei sich seiner Schuld bewusst und so weiter."

„Hat er tatsächlich so etwas wie Reue gezeigt? Oder war das nur ein Trick, um Dörthe Langer versöhnlich zu stimmen?", warf Marina ein. „Wie auch immer", gab sie sich selbst die Antwort. „Auf jeden Fall kann ich mir vorstellen, wie Dörthe Langer reagiert hat, als Steffen Boehn vor der Tür stand."

„Du liegst richtig mit deiner Skepsis. Es kam zu einem handgreiflichen Streit, in dessen Verlauf Steffen seine Exfrau offenbar mehrmals ins Gesicht geschlagen hat. Frau Langer ist danach ziemlich aufgeregt zu Sandra Köllerbach gelaufen und hat alles erzählt. Diese hat ihr dringend geraten, die Polizei einzuschalten, aber das wollte Dörthe offenbar auf keinen Fall. Warum nicht? – Daraus ist auch Frau Köllerbach nicht schlau geworden. Sie macht sich nun Vorwürfe, nicht energischer auf Dörthe eingewirkt zu haben."

„Donnerwetter! Für Steffen Boehn wird's immer enger. Wir müssen den jetzt endlich erwischen", kommentierte Sommer. Burmann und Linnemann nickten verhalten, als er das sagte.

„Ja, scheint so. Aber so richtig rund ist das Ganze noch nicht", war Karstens Antwort.

„Mag sein. Aber ich will den Boehn hier haben!", bestand Sommer auf seiner Einschätzung. „Was ist eigentlich mit der Frau, deren Haar wir gefunden haben, und mit dem Fingerabdruck einer dritten Person?", fuhr er fort. „Wenn wir das nicht klären, lässt sich auch kein Verdacht gegen den Exmann erhärten. Insofern fehlen da tatsächlich noch ein paar Mosaiksteinchen."

„Ob es Margot Wilhelm war, das werden wir ja bald wissen." Linnemann sah auf die Uhr. „Ich vermute, dass Boehns Schwester genau in diesem Moment Besuch von Janis erhält, der sie mit einem Lächeln um eine Speichelprobe bittet, nachdem er ihr zuvor genüsslich eine entsprechende richterliche Verfügung unter die Nase gehalten hat. Da wär ich zu gern dabei gewesen, nur um das dumme Gesicht der Wilhelm zu sehen." Ein ernster Blick von Sommer holte ihn zurück in die Wirklichkeit.

„Die Beschreibung von Michael Köllerbach war leider in diesem Punkt etwas vage." Anna sah in ihre Aufzeichnungen. „Eine unauffällig gekleidete Frau mittleren Alters. Jeans und lockere Bluse."

„Wirklich nicht besonders hilfreich. Aber egal, Janis wird seine Arbeit machen, da können wir sicher sein. Irgendwie geht mir übrigens auch Ulla Sand nicht aus dem Kopf, und ihr Sohn Timo." Karsten wirkte sehr nachdenklich.

„Du meinst, die kämen auch als Täter in Frage?“, hakte Sommer nach. „Ziemlich viele Verdächtige, was?“

„Nein, kann ich mir ehrlich gesagt nicht so recht vorstellen. Aber ein komisches Gespräch war es schon, was wir gestern geführt haben. Im Übrigen glaube ich, dass Steffen Boehn unser Hauptverdächtiger bleibt. Unter Anspannung ist er sehr gefährlich und offensichtlich hat er sich dann nicht unter Kontrolle. Vielleicht erfahre ich in der Hinsicht noch etwas von Timo, seinem Sohn. Auch der könnte, nebenbei bemerkt, mal in Langers Wohnung gewesen sein.“

„Na dann“, beendete Sommer die Besprechung. „Lasst uns unsere Arbeit erledigen. Anna, sieh zu, dass du jetzt endlich diesen Fröhlich unter Verschluss kriegst. Karsten, du suchst Timo Boehn auf und Marina, du fährst noch einmal nach Eckardtsheim zum Haus Elim. Venceremos compañeros!“ Dazu hob er die rechte Faust. Sein Humor blitzte wieder auf.

Karsten hatte sich per Handy mit Timo Boehn in Verbindung gesetzt. Sie trafen sich zwischen zwei Vorlesungen in der Uni. Er war sehr gespannt auf Boehns ersten Sohn, erst recht nach dem merkwürdig verlaufenen Gespräch mit dessen Mutter.

Vollkommen glaubwürdig berichtete Timo Boehn, dass er und seine Mutter in all den Jahren kaum Kontakt zu seinem Vater gehabt hatten. Natürlich hatten sie einiges mitbekommen, vor allem die schrecklichen Ereignisse, die zur Verurteilung seines Vaters geführt hatten. Schließlich stand ja alles lang und breit in der Zeitung. Eines könne er aber bis heute nicht verstehen, nämlich dass seine Mutter diesem Dummkopf noch immer irgendwie nachtrauere.

„Das geht absolut nicht in meinen Schädel", erzählte er kopfschüttelnd. „Ich persönlich empfinde überhaupt nichts für diesen Menschen. Was glauben Sie, wie viel Angst ich ausgestanden habe, als er mich damals regelrecht gekidnappt hat. Hat meine Mutter Ihnen das erzählt?"

„Ja, hat sie."

„Na, dann wissen Sie ja, was ich meine. Immer wieder hab ich versucht, Mutter auszureden, dass dieser Kerl und sie noch einmal eine Zukunft haben könnten. Und ich fürchte, es ist mir nicht gelungen. ‚Wenn du zu dem wieder Kontakt aufnimmst', hab' ich zu ihr gesagt, ‚dann kennen wir uns nicht mehr'. Das hat ihr wenigstens etwas zu denken gegeben. Ich weiß nicht, was er in ihrer Seele angerichtet hat, aber es kommt mir irgendwie dämonisch vor." Timo Boehn sackte erkennbar in sich zusammen. Karsten fühlte, dass er ihm einen Augenblick Pause gönnen musste, bevor er weiterfragte.

„Sagen Sie, hatten Sie selbst mal Kontakt zu Dörthe Langer? Ich meine, in der letzten Zeit? Haben Sie sie in Werther besucht? Ist ja nicht so weit von hier."

„Zu Dörthe? Nein! Blödsinn! Was soll ich da?"

„Was weiß ich? Vielleicht hat Ihre Mutter Sie hingeschickt, damit Sie ihr klarmachen, was sie ihr und Ihnen angetan hat?"

„Nein, das ist Unsinn!"

„Entschuldigen Sie, wenn ich Sie dennoch frage: Könnten Sie uns Ihre Fingerabdrücke geben? Nur, um Sie sicher auszuschließen. Es gibt nämlich noch eine ganze Reihe von nicht identifizierten Abdrücken, die wir in Frau Langers Wohnung gefunden haben."

„Sorry, Herr Kommissar! Ich glaube, jetzt gehen Sie zu weit! Sie – ? Sie verdächtigen mich? Nein, oder?"

Karsten sah Timo Boehn ziemlich entschlossen an. „Das hat niemand gesagt. Ich möchte nur ganz genau wissen, ob Sie tatsächlich niemals in der Wohnung von Frau Langer waren. In dem Fall, ja, da bin ich misstrauisch. Zumindest reicht Ihr Wort allein nicht aus. Ich muss mich schließlich auch vor meinen Vorgesetzten rechtfertigen. Also, würden Sie morgen bei uns im Präsidium in der Kurt-Schumacher-Straße vorbeischauen und Ihre Abdrücke abgeben? Sagen wir, gegen zehn?"

„Ich nehme an, ich kann das nicht vermeiden?"

Der Kommissar zuckte mit den Schultern.

„In Ordnung, dann aber besser erst gegen elf. Vorher habe ich Vorlesung."

Mit einer gewissen, kaum verhohlenen Schadenfreude fuhr Janis Jatzitakis zusammen mit zwei Streifenbeamten in die Gutenbergstraße. Diese Margot Wilhelm hatte ihn beim letzten Gespräch doch ziemlich geärgert. Im Gepäck hatte er einen richterlichen Beschluss, der es ihm gestattete, Fingerabdrücke von dieser Frau zu nehmen sowie eine Speichelprobe zur DNA-Analyse.

Vor dem Haus angekommen ging der Kriminalkommissar voran und klingelte vernehmlich an der Haustür. Hinter ihm hatten sich die beiden uniformierten Kollegen aufgebaut.

„Sie schon wieder! Habe ich mich gestern nicht deutlich genug ausgedrückt? Sie hören nichts mehr von mir. Und eine DNA-Probe gibt es auch nicht, niemals!"

Mit einem Schwung versuchte sie, die Tür zuzuwerfen, wurde aber von Jatzitakis daran gehindert.

„Frau Wilhelm. Machen Sie doch nicht so einen Aufstand." Janis' Ton wurde schärfer. Margot Wilhelm sah ihn verblüfft an. Er hielt ihr ein amtliches Dokument entgegen.

„Das hier ist ein richterlicher Beschluss, nach dem Sie verpflichtet sind, uns eine Speichelprobe sowie Ihre Fingerabdrücke zur Verfügung zu stellen. Und um es gleich ganz deutlich zu sagen …"

„Ist ja schon gut. Ich komme mit. Was sollen denn die Nachbarn denken", gab Margot Wilhelm überraschend schnell klein bei und begleitete die Polizisten anstandslos zum Dienstfahrzeug. Diese Frau wechselt ihre Stimmungen offenbar schneller, als in der Formel 1 gefahren wird, dachte Janis.

Wenig später trafen sie in der Polizeidienststelle ein und Janis brachte Margot Wilhelm unmittelbar zur erkennungsdienstlichen Behandlung.

„Eigentlich können wir uns das Ganze hier sparen", sagte sie unerwartet, wie aus heiterem Himmel.

„Wie bitte?" Jatzitakis glaubte seinen Ohren nicht zu trauen. „Was meinen Sie mit: Wir können uns das Ganze sparen?"

„Sie veranstalten doch diesen ganzen Aufwand, weil Sie wissen wollen, ob ich in der letzten Zeit in Werther war, in Dörthes Wohnung, stimmt's?"

„Stimmt! Und das ist nun nicht mehr nötig?"

„Nein, ich geb es zu, ich war in Werther. Anfang Juni. Kann ich jetzt gehen?"

Damit hatte Janis nicht gerechnet. Er hob die Augenbrauen, was er immer tat, wenn ihn etwas überraschte. Auch der sie begleitende Hauptmeister sah verblüfft aus.

„Aber nein!", reagierte er schließlich. „Keinesfalls. Ihre erkennungsdienstlichen Daten werden wir in jedem Fall erheben und zwar hier und jetzt. Und dann werden wir sehen, ob es Ihre Spuren sind, die die Kollegen aus Bielefeld am Tatort gefunden haben. Und vor allem, welche der Spuren von Ihnen sind und wo Sie die bei Dörthe Boehn hinterlassen haben. Genau aus diesem Grund hätten wir diese Prozedur hier in jedem Fall veranstaltet, auch wenn Sie Ihre Anwesenheit in der Wohnung Ihrer Schwägerin schon gestern zugegeben hätten."

Eine gute Dreiviertelstunde später saß Margot Wilhelm Janis Jatzitakis gegenüber.

„Frau Wilhelm", begann er, „gut dass Sie nun mit uns kooperieren. Ich schlage vor, wir setzen unser Gespräch wieder auf null und Sie erzählen mir einfach in aller Ruhe, weshalb sie in Werther waren und wie Ihr Besuch bei Ihrer Schwägerin verlaufen ist. Sie sagten, es sei Anfang Juni gewesen. Können Sie das genauer sagen, auch wie lange Sie dort waren und ob Sie dort übernachtet haben?"

„Ja, kann ich. Steffen hatte mir erzählt, dass er versucht hätte, mit Dörthe wegen Mia Kontakt aufzunehmen. Da das aber nicht gut verlaufen war, wollte ich mich bei ihr für meinen Bruder einsetzen. Am Telefon hat das überhaupt keinen Erfolg gehabt und deshalb beschloss ich, einfach zu Dörthe nach Werther zu fahren. Das war am 5. Juni, einem Mittwoch. Ich hatte mir extra freigenommen. Ich bin hier morgens losgefahren, mit dem Auto meines Bruders übrigens, mit meinem Panda fahre ich nicht so gern weite Strecken."

„Und was ist in Werther passiert?"

„Nun, erst mal gar nichts. Dörthe war nicht da. Ich wusste ja, dass sie irgendwo als Verkäuferin arbeitet und deshalb hab ich beschlossen, vor ihrem Haus zu warten. Das heißt, ich bin zunächst zu einem Hotel in der Nähe gefahren und hab ein Zimmer reserviert.

„Wie lange haben Sie gewartet, so schätzungsweise?"

„Oh, ziemlich lange. Es war schon Abend, als sie kam. Aber ich traute mich nicht weg, damit ich sie bloß nicht verpassen würde."

„Und das Gespräch? Wie ist das so verlaufen?"

„Das war total sinnlos. Ich konnte überhaupt nichts erreichen. Dörthe war wie vernagelt. Es war überhaupt nicht mit ihr zu sprechen. Aber ich hab's halt versucht. Ich dachte, das sei ich meinem Bruder schuldig. Aber der muss sich wohl damit abfinden, dass er zu Mia keinen Kontakt mehr haben wird. Das hab ich Steffen auch später genau so gesagt. Aber jetzt, wo Dörthe tot ist ... Egal, das Sorgerecht wird vermutlich Mias Großmutter bekommen."

„Vermutlich. Etwas anderes: Sind Sie nach dem Gespräch noch am selben Abend wieder nach Hause gefahren?"

„Nein, erst am nächsten Tag. Die Dörthe kam so spät von der Arbeit, dass es schon fast Mitternacht war, als ich im Hotel ankam. Zurückgefahren bin ich dann am Donnerstagvormittag."

„Nur fürs Protokoll: Am 7. und 8. Juni, Freitag und Samstag, waren Sie demnach nicht in Werther?"

„So ist es, Herr Kommissar."

Das Gespräch wurde unterbrochen. Ein Beamter der Spurensicherung schaute durch die Tür und bat Janis nach draußen.

„Wir haben die Fingerabdrücke der Dame verglichen. Treffer!"

„Okay, und wo fanden sich die Spuren? Dass Margot Wilhelm in Werther war, hat sie bereits ausgesagt."

„Moment, ich hab das notiert", antwortete der Beamte. „Im Wohnzimmer und im Schlafzimmer."

„War da auch irgendetwas mit einem Trinkglas sowie mit einer Tablettenschachtel? Die Bielefelder Kollegen haben sehr genau beschrieben, wo welche Abdrücke zu finden waren."

„Nein, dort nicht."

„Mist, das ist nicht gut. Unsere Verdächtige, wenn sie denn überhaupt eine war, entschwindet uns immer mehr. Danke, fürs Erste."

Zurück im Vernehmungsraum versuchte Janis ein gewinnendes Lächeln zu zeigen. Aber in Wirklichkeit wusste er, dass das hier alles gar keinen rechten Sinn mehr hatte.

„Frau Wilhelm", begann er schließlich, „Freitag und Samstag der fraglichen Woche waren Sie also zu Hause. Kann das jemand bestätigen?"

Verständnislos schüttelte die Wilhelm den Kopf. „Ja, das kann jemand bestätigen. Zuerst einmal mein Mann, jedenfalls für die Nacht. Und zum Zweiten meine Arbeitskollegen, denn am Freitag war ich ganz normal arbeiten. Übrigens ausnahmsweise schon ab neun Uhr morgens, weil ich den freien Tag nachgeholt habe. Reicht Ihnen das?"

Janis resignierte. Ja, das reichte. Als Tatverdächtige war Margot Wilhelm nie erste Wahl. Aber jetzt war sie nicht einmal mehr zweite Wahl.

„Frau Wilhelm", sagte er schließlich, „bitte entschuldigen Sie die Unannehmlichkeiten. Sie können jetzt nach Hause gehen."

Mit hoch erhobenem Kopf stand sie auf und ging auf die Tür zu.

Kapitel 24

Am nächsten Tag erschien Timo Boehn im Polizeipräsidium, um Fingerabdrücke und DNA abzugeben. Ein flaues Gefühl machte sich dabei breit. Wozu das Ganze? Meint dieser Polizist etwa, dass ich in Dörthes Wohnung gewesen sein könnte?, dachte Timo. Die Prozedur bei der Spurensicherung war nicht dazu angetan, ihn zu beruhigen. Alles flößte ihm gehörigen Respekt ein. Es hatte ihm teilweise sogar richtig Angst gemacht.

„Werde ich jetzt zeitlebens in der Datenbank der Polizei geführt?", fragte er mit ängstlicher Stimme den Beamten, der ihm mit einem Wattebäuschchen im Mund herumfuhr. Die Antwort war barsch: „Erst einmal müssen wir wissen, welches Ergebnis bei dieser Aktion herauskommt." Das erschreckte ihn noch mehr. Einmal im System, immer System, dachte er. Hat man eigentlich auch bei der Polizei ein Recht auf Vergessenwerden?, fragte er sich. Er würde einen Rechtsanwalt zu Rate ziehen, dessen war er sich ganz sicher, als er das Polizeigebäude wieder verließ.

Nach der Prozedur hätte er sofort zur Uni zurückkehren müssen. Aber einerseits war es dafür jetzt ohnehin schon zu spät, andererseits fühlte er sich dazu gar nicht mehr in der Lage. Also fuhr er zu seiner kleinen Wohnung am Wellensiek. Zur Ruhe kommen, nachdenken, das wollte er.

Steffen! Der Gedanke an seinen biologischen Vater beherrschte Timo. Sein Leben lang hatte er mit ihm nur selten zu tun gehabt und daran sollte sich auch nichts ändern. In keiner noch so fernen Zukunft.

Ohne dass er etwas dagegen tun konnte, zogen seine Gedanken immer engere Kreise um seinen Erzeuger. Egal wie man's dreht und wendet - dieser Gedanke drängte sich ihm geradezu auf - hinter allem, was schiefgelaufen ist in den vielen Jahren, immer steckt Steffen dahinter. Und das ist keine Obsession, dachte Timo. Steffen ist schuld, dass ich mich von den Polizisten so erniedrigend herumschubsen lassen musste. Wie ein Schwerverbrecher! Steffen ist schuld, dass Mamas Leben verpfuscht ist! Es war bereits verpfuscht in dem Moment, als sie ihn kennenlernte! Steffen, immer wieder Steffen. Das ist die Wahrheit! Überall hinterlässt Steffen Opfer: Felix und Mia, Dörthe, die nun auch tot ist, ermordet, womöglich ebenfalls von ihm.

Schlimmer aber als alles andere, dachte Timo: Mama kommt überhaupt nicht von ihm los. Sie ist ein besonders tragisches Opfer. Steffen beherrscht ihr Denken und Fühlen. Solange er im Gefängnis war, hatten sie Ruhe vor ihm. Aber kaum war er wieder da, ging alles wieder von vorne los. Hat er Dörthe ermordet? Er traute es ihm zu. Ein wenig wollte er sogar, dass er es gewesen war und dass die Polizei ihn dann bald erwischen würde. Dann, endlich, würde er auf Nimmerwiedersehen hinter Gittern verschwinden. Ich hasse dich, Steffen, ich hasse dich!

Lange Zeit lag Timo auf seinem kleinen Sofa, den Blick nach innen gekehrt. Irgendwann griff er zum Telefon. Er musste unbedingt mit Mama sprechen. Er musste erzählen, was heute passiert war. Er brauchte jemanden, der ihm zuhörte. Freunde, die er in einem solchen Fall anrufen könnte, hatte er keine, nicht in Bielefeld und auch nicht in Göttingen. Fast mechanisch wählte er deshalb die Nummer seiner Mutter. Sie würde ihn verstehen. Obwohl – sicher war er sich da nicht. Für Mama ist Dörthe nach wie vor die eigentliche Ursache ihres Unglücks, dachte er. Für mich nicht! Aber jetzt war Dörthe tot. Aufgehängt. Vielleicht würde das bei seiner Mutter zu einer klareren Sicht auf Steffen führen. Am anderen Ende ertönte das Freizeichen. Er musste es fünfmal klingeln lassen, bevor endlich abgenommen wurde.

„Sand."

„Hallo Mama, ich bin's."

„Timo, wie schön! Geht's dir gut? Was macht das Studium?"

„Mama." Timos leise und unsichere Stimme erschreckte Ulla Sand. „Mama. Ich muss mit dir reden. Am liebsten würde ich nach Hause kommen. Aber das geht im Augenblick nicht. Ich muss mich für die Polizei zur Verfügung halten. Die waren doch auch schon bei dir, hast du erzählt. Ein Kommissar Linnemann und noch ein Frau. Stimmt's?"

„Die Polizei? Was redest du da? Wieso denn bei dir?"

Timo atmete tief durch. Dann berichtete er von seiner Vorladung zur Polizei. Mehrmals musste er sich unterbrechen, so aufgewühlt war er innerlich. Seine Mutter geriet darüber immer mehr in Unruhe.

„Das ist ja völlig daneben. Wozu brauchen die deine Fingerabdrücke? Du warst doch nie bei Dörthe. Oder?" Timos Mutter zögerte einen Moment. „Oder warst du etwa doch?" Sorge, ja Panik lag in ihrer Stimme.

„Nein! Was denkst du! Nie! Was sollte ich denn da. Trotzdem, irgendetwas ist faul an der Sache. Kaum ist mein Erzeuger wieder auf der Bildfläche aufgetaucht, da geschehen die verrücktesten Sachen. Wenn ich nicht ein so rational denkender Mensch wäre, also irgendwie könnte man fast an Schwarze Magie denken."

„Unsinn, Timo! Jetzt lass dich doch nicht verrückt machen. Du warst nicht in Dörthes Wohnung und damit basta!" Einen Augenblick war nichts zu hören, bevor Ulla Sand weitersprach, allerdings sehr leise. „Also, da müsste ich mir schon eher Sorgen machen."

Timo stutzte. Was hatte seine Mutter da eben gesagt?

„Wie? Das verstehe ich nicht. Da musst du dir Sorgen machen? Mehr Sorgen sogar?" Eine spannungsvolle, atemlose Pause entstand. „Du warst doch wohl nicht etwa ...?" Keine Antwort seiner Mutter. „Verdammt Mama! Du warst bei Dörthe zu Hause? Bist du vollkommen durchgedreht? Was wolltest du da? Wann denn? Etwa neulich, als du mich hier in Bielefeld besucht hast?"

„Ja, sicher. An dem Freitag, an dem ich bei dir war. Ich bin nicht sofort zurückgefahren, sondern abends erst noch zu Dörthe. Sie war es doch, die dich und mich ...", sie stockte einen Augenblick, bevor sie den Satz neu begann. „Die hat alles kaputt gemacht. Das wollte ich ihr ins Gesicht sagen, wie sie unser Leben zerstört hat."

„Wie – du wolltest? Hast du oder hast du nicht?"

„Doch, ja, ich hab! Allerdings erst sehr spät am Abend, so gegen elf. Sie war noch arbeiten. Ich hab sie dann an der Haustür abgefangen. Zunächst wollte sie mich gar nicht reinlassen, aber schließlich ließ sie es zu. Ich hab irgendwas gesäuselt von: Es wird Zeit, dass wir miteinander sprechen. Wir müssten vergessen, was mal war. So was eben."

„Und das hat sie dir geglaubt?“

„Am Anfang schon. Aber irgendwann nicht mehr. Da wollte sie mich schließlich loswerden. Sie hat sogar versucht zu telefonieren. Wählt doch tatsächlich die Nummer der Polizei. Aber nicht mit mir! Das Telefon hab ich ihr aus der Hand geschlagen.“

„Und dann bist du hoffentlich abgehauen!“

„Ja, ich hätte es tun sollen. Bin ich aber nicht.“

„Nicht?“ Timos Vorahnungen wurden immer düsterer.

„Nein, denn dann wählte sie noch einmal. Aber diesmal nicht die Polizei, sondern – du kommst nicht drauf: sie versuchte, Steffen anzurufen. Dieses verdammte Flittchen! Ausgerechnet Steffen!“

„Wie bitte?“

„Ja, er sei vor Kurzem bei ihr gewesen und wollte an alte Zeiten anknüpfen. Das käme für sie natürlich nicht infrage. Aber zu mir wolle er ganz bestimmt auch keinen Kontakt mehr haben. Steffen wäre zwar ein Idiot, aber ein so großer Idiot, dass er zu mir zurückkäme, wäre er nun auch nicht. Aber das alles könnte er mir dann ja am Telefon selbst erklären.“

„Und Dörthe hat tatsächlich Steffens Handynummer gewählt?“

„Ja, sicher. Ich dachte, ich seh nicht richtig. Hatte sie ordentlich aufgeschrieben auf dem Tisch liegen. Sein Name stand gut leserlich daneben. Von dem Zettel las sie beim Wählen ab. Daher wusste ich das überhaupt. Verdammt, Timo, ich hab nur noch rotgesehen!“

„Mama, nein! Sprich nicht weiter! Du machst mir Angst. Du hast doch wohl nicht etwa?!“

Am anderen Ende der Leitung war nur noch Schluchzen zu hören. Fassungslos horchte Timo in den Hörer hinein.

„Mama. Ich komme sofort nach Göttingen."

„Nein, bleib, wo du bist. Du musst dich doch zur Verfügung halten." Wieder eine Pause, diesmal länger als zuvor.

„Mama, bist du noch dran?"

„Ja, bin ich. Aber verdammt, Timo, ich kann nicht mehr." Alle Dämme schienen zu brechen, so kam es Timo vor. Wie durch einen Nebel hörte er seine Mutter weiterreden. „Ich hab das schon zu lange mit mir herumgetragen. Ich muss das jetzt loswerden. Ich ruf jetzt sofort diesen Kommissar an. Die Nummer hab ich hier noch irgendwo." Es entstand eine Pause, in der Timo etwas rascheln hörte. „Hier ist sie."

„Bist du verrückt geworden? Lass das! Mach jetzt keine Dummheiten. Lass uns erst in Ruhe reden."

„Nein, Timo. Es geht nicht mehr. Ich hab die Dörthe auf dem Gewissen." Ulla Sand brach in heftiges Schluchzen aus.

„Mama! Hör mir jetzt genau zu. Du kommst, so schnell es geht, zu mir nach Bielefeld. Setz dich sofort ins Auto. Oder ich komm doch zu dir."

„Timo, lass es gut sein."

„Na, was meinst du? Erstmal Mittagessen?" Karsten Linnemann war nach Timo Boehns Besuch beim Erkennungsdienst einigermaßen hungrig geworden. Das Ganze hatte sich länger hingezogen als gedacht und nun war es schon fast halb eins.

„Ja, hast recht", stimmte Marina ihm zu. „Zeit für eine Mittagspause. Aber auf Kantine hab ich so gar keine Lust. Reicht es für die Finca am Schlosshofteich? Ein leichtes Mittagessen, Tapas oder so, und Strandatmosphäre am Teich, klingt das nicht irgendwie besser?"

„Absolut! Hier brennt im Moment ohnehin nichts an. Timo Boehns Fingerabdrücke waren nicht identisch mit den fehlenden aus Dörthe Langers Wohnung und mit der DNA wird es noch ein Weilchen dauern. Ja, Finca ist gut. Das ist doch gleich hinter der Alm, am Schlosshofteich?“

„Ja, sicher. Ist also mehr oder weniger um die Ecke.“

Nach wenigen Minuten hatten sie ihr Ziel erreicht. Sie stellten ihr Auto ab und fanden – das Wetter meinte es nach wie vor gut mit ihnen – einen schönen Platz im Garten. Bald schon wurden ihre Tapas, warm und kalt, gebracht. Dazu Apfelschorle für Marina und alkoholfreies Weizen für Karsten.

„Herrlich hier“, bemerkte Karsten. „Kommt man sich vor wie im Urlaub.“

Marina nickte, kam dann aber doch auf ihren Fall zu sprechen. „Sag mal, ganz ehrlich, weshalb hast du eigentlich diesen Timo Boehn zum Erkennungsdienst eingeladen? Weißt du irgendetwas, was ich nicht weiß?“

Karsten wiegte den Kopf hin und her. „Na ja, eigentlich nicht. Ist mehr so eine Mischung aus Nase und Bauch. Sowohl seine Mutter, als wir sie in Göttingen neulich besuchten, als auch Timo Boehn gestern, wie soll ich sagen: Irgendetwas passt da nicht. Irgendetwas hat mich da gestört.“

„Na gut, Ulla Sand war schon etwas merkwürdig. Wie die immer noch an diesem Mann hängt. Aber der Sohn? Ich war ja nicht dabei.“

„Na ja, so richtig Konkretes gab es nicht. Aber sobald die Sprache auf seinen Vater und Dörthe Langer kam, war er genauso merkwürdig wie seine Mutter. Sobald diese Namen fielen, war da nur noch Ablehnung, Abscheu, vielleicht sogar Hass. Aber dann doch wieder in eine andere Richtung als bei Ulla Sand. Mehr in Richtung seines Vaters. Das war schon recht auffällig. Aber wie gesagt, nichts richtig Konkretes."

„Und da dachtest du, könnte doch sein, dass er Frau Langer mal zu Hause besucht hat, oder wie soll ich das verstehen?"

„Genau! Vom Wellensiek bis Werther, so weit liegt das ja nicht auseinander."

Wie um seinen Eindruck zu unterstreichen, angelte sich Karsten ein großes Stück Serrano-Schinken und schob es sich genussvoll in den Mund.

„Und schließlich ist er heute Morgen ja auch freiwillig erschienen. Hätte er nicht machen müssen", fügte er mit fast noch vollem Mund hinzu.

„Aber eine richterliche Anordnung hättest du aufgrund deines Bauchgefühls wohl kaum bekommen. Spricht im Grunde eher dafür, dass wir gar nichts finden werden, dass er sich absolut sicher ist, weil er eben niemals bei Dörthe Langer war."

„Vielleicht. Was weiß ich. In jedem Fall sind wir nachher klüger." Vollkommen mit sich selbst zufrieden lehnte er sich nach hinten und nahm dabei das letzte Stück Schinken.

„Hey, was ist das denn! Jetzt hatte ich noch gar keinen Schinken", beschwerte sich Marina.

„Oh, Entschuldigung. Ich bestell dir sofort eine neue Portion."

Er kam allerdings nicht mehr dazu, weil sein Handy sich meldete.

„Hallo Clau! Wie? … Nein! … Ich werd verrückt! … Ja, aber das würde ja bedeuten, dass … Wir kommen sofort. In zehn Minuten bei dir."

„Du kannst dir nicht vorstellen, was ich soeben erfahren habe", wandte sich Karsten wieder an Marina, die ihn schon ungeduldig ansah. „Pass auf. Die DNA von Timo Boehn passt nicht zu den männlichen Haarspuren in Dörthe Langers Wohnung, aber - und jetzt halt dich fest - die weiblichen sind mit großer Sicherheit von einer nahen Verwandten von Timo Boehn. Und da denkt man doch sofort an …?"

„Ulla Sand!"

„Du sagst es. Wir müssen gleich zurück ins Präsidium. Und Janis anrufen. Der soll umgehend zu der Sand fahren, damit wir ihre DNA kriegen. Die offizielle Genehmigung reichen wir nach. Auf geht's."

Anna Tomczyk war mit sehr gemischten Gefühlen nach Ubbedissen gefahren. Auf dem Weg vom Präsidium zu Pits und Susannes gemeinsamer Wohnung wurde ihr immer klarer, wie weit der Weg zur Arbeit für ihren Kollegen nach dem Umzug vom Siegfriedplatz an den Stadtrand geworden war. Als sie in die Fuchsstraße einbog, wurde ihr zudem bewusst, dass sich auch das Wohnumfeld hier nicht deutlicher vom Siegfriedplatz hätte unterscheiden können. Zwischen beiden Gegenden lagen Welten. Ob sich Pit hier wohlfühlt?, dachte sie.

Ihr Kollege öffnete nach kurzem Klingeln.

„Ach, du bist es." Mehr sagte Pit zur Begrüßung nicht. Dann machte er Platz, damit Anna eintreten konnte. Fast hätte sie sich erschrocken die Hand vor den Mund gehalten. Pit schien in kurzer Zeit um Jahre gealtert zu sein. Seine Gesichtsfarbe grau, die Augen nahezu leblos. Hängende Schultern, die gesamte Haltung in sich zusammengesackt. Hatte er wieder getrunken? Sie versuchte bewusst einzuatmen, als sie an ihm vorbei die Wohnung betrat. Nein. Gott sei Dank! Keine Alkoholfahne.

Obwohl das Wetter draußen gut war, setzte Pit sich ins Wohnzimmer und bot dort auch Anna einen Platz an. Die Fenster waren geschlossen, die Couch machte den Eindruck, als habe er darauf gelegen. Warum ist er nicht draußen?, fragte sich Tomczyk. Die Wohnung hat doch einen Balkon.

„Susanne ist bei der Arbeit?", begann Anna das Gespräch.

„Ja, sicher. Vermutlich wieder irgendein Termin bei Gericht. Da geht sie vorher immer sehr früh ins Büro, um letzte Vorkehrungen …“ Er brach mitten im Satz ab. „Na, ist ja auch egal.“ Dann verstummte er ganz. Der Blick war plötzlich nicht mehr auf seine Kollegin gerichtet, sondern schien irgendwie nach innen gekehrt zu sein.

Eine Weile saßen sie schweigend da. Das, was sie sah, ging Anna wirklich sehr zu Herzen. Was ist nur aus diesem agilen, manchmal etwas bärbeißigen, aber immer voll engagierten Mann geworden?

„Dir geht es schlecht, was?“, fragte sie schließlich, aber im Grunde hatte sie keine Ahnung, was sie hier sagen sollte.

„Schlecht?“ Pit antwortete langsam. Dabei sah er ihr endlich in die Augen. „Ja“, fügte er schließlich leise an.

„Kann das sein? Dieser blöde Messerstecher und das bescheuerte Verhalten von Staatsanwalt Peters haben dir den Rest gegeben? Kann man das so sagen?“

„Wenn du es so ausdrücken willst. Ehrlich, was macht das Ganze denn noch für einen Sinn, wenn am Ende doch alles für die Katz ist. Das hat doch alles überhaupt keinen Sinn!“

Anna wollte schon antworten, dass er selbst an diesem miesen Verlauf eine gehörige Mitschuld hatte, durch sein unprofessionelles Verhalten. In letzter Sekunde biss sie sich jedoch auf die Lippen. Solche Vorwürfe wären hier und jetzt unangebracht. Pit würde sofort ganz zumachen.

„Was ist denn neulich genau passiert, als du, ausgerechnet direkt vor dem Landgericht, deinen Unfall hattest? Oder willst du nicht darüber sprechen?“

Pit schluckte schwer, sagte aber zunächst nichts. Anna war klug genug, nicht sofort nachzubohren. Er stieß einen tiefen Seufzer aus. Schließlich antwortete er flüsternd: „Wenn ich das rückgängig machen könnte! Ich hab in meinem Leben sicher schon so manchen Mist gebaut. Und hab auch schon ziemlich über die Stränge geschlagen. Aber das da am Landgericht … Mann, ist das peinlich. Wenn wir uns nicht so gut kennen würden … Ehrlich, mit jedem würde ich nicht darüber sprechen."

„Das war doch an dem Tag, als dieser Fröhlich zum zweiten Mal auf freien Fuß gesetzt worden ist, oder?" Anna sah Pit neugierig an. „Übrigens, falls es dich interessiert, wir haben ihn jetzt endgültig unter Kontrolle."

„Schön", kommentierte Pit, allerdings ohne Begeisterung. „Was soll ich sagen? Ich war einfach total fertig. Alles war so vollkommen sinnlos. Und dann auch noch Frank, der voll den Vorgesetzten raushängen ließ. Schließlich, nachdem er mir so richtig die Standpauke gehalten hatte, machte er einen auf Freund. Nee Anna, bei aller Liebe …" Pit ließ den Satz unvollendet im Raum stehen.

„Und dann hast du dir ordentlich einen hinter die Binde gekippt und bist nach Hause gefahren?"

„Ja, irgendwie. Ich war grad losgefahren, da hab ich an so 'nem Kiosk am Bürgerpark angehalten und mir 'nen Flachmann besorgt. Und ohne nachzudenken, hab ich den dann auf dem Parkplatz ausgetrunken. Ich stand echt völlig neben mir. Ursprünglich hatte ich noch gedacht, dass ich mir unbedingt 'n Taxi holen müsste. Aber irgendwann war mir das egal. Wird schon schiefgehen, hab ich gedacht und bin losgefahren. 0,7 Promille – so viel war es ja gar nicht. Aber eben doch zu viel. Und wegen des Unfalls kommt es jetzt zur Gerichtsverhandlung, nicht eingerechnet das Disziplinarverfahren. Scheiße, wenn die mich jetzt rausschmeißen! Ich gehe doch auch auf die fünfzig zu. Und meine Pensionsansprüche? Nee, dann kann ich mich nur noch selbst aus dem Weg räumen." In Pits Gesicht war Angst, ja blankes Entsetzen zu erkennen. Würde Anna noch zu ihm durchdringen mit dem, was sie ihm sagen wollte, was Frank ihr ganz deutlich mit auf den Weg gegeben hatte? Aber am meisten Angst machte ihr die Andeutung eines Suizids. Hunde, die bellen, beißen nicht, sagt man. Leider gilt das nicht bei Suizidankündigungen. Und das, was Pit da eben von sich gegeben hatte, war genau das gewesen.

„Pit, hör mir bitte jetzt ganz genau zu", versuchte Anna es mit klarer, ruhiger und hoffentlich unmissverständlicher Stimme. „Du bist nicht allein! Du hast Kollegen, die für dich sprechen, Freunde, die dir helfen. Wir sind deine Freunde. Wir helfen dir! Wir lassen dich nicht im Regen stehen."

Ihr Kollege sah sie jetzt mit feucht gewordenen Augen an. So etwas wie Zuversicht huschte über sein Gesicht. Doch dann war dieser Schimmer auch schon wieder erloschen.

„Schön, wie du das sagst. Aber gilt das für alle? Auch für Marina? Die hält mich doch für einen dämlichen Machotrottel. Und was ist mit Frank? Warum kommt der nicht selber vorbei?"

„Ganz besonders Frank ist es gewesen, der mich hierher geschickt hat. Ich glaube, er hat ein ziemlich schlechtes Gewissen, weil er dich so hart angefasst hat. Ich fürchte sogar, er hat Angst davor, von dir vor der Tür stehen gelassen zu werden."

„Hmm." Pit dachte offenbar über Annas Worte nach. Vermutlich prüfte er, ob etwas Wahres daran sein könnte.

„Frank wollte unbedingt, dass ich herkomme", fuhr Anna fort, als Pit nichts mehr sagte. „Deshalb hat er mich heute Morgen von allen Aktivitäten im Präsidium befreit und er hat mich ausdrücklich gebeten, dir zu sagen, dass er voll hinter dir steht. Wir lassen dich nicht hängen. Und noch etwas: Frank will auch mit Wende sprechen, damit der Ball ganz flach gehalten wird. Alle wissen, wie dir zumute ist. Du bist in einer sehr schweren Situation. Und nun ist es das Wichtigste, dass du da wieder rauskommst. Was sagt denn Susanne?"

Erneut schossen Tränen in Pits Augen.

„Susanne? Wenn ich die nicht hätte!" Schluchzen unterbrach seinen Satz. „Sie hat mir einen Termin bei Hanna Hülsmeier gemacht." Wieder unterbrach Pit sich selbst. Nach einer Weile fügte er hinzu: „Sie meint es sicher gut. Aber was die bewirken soll, weiß ich auch nicht. Vielleicht brauch ich einfach nur 'ne Weile Ruhe. Jedenfalls bin ich erst mal ein paar Wochen krankgeschrieben. Fast bis Ende nächsten Monats. Kannst du dir das vorstellen?" Zu Annas Überraschung huschte der Hauch eines Lächelns über sein Gesicht. „Kann mich nicht erinnern, überhaupt mal krank gewesen zu sein. Grippe vielleicht? Nee, auch nicht wirklich."

„Pit, ich glaube, du bist ernsthaft krank, und zwar an deiner Seele. Und da hilft nur eins: Ruhe und Abstand von der Arbeit. Und ein kompetenter Gesprächspartner, mit dem zusammen du die Fäden deines zum Knäuel geratenen Lebens wieder entwirren kannst."

„Du meinst psychologische Hilfe?" Pit sah sie mit einer merkwürdigen Mischung aus Überraschung und Entsetzen an. „Aber ich bin doch nicht plemplem!" Sein Ton wurde schriller.

„Nein, absolut nicht. Aber dein Leben ist aus den Fugen geraten. Warum? Das weißt du selbst am besten. Ich sehe nur das Ergebnis. Hast du solche professionelle Hilfe?"

„Na ja, wie gesagt, Hanna Hülsmeier hat sich angeboten und ich war auch schon bei ihr." Pit war wieder ruhiger geworden.

„Schön, dass du da bist", bemerkte er schließlich. Dabei sah er seiner Kollegin direkt in die Augen. Schließlich stand er auf und sagte: „Jetzt hab ich dir noch gar nichts angeboten. Möchtest du einen Kaffee?"

„Was für eine Frage, Pit. Und lass uns auf den Balkon gehen. Es ist so ein schöner Tag draußen."

In der Tat war es keine besondere Schwierigkeit gewesen, einen Staatsanwalt zu finden, der die DNA-Entnahme bei Ulla Sand verfügte und diese auch umgehend per PDF-Kopie an Jatzitakis in Göttingen schickte. Natürlich war Janis von der neuen Entwicklung ebenso überrascht wie die Bielefelder Mordermittler, die sich zu einer Lagebesprechung in Sommers Zimmer eingefunden hatten. Über Ulla Sands Motiv, wenn sie denn die Täterin sein sollte, gab es allerdings noch Rätselraten. Ein über Jahre angestauter Hass aufgrund von Eifersucht vielleicht. Marina und Karsten erzählten sehr anschaulich von den Eindrücken während ihres Besuches bei Timo Boehns Mutter. Aber wieso jetzt und nicht schon vor Jahren, und woher wusste die Sand überhaupt, wo Dörthe Langer zuletzt lebte? Und dann einen Suizid vortäuschen? Das hätte sie doch nie und nimmer allein schaffen können. Erst würgen und dann aufhängen? Leblose Körper sind unglaublich schwer. Oder gab es einen Helfer? Alles sehr verwirrend, aber den DNA-Abgleich brauchten sie unbedingt. Im Augenblick blieb ihnen deshalb nichts anderes übrig, als auf den Anruf von Janis zu warten, dass Ulla Sand bei ihm in der Polizeidirektion angekommen war. Wenigstens die Fingerspuren konnten dann sofort abgeglichen werden. Vielleicht war das ja schon der Durchbruch. Allerdings mussten sie sich noch einige Zeit gedulden, bis der erwartete Anruf von Jatzitakis kam. Marina stellte sofort auf laut, damit alle mithören konnten.

„Hallo Janis. Was gibt's Neues?"

„Oh, so einiges! Das Wichtigste zuerst: Ulla Sand ist jetzt hier in der Dienststelle und der offizielle Beschluss zur erkennungsdienstlichen Behandlung liegt ebenfalls vor, und sie ist gerade damit fertig. Übrigens, als wir in Bovenden vor ihrem Haus vorfuhren, kam sie uns gerade entgegen, ein kleines Köfferchen in der Hand."

„Wollte sie abhauen?"

„Dachten wir auch erst. Aber dann stellte sich heraus: Sie wollte zu uns."

„Zu euch?"

„Ja, zu uns. Sie wollte ihr Herz erleichtern. Halt dich fest. Sie hat den Mord an Dörthe Langer gestanden. Allerdings müssen wir noch Einzelheiten klären. Zum Beispiel, wie sie das mit dem vorgetäuschten Suizid gemacht hat. Na, wie gefällt euch das?"

„Janis! Hervorragend! Ausgezeichnete Arbeit!"

„Aber sag mal: Wieso seid ihr auf die Idee gekommen, Sands Sohn erkennungsdienstlich zu behandeln, und auf diesem Umweg die Mutter ins Spiel zu bringen? Wer hatte denn da eine solch veritable, kriminalistische Spürnase?"

„Das war Karstens Riechkolben. Er hört übrigens mit. Und wenn ich das richtig sehe, dann dehnt sich gerade ein riesiges Grinsen über sein gesamtes Gesicht aus. Ich glaub, der hat noch eine große Zukunft vor sich."

„Na dann, grüß dich, Karsten. Wenn wir deine Spürnase mal brauchen, rufen wir dich an. Aber jetzt wieder im Ernst. Ich schlage vor, dass wir Frau Sand erst einmal hier befragen, jedenfalls solange die DNA-Ergebnisse noch nicht da sind. Die brauchen wir in jedem Fall. Ich meld mich wieder, und schönen Feierabend."

„Ach, Moment. Stopp!" Marina war noch etwas Wichtiges eingefallen. „Sag mal. Hast du irgendetwas herausgefunden, was diese ominösen Kinder von Steffen Boehn angeht, diesen Jan und diese Julia? Ist ja vermutlich gar nicht mehr wichtig, aber interessieren würd's mich schon noch."

„Oh ja, entschuldige. Jan und Julia Henneberger. Sie sind in Wirklichkeit die Kinder des bei Boehns Geisterfahrt ums Leben gekommenen Olaf Henneberger. Das geht ganz klar aus den Akten hervor. Telefoniert hab ich allerdings noch nicht mit ihnen. Wenn's wichtig ist, kannst du das ja selbst machen. Die Handynummer hast du noch?"

„Ja, hab ich gespeichert. Okay, dann auch dir einen schönen Feierabend."

Karsten sah auf die Uhr. Kurz vor fünf.

„Schon was vor, heute Abend? Den Tisch im Sedan hab ich für Freitag bestellt, aber wenn ich es recht bedenke, könnten wir doch heute schon mal ein Bier zusammen trinken. Was meinst du?"

„Wenn ich es recht bedenke, könntest du recht haben", antwortete Marina. „Aber lass mich doch, bevor wir hier aufhören und auf Janis' Vernehmungsergebnisse warten, kurz bei diesem Jan oder dieser Julia anrufen. Ich möchte wirklich wissen, was die eigentlich bei Steffen Boehn wollten."

Zuerst wählte sie Jans Nummer. Dreimal ertönte das Freizeichen, dann sprang die Mailbox an. Marina hinterließ eine kurze Nachricht, gab dann aber sofort die Nummer seiner Schwester ein.

„Julia Henneberger", meldete die sich nach kurzem Klingeln und Marina erklärte ihr den Grund ihres Anrufs. Aber was sie dann zu hören bekam, ließ die Aussicht auf einen gemütlichen Abend im Biergarten vollkommen in den Hintergrund geraten.

Nervös läuft Timo in seiner Studentenwohnung hin und her. Der Gedanke, dass seine Mutter zur Mörderin geworden ist, lässt ihm keine Ruhe. Keinen einzigen klaren Gedanken kann er fassen. Warum bin ich jetzt nicht bei ihr, muss er immer wieder denken. Wenn wir uns jemals gegenseitig gebraucht haben, dann jetzt. Verdammt, warum musste ich auch unbedingt zum Studieren nach Bielefeld. Wär ich doch nur in Göttingen geblieben. Ich muss sie anrufen. Sofort! Sie braucht einen Anwalt, dringend, am besten sofort. Ich muss ihr helfen. Ich muss nach Göttingen. Alles andere ist doch jetzt vollkommen gleichgültig. Sie hat doch niemand außer mir.

Sein Handy liegt auf dem Tisch. Er will danach greifen, da schlägt es Alarm. Auf dem Display steht: „Anruf von Mama." Gott sei Dank, denkt er und drückt die grüne Taste.

„Guten Tag, Herr Boehn. Hier spricht Kriminalkommissar Janis Jatzitakis von der Polizei Göttingen." Timo glaubt, seinen Ohren nicht zu trauen.

„Wie, was? Wieso Polizei? Was machen Sie am Handy meiner Mutter?"

„Herr Boehn, ich muss Ihnen leider mitteilen, dass wir Ihre Mutter vorläufig festgenommen haben, wegen des dringenden Verdachts, Dörthe Langer, geschiedene Boehn, getötet zu haben. Sie hat die Tat inzwischen gestanden."

„Wie? Was? Gestanden?" Timo muss schlucken. „Hat sie sich bei Ihnen gemeldet?"

„Das war wohl ihre Absicht. Als wir sie zu einem DNA-Test holen wollten, kam sie uns an der Haustür entgegen, auf dem Weg zu uns, wie sie sagte."

„Und was hat sie", Timo zögert, „Ihnen erzählt?"

„Dazu kann ich Ihnen nichts sagen, nur dass sie zugegeben hat, Dörthe Langer getötet zu haben. Nähere Einzelheiten kennen wir auch noch nicht. Dazu müssen wir sie noch befragen. Da ist noch einiges unklar." Jatzitakis unterbricht sich. „Herr Boehn, dass ich Sie anrufe, ist ein großes Entgegenkommen meinerseits. Ihre Mutter braucht einen Anwalt. Können Sie ihr einen besorgen?"

„Ja, natürlich. Ich kümmere mich sofort darum. Aber ich bin noch in Bielefeld. Ihre Bielefelder Kollegen wollen, dass ich mich zur Verfügung halte."

„Das lassen Sie mal meine Sorge sein. Ich spreche mit dem Kollegen Linnemann. Wenn Sie herkommen wollen, okay."

„Danke für Ihre Unterstützung. Sagen Sie, ob ich wohl selbst mit meiner Mutter sprechen kann?"

„Wie? Jetzt? - Moment, das muss ich kurz besprechen."

Timo hört, wie im Hintergrund getuschelt wird, kann aber nichts Genaues verstehen. Offenbar hält der Kommissar die Hand über das Mikro. Es scheint aber eine erregte Diskussion zu sein. Schließlich meldet Jatzitakis sich wieder.

„Herr Boehn. Okay. Mein Chef meint, wir könnten das in diesem Fall verantworten. Ihre Mutter ist ja sehr kooperativ. Ich geb Sie dann mal weiter."

„Timo, hallo, bist du da?"

„Ja, Mama, was ist denn genau ..."

„Timo pass auf! Du musst unbedingt Steffen anrufen, Hörst du? Steffen! Der kennt sich aus mit Polizei und Anwälten. Ruf Steffen an, der hilft dir, einen Anwalt zu finden. Die Nummer schick ich dir, per SMS. Mach das, Timo, unbedingt! - Danke, dass ich mit meinem Sohn sprechen durfte. Der kümmert sich jetzt um alles Weitere." Dann wird aufgelegt.

Fassungslos bleibt Timo zurück. Das Telefon in der Hand, blickt er ungläubig auf das Display. „Der Teilnehmer hat aufgelegt", liest er da. Dann drückt auch Timo die Aus-Taste. Im selben Moment erhält er die SMS mit der Handynummer seines Vaters. Wut kocht in ihm hoch, als er sie sieht. Er knallt das Handy auf den Tisch und lässt sich in seinen Sessel fallen. Das kann doch nicht wahr sein! Das ist doch wohl – er findet keine passenden Worte. Da sitzt sie bei der Polizei, gesteht einen Mord, meldet sich am Handy und hat mir nichts anderes zu sagen als: Ruf Steffen an!? Steffen, Steffen, Steffen! Welch eine dämonische Macht geht von diesem Kerl eigentlich aus? Mama ist ja völlig in seinem Bann. Die kommt nie von ihm los. Niemals!

Timo springt auf und rennt ziellos durch seine kleine Wohnung. In der Küche trinkt er einen Schluck Wasser. Niemals kommt Mama von dem los, denkt er erneut, jedenfalls nicht, solange ich nicht endlich etwas unternehme. Einen Neuanfang gibt es für Mama nur ohne Steffen. Verdammt, dem müssten mal die Leviten gelesen werden! Der braucht mal Wind von vorn! Dem müsste endlich mal klargemacht werden, dass er aus unserem Leben zu verschwinden hat, ganz weit weg, nach Australien meinetwegen, Hauptsache weit. Immer mehr kochen Zorn und Wut in Timo hoch. Soll er diesen Scheißkerl anrufen, der nichts als Unheil über jeden bringt, der mit ihm zu tun hat? Eine Abreibung, das ist es, was er braucht.

Seine Gedanken werden immer dunkler. Er merkt es selbst, aber er kann sich nicht dagegen wehren. Seine Wut, nein, sein Hass macht inzwischen mit ihm, was er will.

Timo steht unschlüssig in der Küche herum, überwältigt von seinen Gefühlen, die ihn selbst ängstigen, die ihn andererseits aber auch immer mehr faszinieren. Der Mistkerl wollte sich doch schon mal umbringen, denkt er. Schade, dass er das damals so spektakulär vergeigt hat! Vielleicht kann man ihn ja dazu bringen, es noch mal zu versuchen. Ihn solange bearbeiten, bis er sich endlich selbst aus dem Weg räumt.

Timos Blick fällt auf den Messerblock neben dem Herd.

Oder ich kann ihn ein bisschen mit dem Messer kitzeln und ihn dann vom Balkon hüpfen lassen. Sieht aus wie Suizid und glaubt jeder. Bei der Vorgeschichte.

Noch greift seine Hand nicht zum Messer. Noch kann er sie zurückhalten. Stattdessen geht er wieder ins Wohnzimmer und schaut aus dem Fenster. Wo sich dieser Teufel wohl jetzt herumtreibt, fragt er sich. In Göttingen vielleicht? Dann wäre er im Moment außer Reichweite. Andererseits, ich brauche ihn nur anzurufen, dann weiß ich es. Wie in Trance greift Timo zum Telefon.

„Boehn."

„Hallo. Ich bin's, Timo." Er hat große Mühe, seine Emotionen unter Kontrolle zu behalten. Aber auch nicht übertrieben säuseln, denkt er.

„Timo? Wie …? Woher hast du … egal. Timo, schön dich zu hören!"

„Wir müssen reden. Mama braucht dich. Sie hat mir gesagt, dass ich dich anrufen soll. Sie braucht einen Anwalt."

„Was?"

„Ja, du hast richtig gehört. Sie ist verhaftet worden, beziehungsweise, sie hat sich selbst gestellt. Sie ist es gewesen! Sie hat", Timo muss schlucken, „sie hat Dörthe umgebracht."

Stille am anderen Ende.

„Bist du noch da?"

„Ja, sicher. Und sie hat gestanden? Sie hat es tatsächlich getan?"

„Ja, scheint so. Da hat so ein Kommissar aus Göttingen angerufen.

„Ich komme zu dir, wo bist du?"

„In meiner Wohnung natürlich, wo sonst."

„Also, hier in Bielefeld?"

„Ja, aber sag mal ..." Timo zögert. „Du klingst so komisch. Hast du etwa …? Also … hast du etwas davon gewusst?"

Steffen Boehn antwortet nicht auf die Frage. Ziemlich lange sagen beide nichts.

„Du hast es gewusst! Verdammte Scheiße, du hast es gewusst! Ich glaub, ich spinne! Du hast es gewusst. Sie hat es dir vor mir gebeichtet."

„Timo, pass auf. Ich bin im Augenblick im Auto, auf dem Weg nach Eckardtsheim, zu Mias Pflegeheim. Haus Elim, Semmelweisweg. Ist ganz einfach zu finden. Direkt an der A33. Wir treffen uns dort. In vielleicht fünfzehn Minuten bin ich da. Dann können wir alles in Ruhe besprechen. Und danach fahren wir gemeinsam nach Hause und kümmern uns um Ulla. Ist ohnehin derselbe Weg."

Ja, ich komme, denkt Timo. Darauf kannst du Gift nehmen. Wir kümmern uns um Ulla? Was meint er damit nun wieder? Und dann macht sich der Scheißkerl auch noch an Mia ran. Zum zweiten Mal! Beim letzten Mal ist sie fast gestorben.

„Ich komme!", sagt er in den Hörer, so ruhig es eben geht. Dann legt er auf.

Auf dem Weg nach draußen fällt sein Blick noch einmal durch die geöffnete Küchentür auf den Messerblock. Ohne nachzudenken, greift er sich das scharfe Fleischmesser und beeilt sich, zu seinem Wagen zu kommen.

Klein, zerbrechlich, völlig in sich zusammengesunken saß Ulla Sand in einem Göttinger Vernehmungszimmer. Sie schaute sich ängstlich um. Ein kahler Raum, keine Fenster, aber grell ausgeleuchtet. An den Wänden mehrere Kameras, die alles beobachten, auf dem Tisch zwei Mikrofone, die alles belauschen. Gegenüber eine große Spiegelfläche, von der sie sich sicher war, dass man vom Nachbarraum aus durchgucken konnte.

Ihr gegenüber saß der Polizeibeamte mit dem griechischen Namen.

„Ich hab doch schon alles zugegeben. Was wollen Sie denn noch von mir?"

„Wir müssen das Geschehen insgesamt Punkt für Punkt durchgehen. Das ist notwendig, unbedingt. Aber einen Moment wird es noch dauern. Wir warten noch auf Ihren Pflichtverteidiger. Dann schildern Sie alles detailliert und von Anfang an."

Jatzitakis versuchte, sehr beruhigend zu sprechen. Diese Frau ihm gegenüber will reden, will sich erleichtern, das war ihm klar. Sie braucht keinen erneuten Druck, um die Wahrheit zu sagen, sondern empathische Unterstützung. Er legte seine Hand auf ihre: „Frau Sand, vertrauen Sie mir. Ich will Ihnen wirklich helfen. Ich glaube, dass Sie in einem furchtbaren Moment die Kontrolle verloren haben, und dass Sie jetzt …"

„Wieso Pflichtverteidiger?" Wie vom Schlag getroffen zog Ulla Sand ihre Hand zurück. „Timo sollte mit meinem Mann sprechen, damit ich einen guten Anwalt bekomme. Wieso ist das nicht geschehen?" Jetzt war Ulla Sand doch aufgebracht.

„Sie meinen Ihren Exmann?"

„Natürlich! Wen denn sonst!"

„Timo hat sich bisher nicht gemeldet. Wir können ihn nicht erreichen. Sein Handy ist abgeschaltet. Wir wissen nicht, was da los ist. Aber wir müssen hier weiterkommen. Deshalb haben wir einen Pflichtverteidiger bestellt. Ist übrigens kein Anfänger, wenn Sie da Bedenken haben sollten."

Die Tür öffnete sich und ein Mann betrat den Raum, dunkler Anzug, etwas ausgebeult, schwarze Aktentasche, vielleicht fünfzig Jahre alt.

„Guten Tag. Mein Name ist Dieter Müller. Ich bin der vom Gericht bestellte Anwalt und möchte kurz mit Frau Sand allein sprechen."

„Selbstverständlich."

„Und schalten Sie die Anlage aus." Er zeigte auf die Technik ringsum.

„Auch das. Natürlich."

Jatzitakis schloss die Tür hinter sich. Die roten Lämpchen an Kameras und Mikrofonen erloschen. Durch die Scheibe sahen Jatzitakis und ein weiterer Polizist, wie Müller mit Ulla Sand redete. Hören konnten sie nichts. Nach einer Weile schob der Anwalt der Frau ein DIN-A4-Blatt über den Tisch, das sie sogleich unterschrieb. Schließlich winkte der Anwalt den Polizisten zu. Er wusste, dass sie hinter der Spiegelscheibe zusahen. Ulla Sand und Dieter Müller waren bereit.

Als alle Aufnahmegeräte wieder liefen, begann Jatzitakis: „Frau Sand, wollen Sie uns den Hergang der Ereignisse in Werther, Westfalen schildern, die sich an besagtem Freitagabend in der Wohnung von Dörthe Langer, geschiedene Boehn, abgespielt haben?"

„Ja, natürlich." Ulla Sand sah wieder verletzlicher und kleiner aus als zuvor. „Ich habe doch schon alles zugegeben“, fügte sie erneut mit fast flüsternder Stimme hinzu.

„Dennoch bitte ich Sie, mir den genauen Hergang, so wie Sie ihn erlebt und in Erinnerung haben, zu berichten. Ihr Anwalt wird Sie sicher darüber aufgeklärt haben, was der Unterschied ist zwischen Mord, Totschlag und Körperverletzung mit Todesfolge. Dafür muss ich mir aber ein genaues Bild machen, was geschehen ist und inwieweit das, was Sie erzählen, zu unseren sonstigen Erkenntnissen passt. Haben Sie das verstanden?“

Ulla Sand nickte mit dem Kopf. Dann begann sie mit leiser Stimme zu berichten.

An jenem Freitagabend sei sie von Timo aus nicht sofort nach Hause, sondern zunächst nach Werther gefahren. Sie könne kaum noch sagen, warum sie das getan habe. Irgendwie habe sie Dörthe zur Rede stellen wollen. Wenn sie ihr Steffen nicht weggenommen hätte, wäre alles nie passiert. Nein, eine Absicht zu töten, habe sie ganz bestimmt nicht gehabt. Es ging immer nur darum, Dörthe klar zu machen, wie sehr sie durch ihr Verhalten Steffen ins Verderben geführt habe.

„Aber es war doch Steffen Boehn, der seine Kinder vergiftet hat und der auf der Autobahn den Tod eines Menschen verursacht hat“, wandte Janis ein.

„Ja sicher, schon. Aber dahinter steckte Dörthe. Verstehen Sie das nicht? Sie war doch schuld. Sie hat Steffen dahin getrieben, dass er keinen Ausweg mehr wusste.“ Ulla Sands Stimme überschlug sich jetzt, sodass die Anwesenden den Hass auf Dörthe Langer spürten, der in ihr steckte.

Schließlich redete sie weiter: Sie habe lange warten müssen, bis Dörthe von der Arbeit als Verkäuferin heimgekommen sei. Noch vor der Haustür habe sie sie angesprochen. In der Wohnung sei das Gespräch schließlich eskaliert, nachdem Dörthe es beenden wollte, und versucht habe, sie aus der Wohnung zu werfen.

„Diese Frau war, wie soll ich das sagen, die war wie vernagelt. Wirft mir stattdessen vor, es sei doch nicht ihr Problem gewesen, dass Steffen von mir die Nase voll hatte und lieber mit ihr leben wollte. Aber das Schlimmste war, dass sie irgendwann versucht hat, ihn anzurufen. Steffen! Ausgerechnet! Können Sie sich das vorstellen? Seine Nummer liegt da auf dem Tisch und sie will sich Hilfe bei Steffen suchen. Verdammt, ich dachte, ich guck nicht richtig, als die seine Nummer gewählt hat. Da hab ich nur noch rot gesehen!"

„Und dann kam es zu einer Handgreiflichkeit. Oder wie sollen wir uns das vorstellen?"

„Weiß ich nicht. Wenn Sie es so nennen wollen. Jedenfalls - ach, keine Ahnung. Irgendwann hatte ich diesen Strick in der Hand und hab ihr den Hals zugedreht. Bis sie sich nicht mehr bewegt hat." Ulla Sand hielt die Hände vors Gesicht. Dann brach sie schluchzend ab.

Jatzitakis ließ sie einen Augenblick gewähren, dann hakte er nach.

„Hatten Sie den Strick schon mitgebracht?"

„Wenn Sie nicht wollen, müssen Sie darauf nicht antworten, falls Sie sich damit selbst belasten", warf der Anwalt etwas hektisch ein.

„Nein, wieso denn? Der lag doch da rum. Auf dem Küchentisch, eine, weiß nicht, Wäscheleine oder so."

„Herr Kommissar, ich hoffe, Sie haben das genau registriert. Das war keine vorher geplante Tat. Das war eine Tat im Affekt!"

„Herr Rechtsanwalt, Sie können sicher sein, dass unsere Aufnahmegeräte alles genau aufzeichnen. Im Übrigen erheben wir hier nur Fakten. Wie die zu bewerten sind, das müssen Sie später mit Staatsanwaltschaft und Richter aushandeln." Schließlich wandte sich Jatzitakis wieder Ulla Sand zu. „Und dann, als Dörthe Langer leblos am Boden lag? In welchem Raum war das eigentlich?"

„In der Küche natürlich. Da war doch auch die Leine. Hab ich doch eben gesagt."

„Aber Sie haben sie nicht dort liegen lassen?"

Nein, das habe sie nicht. Sie sei in absolute Panik geraten und habe nicht mehr gewusst, was sie machen sollte. Zuerst habe sie sofort die Polizei informieren wollen. Aber dann sei ihr Steffen in den Sinn gekommen. Ob sie den wohl anrufen könnte? Der wüsste vielleicht, was sie jetzt tun sollte. Die Nummer habe ja auch auf dem Küchentisch gelegen.

„Okay, Sie haben also Ihren Ex angerufen. Dörthe Langer lag leblos am Boden. Sie wussten nicht mehr weiter, aber statt der Polizei haben Sie Steffen Boehn informiert. Habe ich das richtig verstanden?"

„Ja, aber er hat sich nicht gemeldet."

„Wie spät war es da eigentlich?"

„Was weiß ich, ziemlich spät, mitten in der Nacht irgendwie."

„In Ordnung. Versuchen wir den Hergang weiter zu rekonstruieren. Sie sitzen mit dem Handy in der Hand in der Küche und Dörthe Langer liegt auf dem Boden. Aber als sie am nächsten Tag gefunden wurde, hing sie an einem Balken auf dem Dachboden. Können Sie mir sagen, wie sie da hingekommen ist?"

„Kann ich nicht sagen."

„Sie können nicht oder Sie wollen nicht?"

Ulla Sand verschloss erneut ihren Mund mit der rechten Hand und lehnte sich zurück. Über diesen

Punkt wollte sie nicht reden. Das wurde ganz deutlich.

„Frau Sand, so geht das nicht. Wissen Sie, was ich glaube? Ich glaube, dass Sie Steffen Boehn doch erreicht haben. Vielleicht nicht sofort, aber irgendwann schon. Sie haben es immer wieder versucht, bis er endlich drangegangen ist. Und dann haben Sie Ihrem Ex alles erzählt. Sie haben doch auch nach so vielen Jahren der Trennung noch immer das Gefühl, dass Sie zusammengehören. Ist das so? Gehören Sie noch zusammen?"

„Ja, sicher ist das so! Steffen und ich, wir gehören zusammen. Das mit diesem Flittchen war doch nur eine dumme Episode, weil sie ihn um den Finger gewickelt hatte. Aber das ist ja nun vorbei."

„Und was hat Ihr Exmann gesagt, als Sie ihn endlich am Telefon hatten?"

„Er war ganz lieb zu mir. Hat mich getröstet. Ich könnte mich ganz auf ihn verlassen."

„Und dann ist er gekommen, um mit Ihnen gemeinsam das Problem zu lösen. Er war vermutlich auch in Werther. Jedenfalls wissen wir zuverlässig, dass er Dörthe Langer in der letzten Zeit mehrmals besucht hat. So war es doch, oder?"

„Wie? Nein! So war es nicht."

„Oh doch, Frau Sand, so war es. Und wissen Sie auch, warum? Weil Sie es gar nicht allein geschafft hätten, Frau Langers leblosen Körper auf den Boden zu schleppen. Und schon gar nicht, ohne Spuren zu hinterlassen. Nein, Sie haben Steffen Boehn um Hilfe gebeten und dann ist er gekommen und hat mit Ihnen zusammen den Selbstmord vorgetäuscht." Jatzitakis sah Ulla Sand herausfordernd an. Er war sich absolut sicher, recht zu haben.

Auch der Anwalt spürte die Brisanz der Situation. „Herr Jatzitakis", sagte er deshalb, „dürfte ich wohl einen Moment mit meiner Mandantin allein sprechen? Ich glaube, sie ist sich nicht im Klaren darüber, was für sie auf dem Spiel steht."

Janis presste die Lippen aufeinander. Dann stimmte er zu. Er glaubte genau zu wissen, was der Anwalt Ulla Sand sagen würde. Auch die Geräte wurden wieder abgestellt, als er den Vernehmungsraum nun zum zweiten Mal verließ. „Lippenlesen müsste man können", sagte er zu dem Kollegen an den Aufnahmegeräten.

Es dauerte ziemlich lange. Dieter Müller redete offenbar energisch auf seine Mandantin ein, die ebenso heftig zu antworten schien und dabei immer wieder abwehrend die Hände hob. Schließlich winkte der Rechtsbeistand ihn wieder herein.

„Nun, Frau Sand, haben Sie mir etwas mitzuteilen?"

„Nein!"

„Nun hören Sie doch endlich auf! Sie versuchen, Ihren seit fast zwanzig Jahren von Ihnen geschiedenen Exmann aus der Sache herauszuhalten, um ihn zu schützen. Aber Sie schützen ihn nicht, wir kriegen ihn auch so. Aber Sie, Sie kommen wegen Mordes für lange, lange Jahre hinter Gitter, und glauben Sie etwa, Steffen Boehn wird fünfzehn Jahre oder mehr auf Sie warten? Ich kenne keine Beziehung, die das überstanden hätte. Und was ist mit Timo? Denken Sie gar nicht an Ihren Sohn? Ich bin ziemlich sicher, dass Sie nach ganz wenigen Jahren wieder draußen sind, wenn Sie uns jetzt endlich erzählen, was im Grunde vollkommen auf der Hand liegt. Steffen Boehn hatte die Idee mit dem Selbstmord, und er hat Dörthe Langer mit Ihnen nach oben geschafft und an dem Balken aufgehängt." Janis machte eine bedeutungsvolle Pause.

„Wussten Sie eigentlich, dass Dörthe Langer noch lebte, als Steffen Boehn sie hochgezogen hat? Wussten Sie das?"

„Wie? Was? Nein, das ist Unsinn. Die Dörthe hat sich doch überhaupt nicht mehr bewegt."

„Aber trotzdem hat sie noch gelebt. Vielleicht hätte sie sogar gerettet werden können. Definitiv gestorben ist sie erst, als sie da an dem Balken baumelte."

„Frau Sand", der Anwalt schaltete sich nun direkt ein und Jatzitakis ließ ihn gewähren. „Verstehen Sie, worum es geht? Es geht darum, ob Sie wegen schwerer Körperverletzung angeklagt werden oder wegen gemeinschaftlichen Mordes zur Verdeckung einer Straftat, nämlich Ihres Angriffes auf Dörthe Langer. Und der Unterschied ist der zwischen lebenslänglich und vielleicht drei bis vier Jahren Haft. Erzählen Sie einfach, so offen es geht, was tatsächlich passiert ist."

„Oder war es gar nicht Steffen Boehn, der Ihnen geholfen hat? War es vielleicht doch Timo? Wollen Sie in Wirklichkeit Ihren Sohn schützen? Das könnte man ja noch verstehen. Aber Ihren Ex? Der will doch schon lange nichts mehr von Ihnen wissen. Und wenn Sie ehrlich sind, dann ist Ihnen das auch klar."

Der Kommissar lehnte sich zurück. Jetzt konnte er nur hoffen, dass seine Argumentation bei Ulla Sand ankam. Mehr war nicht mehr drin. Er hatte sein Pulver verschossen. Müller neben ihm ging es offenbar genauso. Warum merkt diese Frau nicht, dass wir ihr wirklich helfen wollen?

Ulla Sand war inzwischen vollkommen ich sich zusammengesunken, das Gesicht tief in den Händen vergraben. Und sie begann zu weinen, hemmungslos zu weinen. Janis ließ ihr die Zeit, die sie jetzt brauchte. Bei einer Vernehmung musste man manchmal auch Geduld haben und warten können, so lange, bis die Worte ihre Wirkung getan hatten.

„Ja, Sie haben recht." Ganz leise kamen Ulla Sands Worte, kaum zu hören. „Aber halten Sie Timo da raus. Der hat wirklich nichts mit der ganzen Sache zu tun. Wirklich nicht! Aber Steffen war in der Nacht in der Wohnung. Eigentlich hatte ich damit gerechnet, dass er zu Hause in Göttingen wäre. So war es aber nicht. Er war in Werther. Noch am Tag vorher hatte er versucht, mit Dörthe zum ich weiß nicht wievielten Mal zu sprechen, und er wollte es am nächsten Tag noch ein letztes Mal tun. Als er hörte, was passiert war, kam er sofort und der Selbstmord, das war seine Idee. Allein hätte ich das doch gar nicht hingekriegt. Steffen hatte sich übrigens so einen Plastikanzug mitgebracht sowie Überzieher für die Schuhe und Handschuhe. Für mich hatte er so was nicht. Deshalb sollte ich möglichst überhaupt nichts anfassen, hat er gesagt. Nur den Plastiksack, in den wir Dörthe gepackt hatten, um sie besser nach oben zu wuchten, den musste ich natürlich anfassen. Allein kann man keinen Menschen auf den Dachboden hieven."

„Und was ist mit dem zerwühlten Bett, mit den Tabletten und dem Wasserglas?"

„Das war auch seine Idee. Ich wollte das alles gar nicht. Aber Steffen ließ nicht locker. Ich konnte mich gar nicht dagegen wehren. Das klingt jetzt bestimmt total merkwürdig, war aber so."

„Frau Sand, ich glaube Ihnen", schloss Jatzitakis die Vernehmung. „Aber dennoch müssen wir Sie natürlich hierbehalten und morgen nach Bielefeld überstellen. Die Kollegen dort werden sich sicher auch noch einmal ausführlich mit Ihnen befassen. Und natürlich auch mit Steffen Boehn, wenn er denn endlich gefasst ist. Dort in Bielefeld können Sie sich, wenn Sie wollen, auch einen neuen Anwalt besorgen, oder Sie lassen sich weiter von Herrn Müller vertreten. Ich wünsche Ihnen viel Glück."

„Danke, und Herr Müller soll mich weiter vertreten."

Seit dem Wachwerden am frühen Morgen schaut Jan immer wieder auf sein Handy. Aber das Ortungsgerät gibt keine Meldung ab. Das heißt, dass sich Boehns Wagen nicht bewegt. Nicht mal eine Tür wurde auf- und zugemacht. Auch das würde das Gerät laut Hersteller melden. Die Stunden vergehen. Er wird immer unruhiger. Sollte irgendetwas mit dem Peilsender nicht in Ordnung sein? Strom müsste er doch haben. Schließlich hält Jan es nicht mehr aus.

„Ich fahr da jetzt hin. Ich muss wissen, ob das Auto noch da steht", ruft er seiner Schwester zu, als er aus der Wohnung stürmt.

„Sei vorsichtig! Mach nichts Unüberlegtes! Hörst du, mach keinen Quatsch!", ruft sie ihm hinterher. „Und melde dich, wenn irgendwas ist!" Aber das hört er schon nicht mehr.

Es dauert keine zehn Minuten, bis er den Parkplatz am Ende der Gutenbergstraße erreicht hat. Erleichtert stellt er fest, ja, der Golf ist noch da und Boehn hoffentlich auch. Das hätte noch gefehlt, dass der sich irgendwie anders aus dem Staub gemacht hat. Jan parkt etwas abseits, aber mit gutem Blick auf den Hauseingang und das Auto. Er schaut auf die Uhr: viertel vor elf. Er wartet weiter.

Irgendwann bekommt er Hunger und Durst. Verdammt, denkt er, ich hätte vorsorgen sollen. Ein paar Meter zurück gibt es ein Restaurant, von dem aus man freien Blick auf die Straße hat. Daran erinnert er sich jetzt. Wer weiß, wie lange das hier noch dauert, denkt er und fährt seinen Wagen direkt vor das Restaurant, um etwas zu essen und zu trinken. Andererseits, wenn der Boehn genau in dem Moment losfährt? Egal, auf das Peilgerät kann er sich verlassen.

Wieder vergeht die Zeit. Nichts passiert. Gerade will er bezahlen, das piepst sein Handy. Der Sender hat registriert, dass jemand eingestiegen ist. Er wirft einen Schein auf den Tresen. Auf das Wechselgeld muss er verzichten. Gut, dass er nicht mehr zum Parkplatz zurückrennen muss. Er sieht noch, wie Steffen Boehns Golf um die nächste Ecke biegt, dann fährt er hinterher. Das Handy schiebt er in die Halterung der Freisprechanlage. Auf einer elektronischen Karte kann er genau verfolgen, wo das Zielfahrzeug sich befindet. Er braucht also nicht zu riskieren, gesehen zu werden.

Bald merkt Jan, dass es auf die Autobahn geht. Richtung Süden, nach Kassel. Will der etwa zu mir nach Hause? Nein, Unsinn. Ich hab ihm doch meine Adresse gar nicht gegeben. Obwohl, er könnte sich die ja auch anders besorgt haben. Aber es geht an Kassel vorbei und dann auf die A44. Langsam dämmert es Jan. Der fährt nach Bielefeld. Ein plötzlicher, schriller Ton warnt ihn. Er hat nur noch wenig Benzin. Bald muss er tanken. Verdammter Mist, denkt Jan. Ich bin wirklich schlecht vorbereitet. Zum Glück ist die nächste Tankstelle nicht weit, die Raststätte Am Biggenkopf. Jetzt würde er den Peilsender wirklich brauchen. Wer weiß, wohin Boehn in Bielefeld will.

Warum dauert das denn so lange, denkt Jan, während das Benzin in den Tank läuft. Zwanzig Liter, dreißig Liter – jetzt reicht's. Er nimmt die Zapfpistole aus dem Tankstutzen und schiebt sie zurück in die Halterung an der Säule. Dann läuft er zur Kasse, um zu bezahlen. Verdammt, mehrere Kunden vor ihm. Und einer hat jede Menge Kleinteile zu bezahlen. Zeitung, Schokoriegel, Wasser. Endlich ist er dran und bezahlt.

Als er wieder ins Auto steigt, schaut er auf die Uhr. Wie viel Zeit hab ich verloren? Keine Ahnung. Zehn Minuten vielleicht oder sogar zwanzig? Aber bevor er losbraust, noch ein Blick auf sein Smartphone. Wo ist Boehn jetzt? Offenbar gerade auf die A33 abgebogen. Bielefeld. Er hat es geahnt.

Kurz hinter Paderborn bemerkt Jan, dass Steffen Boehn angehalten hat. Offenbar hat er die Autobahn verlassen. Das ist ihm entgangen, weil er sich auf den Verkehr konzentrieren muss. Aber wo ist er jetzt? Auf dem kleinen Display kann er das während der Fahrt nicht genau erkennen. Es hilft nichts. Er muss auf einen Parkplatz fahren und genau nachsehen, wo der Kerl ist. Semmelweisweg in Bielefeld, Eckardtsheim. Jetzt fällt es ihm wie Schuppen von den Augen: Boehn ist zu seiner Tochter gefahren. Das hat er doch erzählt. Mia ist in einem Pflegeheim irgendwo am Rand von Bielefeld untergebracht. Eckardtsheim, ist das nicht der Ortsname, den er genannt hat? Also gut, weiter auf der Autobahn und bei einer Abfahrt mit dem Namen Schloß Holte, Stukenbrock rausfahren. Oder lieber eine Abfahrt weiter? Egal, Hauptsache schnell. Bevor er sich wieder in den Verkehr einfädelt, informiert er noch ganz kurz seine Schwester.

Nach dem Telefongespräch mit Julia Henneberger springt Marina wie elektrisiert auf.

„Karsten, komm mit, wir müssen nach Eckardtsheim. Du fährst und ich unterrichte Frank. Da ist irgendwas im Busch. Ich weiß noch nicht was, aber ich fürchte, nichts Gutes. Julia hat mir gerade erzählt, dass ihr Bruder Steffen Boehn mit dem Auto verfolgt. Er hat einen Peilsender installiert. Und jetzt kommt's: Vor ein paar Minuten hat er sich gemeldet und seiner Schwester berichtet, dass er auf der Autobahn Richtung Bielefeld sei. Steffen Boehn würde offenbar zu seiner Tochter in irgend so ein Pflegeheim fahren. Genaueres wisse sie auch nicht. Nur, dass Boehn ihnen bei einem Gespräch gestern Abend von dieser Tochter erzählt habe. Das kann doch nur Haus Elim in Eckardtsheim sein. Was wollen die da?"

Schon im Auto, informiert Marina ihren Chef. Erstaunlicherweise ist der nicht so überrascht, wie sie vermutet hätte.

„Ich hab grad einen Anruf aus Eckardtsheim bekommen. Steffen Boehn ist da soeben aufgetaucht, um mit dem Leiter zu sprechen. Muss erst vor wenigen Minuten angekommen sein. Eine Mitarbeiterin hat uns informiert. Jetzt bin ich auf dem Weg zum Auto. Gut, wenn ihr auch schon unterwegs seid. Je eher wir da sind, glaub ich, desto besser. Wir sehen uns im Pflegeheim."

Timo kann sich kaum auf das Fahren konzentrieren. Immer wieder kocht Wut in ihm hoch. Aber er versucht, sich in den Griff zu bekommen, als er auf den Parkplatz vor Haus Elim fährt. Neben ihm parkt ein Golf mit Göttinger Kennzeichen. Offenbar ist Steffen schon da. Dann steigt er aus, mit dem Messer in der Hand. Stopp, denkt er, ich kann nicht mit dem Ding in der Hand ins Haus stürmen. Dann halten die mich sofort auf oder rufen die Polizei, weil sie wer weiß was denken. Dabei will ich doch von denen gar nichts. Am besten wäre es, wenn Steffen jetzt, in diesem Moment aus dem Haus käme. Aber das tut er natürlich nicht! Also rein, aber ganz cool. Und das Messer? Ich hab doch noch diese alte Plastiktüte. Wo ist die denn noch gleich?

Langsam geht er um den Wagen herum. Bloß kein Aufsehen erregen. Er öffnet den Kofferraum. Tatsächlich, dort liegt sie. Alt, schmutzig, schon ein wenig kaputt. Besser als gar nichts. Er nimmt die Tüte heraus und steckt das Messer hinein. Ob man das merkt? Besser noch etwas anderes dazulegen. Den alten Putzlappen vielleicht. Jetzt wird es gehen.

Langsam wendet Timo sich dem Eingang zu. Aber wo in diesem verschachtelten Gebäude ist Steffen zu finden und der Heimleiter, wenn die beiden noch zusammen sind?

„Entschuldigen Sie." Timo spricht eine Pflegerin an, die im Eingangsbereich etwas zu tun hat. „Boehn, mein Name. Ich suche meinen Vater. Der ist hier irgendwo in einer Besprechung mit dem Heimleiter. Können Sie mir da weiterhelfen?"

„Ja, ich hab Herrn Sendenhorst eben mit einem anderen Herrn nach oben gehen sehen. Wenn Sie's einfach mal in der ersten Etage versuchen? Oder soll ich eben mitkommen?"

„Nein, nein, nicht nötig. Ich schaff das schon. Und, wenn nicht, dann komm ich noch mal runter."

Er läuft die Treppe hinauf. Erst einmal einen Überblick verschaffen. Geradeaus ein Gang, der in einen großen Aufenthalts- oder Essraum mündet. Irgendwo hört er zwei Männer heftig miteinander reden. Die Stimmen kommen aus einem weiteren Gang, der von dem Speisesaal weiterführt. Timo erkennt seinen Vater sofort, obwohl er ihm nur selten begegnet ist. Bei ihm ist offenbar dieser Sendenhorst, der Leiter der Einrichtung. Jetzt nichts falsch machen. Sich zu ruhigem Schritt zwingen. Voller Anspannung nähert er sich den beiden.

„Timo, hallo, da bist du ja schon!" Steffen Boehn scheint sowohl überrascht als auch erfreut. „Schön, dich zu sehen. Ich spreche hier gerade mit Herrn Sendenhorst über Mia. Offenbar gibt es da noch ein Problem. Das Sorgerecht für Mia fällt mir nicht automatisch zu. Das muss erst noch ein Richter entscheiden. Kann man sich so was vorstellen, dass ein Vater nicht das Sorgerecht für seine Tochter hat? Ist doch idiotisch, oder?"

„Hör auf zu labern! Ich hab endgültig die Schnauze voll! Was glaubst du eigentlich, wer du bist? Du, das Sorgerecht für Mia? Du hast sie doch nicht alle! Wer hat sie denn vergiftet, sodass sie jetzt hier ist? DU! Und jetzt hast du Mama zur Mörderin gemacht!"

Bleich im Gesicht steht Steffen Boehn da. Sendenhorst bleibt buchstäblich der Mund offen stehen.

„Aber jetzt ist Schluss! Jetzt mach ich dem ein Ende!" Timo schreit die Worte heraus. Sein Gesicht ist verzerrt vor Wut und Hass. Er stößt Sendenhorst zur Seite, der nach hinten taumelt. Dann, ein Griff in die Plastiktüte. Das Messer blitzt auf. Ein Stoß nach vorn. Steffen schreit auf. Hält sich den Arm. Blut quillt hervor.

„Ich mach dich fertig, hier und jetzt!" Erneut stürzt er sich auf ihn. Sendenhorst, der sich wieder aufgerappelt hat, sieht das alles wie einen Film vor sich ablaufen. Timo setzt mit dem Messer zu einem zweiten Stoß an, das er wie ein Stilett führt und das ebenso scharf ist. Doch er gerät ins Taumeln, beiseite gestoßen von Sendenhorst. Zum entscheidenden Stich kommt er nicht mehr. Er prallt gegen die Wand. In letzter Not öffnet Steffen eine Zimmertür und bringt sich dahinter in Sicherheit. Timo will hinterher, die Tür ist aber bereits von innen verriegelt. Auch Sendenhorst bringt sich in Sicherheit. Er läuft den Gang zurück zum Speisesaal, zieht sein Handy hervor und wählt die 110 der Polizei.

Timo steht allein auf dem Flur. Das blutige Messer in der Hand. Nervös schaut er sich um. Was soll er jetzt tun? Die Tür hinter ihm ist verschlossen und sein Vater auf der anderen Seite. Kein Weg nach draußen, außer durch den Speisesaal. Und dort steht Sendenhorst und telefoniert.

„Hallo! Ist da die Polizei? Hier Nils Sendenhorst, Leiter Haus Elim, Eckardtsheim, Semmelweisweg. Hier läuft einer Amok! Mit einem Messer!"

„Amokalarm, Haus Elim, Eckardtsheim! Verschanzen Sie sich sofort in den Zimmern. Verschließen Sie die Türen von innen und bleiben Sie in den Räumen. Wir schicken Kollegen, Rettungswagen und Notarzt."

„Komm raus, du Schwein!" Timo dreht völlig durch. Er rüttelt an der Tür, durch die sein Vater verschwunden ist. Dann tritt er mit dem Fuß dagegen. Aber sie hält stand. Er tritt ein zweites Mal auf sie ein. Diesmal mit mehr Anlauf. Ein Stück weit gibt sie nach, hält aber immer noch. Erneut setzt er zu einem Tritt an. Jetzt öffnet sich die Tür direkt daneben. Eine Pflegerin guckt heraus.

„Doro! Nein! Bleib drin!" Nils Sendenhorst ist entsetzt. Aber zu spät. Timo greift nach ihr und zerrt sie durch die Tür auf den Flur. Schon setzt er das Messer an ihren Hals.

„Mach die Tür auf, hier! Du hast doch einen Schlüssel! Mach auf! Sofort!" Die Pflegerin scheint nicht zu begreifen, was ihr gerade geschieht. Ihre Augen zeigen nichts als blankes Entsetzen. Auch für den Einrichtungsleiter steigert sich der Albtraum ins Unermessliche. Wo bleibt denn die Polizei?

„Herr Boehn, beruhigen Sie sich doch!", ruft Sendenhorst. „Und lassen Sie meine Kollegin in Ruhe. Wenn Sie etwas wollen, dann kann ich Ihnen sowieso besser helfen als die Doro."

„Ich will hier rein! Jetzt! Dieser elende Kerl!"

„Herr Boehn, Sie kommen da nicht einfach so rein. Wenn Ihr Vater klug war, dann hat er ..."

„Mein Vater? Nennen Sie diesen Scheißkerl nicht meinen Vater. Er hat alles kaputtgemacht. Er macht immer alles kaputt." Seine Stimmung kippt um in Verzweiflung. Timos Hass und Wut haben den Zenit überschritten. Aber immer noch hält er das Messer an den Hals der Pflegerin. „Sie haben ja keine Ahnung, was dieser Kerl alles angerichtet hat. Und jetzt ist meine Mutter wegen diesem Arschloch auch noch zur Mörderin geworden. Der muss weg. Und wenn es das Letzte ist, was ich tue."

Hinter sich hört Sendenhorst Getrappel. Zwei Personen erscheinen, die sich als Zivilpolizisten vorstellen.

„Kriminalkommissare Burmann und Linnemann. Wir kümmern uns jetzt. Haben Sie schon einen Notruf abgesetzt?"

„Ja, hab ich, aber eben gerade erst. Wieso sind Sie denn schon ...?"

„Erzählen wir Ihnen später."

Marina nimmt Sendenhorst beiseite und bugsiert ihn auf einen Stuhl, der im Essraum steht. Karsten geht langsam, mit gezogener Waffe auf Timo Boehn und die Pflegerin zu.

„Lassen Sie die Frau frei! Jetzt!" Mit entsetzt aufgerissenen Augen schaut Timo in die auf ihn gerichtete Pistole. Es sieht fast so aus, als ob er langsam wieder zu sich kommt, als ob er bemerkt, was er da tut. Aber das

Messer nimmt er dennoch nicht runter. Wachsam bleiben, sich nicht täuschen lassen. Jederzeit mit allem rechnen. Karsten behält Timo genau im Auge. Er zielt auf ihn, immer bereit zu schießen. Aber noch geht das nicht. Wenn der Schuss Timo Boehn trifft, kann er ungewollt den Hals der Frau aufschlitzen. Eine Patt-Situation. Wer wird als Erster nachgeben?

Jetzt ist Marina an Karstens Seite. Auch sie mit gezogener Waffe. Auch sie zögernd, um die Geisel nicht zu gefährden.

Plötzlich öffnet sich die Tür hinter Timo. Steffen Boehn erscheint, seinen blutenden Arm haltend, der notdürftig mit einem Handtuch umwickelt ist.

„Lass die Frau in Ruhe. Die hat dir nichts getan. Nimm mich. Das ist es doch, was du willst, oder?"

Überrascht, verblüfft, vielleicht sogar ängstlich, blickt Timo sich um und lässt das Messer sinken. Eine Sekunde lang scheint er zu überlegen. Ein Schuss kracht. Marina ist unbemerkt sehr dicht herangekommen. Als Timo eben von Boehn abgelenkt war und das Messer vom Hals nahm, hat sie abgedrückt. Vollkommen konzentriert und professionell. Timo schreit auf. Das Messer gleitet ihm aus der Hand. Er greift sich an die Schulter und fällt nach hinten.

Vor einem Pflegeheim mit dem Namen Haus Elim entdeckt Jan Steffen Boehns Golf. Aber zu seiner Überraschung nicht nur den, sondern auch Polizeifahrzeuge, und ein Rettungswagen nähert sich gerade hinter ihm mit Blaulicht. Was ist passiert?, denkt er. Was hat dieser Scheißkerl jetzt wieder angestellt?

Irgendwie gelingt es ihm, in der allgemeinen Verwirrung in das Haus zu gelangen. Ängstliche Pflegerinnen stehen in der Eingangshalle.

„Da oben läuft einer Amok. Nicht! Gehen Sie da nicht rauf."

„Etwa ein Herr Boehn?"

„Keine Ahnung. Ja, der Name fiel irgendwie, glaube ich."

„Ich kenne den. Vielleicht kann ich helfen." Zwei Sanitäter eilen an ihm vorbei.

Die Pflegerin und Steffen Boehn werden beiseite gestoßen und die Polizisten stürzen sich auf Timo, dessen schmerzverzerrtes Gesicht auch Verblüffung erkennen lässt. Glatter Durchschuss an der Schulter, stark blutend. Die Beamten kümmern sich um den Verletzten, versuchen die Blutung zu stoppen. Jetzt übernehmen die Sanitäter Timos Versorgung und kümmern sich auch um Steffen Boehn. Die Pflegerin steht immer noch wie erstarrt da. Nils Sendenhorst ist es, der auf sie zugeht, sie in den Arm nimmt und schließlich in den Speisesaal wegführt.

Jan geht vorsichtig die Treppe hinauf. Dort sieht er, wie jemand am Boden liegt und versorgt wird. Aber das ist nicht Steffen Boehn, sondern ein junger Mann, kaum älter als er selbst.

„Was machen Sie hier? Kommen Sie sofort wieder zurück!" Überrascht sieht Jan sich um. Ein vielleicht fünfzigjähriger Mann eilt hinter ihm her.

„Ich bin Hauptkommissar Sommer! Bleiben Sie sofort stehen! Sind Sie verrückt geworden, hierher zu kommen?"

Frank ist mit hoher Geschwindigkeit nach Eckardtsheim geeilt. Seine Befürchtungen bestätigen sich, als er vor Mia Boehns Pflegeheim andere Polizeifahrzeuge eintreffen sieht und einen RTW, aus dem zwei

Rettungssanitäter herausspringen. Seinen Dienstausweis vor sich herzeigend, stürmt er in das Gebäude. Marina und Karsten müssten schon da sein. Ihren Wagen hat er draußen gesehen. Im Obergeschoss hört er laute Stimmen.

„Jetzt bleiben Sie doch stehen. Sie können da nicht hin!", versucht Sommer erneut, den jungen Mann vor ihm zum Stehen zu bringen.

„Entschuldigen Sie. Ich habe unten gehört, dass es hier irgendeinen Zwischenfall mit einem Herrn Boehn gegeben hat." Jan dreht sich kaum um, während er das sagt. „Ich kenne Steffen Boehn sehr gut. Vielleicht kann ich helfen."

„Moment, so einfach geht das nicht. Wer sind Sie denn überhaupt?"

„Ein guter Bekannter von Herrn Boehn, das sag ich doch. - Hallo Steffen, was ist passiert?"

Boehn schaut irritiert auf, während er sich nach wie vor den Arm hält, obwohl dieser inzwischen verbunden ist. Offenbar hat er Schmerzen.

„Jan? Jan Henneberger? Wie kommen Sie denn hierher?"

Jan läuft auf Steffen Boehn zu. Er kann von Frank Sommer nicht zurückgehalten werden, dem es schwerfällt, dem offenbar gut trainierten jungen Mann zu folgen.

„Marina, Karsten, stoppt den Kerl!" Sie erkennen Frank, wie er Jan Henneberger außer Atem folgt. Der zögert plötzlich. Einen kurzen Moment nur. Auf dem Boden sieht er etwas blitzen. Ein Messer? Blutverschmiert!

„Scheiße, Boehn! Hast du das hier angerichtet? Wieder Tod und Verderben?"

Blitzschnell greift er nach dem Messer am Boden. Karsten reagiert schnell. Er kann Jans Arm noch erreichen, kann ihn aber dennoch nicht davon abhalten zuzustechen. Er trifft Steffen Boehn an der Seite, der mit verzerrtem Gesicht nach hinten fällt. Sein Hemd verfärbt sich augenblicklich blutrot. In diesem Moment wird Jan überwältigt.

„Verdammter Mist! Wo kommt der denn jetzt her?“, schreit Marina ihren Frust heraus.

„Sommer, kommen Sie rein!“ Die Stimme des Kriminaldirektors klang alles andere als freundlich, als der Leiter der Mordkommission sich im Zimmer seines Vorgesetzten einfand. Wende war in der Tat ziemlich schlecht gelaunt. Bei der bevorstehenden Pressekonferenz würde er zwar in gewisser Weise einen Erfolg vermelden können, der Fall der ermordeten Dörthe Langer, geschiedene Boehn war aufgeklärt, aber die Ereignisse am Vortag in Eckardtsheim waren absolut kein Ruhmesblatt für die Polizei. Die Presse würde sich darauf stürzen. Genüsslich, wie er sicher zu wissen meinte. Und er würde im Rampenlicht stehen. Das musste auf jeden Fall vermieden werden. Aber wie? Es gab nur eine Möglichkeit: größte Zurückhaltung seinerseits beim Frage- und Antwortspiel mit der Journaille, und stattdessen immer wieder Sommer und seine Leute nach vorne schieben. Wobei er andererseits natürlich nicht allzu unkollegial erscheinen durfte, das würde sich auch nicht gut machen. Also Verständnis äußern für die schwierige Situation der Kollegen von der Mordkommission, aber auch deutlich machen, dass man selbst über die Ereignisse sehr bestürzt war. Diese Strategie galt es jetzt vorzubereiten.

„Was war denn das gestern Abend für ein Mist? Zwei Männer stürzen sich nacheinander auf diesen Boehn und der zweite reist dafür nicht nur von wer weiß woher an, sondern er sticht quasi unter Ihren Augen auf den schon Verletzten ein? Also ehrlich, Sommer, das ist doch genau das Bild von Inkompetenz, das wir als Polizei nicht bieten dürfen! Wie soll ich das denn vor der Presse rechtfertigen?"

Sommer biss die Zähne aufeinander. Im Grunde war Wende kein schlechter Chef, aber wenn er persönlich Gefahr lief, in der Öffentlichkeit schlecht dazustehen, dann konnte er seine Mitarbeiter schon mal im Regen stehen lassen.

„Ja, sicher", antwortete Frank deshalb vorsichtig, „sieht insgesamt nicht besonders gut aus. Aber der Punkt ist doch nicht, dass wir zu spät waren und überrumpelt wurden, sondern dass wir überhaupt schon da waren, zuerst Burmann und Linnemann und dann ich selbst. Und wir waren dort deutlich vor den alarmierten Einsatzkräften."

„Ja, ja. Da haben Sie eigentlich recht. Wieso sind Sie überhaupt darauf gekommen, in dieses Haus ... Wie heißt das noch mal?"

„Haus Elim."

„Also, in dieses Haus Elim zu fahren?"

„Ermittlungsarbeit natürlich. Wir wussten aus sicherer Quelle, dass tatsächlich alle drei, Steffen Boehn, Timo und Jan Henneberger dort aufeinandertreffen könnten. Marina und Karsten hatten das kurz vorher herausgefunden und ich bin aus dem Pflegeheim angerufen worden. Und immerhin, wir waren zur Stelle, als es passierte."

„Ja, ja. Ist ja schon gut. Am besten wird es ohnehin sein, wenn Sie das selbst zusammen mit Ihren Kollegen der Presse verklickern. Ich misch mich da nach Möglichkeit gar nicht ein. Ich war schließlich nicht dabei, was, Sommer?" Wende quittierte diesen Gedanken mit einem hohlen Lachen.

Natürlich, dachte Frank. Wenn wir nur eine Minute eher gekommen wären, um Timo oder zumindest Jan abzufangen, dann würdest du genüsslich alle Einzelheiten selbst der Presse berichten. Aber so ... Er kam nicht mehr dazu, den Gedanken zu Ende zu denken, was vielleicht auch besser war.

„Sagen Sie", hakte Wende nach, „etwas anderes: Was ich überhaupt nicht verstehe: Wieso hatte Steffen Boehn, als er seiner Exfrau in der Tatnacht zu Hilfe kam, eigentlich einen Plastikanzug an? Der muss ja wie ein professioneller Spurensicherer ausgesehen haben. Das ist doch schon ziemlich ungewöhnlich."

„Ja, das hat uns in den Vernehmungen auch sehr lange beschäftigt. Ganz klar ist es immer noch nicht. Es sieht allerdings so aus, als ob Boehn seinerseits ebenfalls vorgehabt hätte, Dörthe Langer umzubringen. Aber dazu schweigt er beharrlich und wir haben bis jetzt überhaupt keine Handhabe, irgendetwas in dieser Hinsicht aus ihm herauszulocken. Aber es wird auch so reichen, um ihn wegen Mordes zur Vertuschung einer Straftat zu verurteilen, nämlich Ulla Sands im Letzten eben nicht tödlichen Angriffs auf Dörthe Langer."

„Na gut, dann müssen wir uns damit im Augenblick zufrieden geben. Aber da ist noch etwas, was wir zu besprechen haben", fuhr Wende fort und sein Gesicht wurde wieder ernster.

„Wir müssen über Schwameyer sprechen. Hat der eigentlich völlig den Verstand verloren? Erst vergeigt er diesen Messerstecherfall, und Tomczyk muss den Karren aus dem Dreck ziehen, und dann baut er besoffen einen Unfall, direkt vor dem Landgericht. Und zu allem Überfluss macht er auch noch den Lauten. Das ist doch unerträglich für den Ruf der Polizei. Das ist doch bescheuert! Was meinen Sie, was passiert, wenn das auch auf der Pressekonferenz zur Sprache kommt. Das lassen sich diese Schreiberlinge doch nicht entgehen."

In Wendes Miene glaubte Sommer fast so etwas wie Abscheu zu erkennen, auf jeden Fall aber Angst vor bohrenden Fragen der Presseleute.

„Entschuldigung, aber da muss ich Ihnen widersprechen. Pit Schwameyer hat weder den Verstand verloren, noch ist er bescheuert. Pit Schwameyer ist ernsthaft krank und er braucht unsere Fürsorge als Dienstherr. Ich weiß nicht, ob Sie bereits das Gutachten von Hanna Hülsmeier gelesen haben. Wenn nicht, sollten Sie es tun. Gerade in einem solchen Fall kann man einem Menschen sehr schnell Unrecht tun."

Wende sah Sommer überrascht an. Solche Töne hatte er bisher noch nicht gehört und als Vorgesetzter war er daran auch nicht gewöhnt.

„Meinen Sie, unser Kollege hat ein Alkoholproblem? Ist es das, was Sie mit ‚krank' meinen?"

„Nein, alkoholkrank ist er ganz gewiss nicht. Das schreibt Hülsmeier übrigens auch in ihrem Bericht. Aber er hat eine ausgeprägte Depression entwickelt."

„Depression? Dieser bullige Schwameyer? Scheint ja richtig in Mode zu kommen, dieser Psychokram!"

Sommer musste schlucken. Stammtischparolen waren ihm zutiefst verhasst. Und nun kam so etwas auch noch von seinem Chef.

„Wenn ich die Psychologin richtig verstanden habe", Frank riss sich zusammen, „dann kommt das nicht immer mehr in Mode, sondern ist eher ein Kennzeichen für unsere Zeit, wenn ich das mal so sagen darf. Und gerade bei der Polizei gar nicht so selten. Ständiger Stress, oft auch menschlich schwer Verdauliches dabei. Und wenn man dann noch erleben muss, dass die eigenen Bemühungen vergeblich sind, weil irgendein ängstlicher, ichschwacher Staatsanwalt alles wieder zunichtemacht, dann kann man schon mal aus dem Ruder laufen. Nicht beim ersten Mal, aber wenn es häufiger vorkommt ..."

Sommer unterbrach sich kurz, als aber keine Reaktion erkennbar war, redete er weiter.

„Hülsmeier ist sogar so weit gegangen zu sagen, dass buchstäblich jeder Mensch eine Despression entwickeln kann, wirklich jeder. Es kommt nur auf die Stärke und Dauer der Belastung an. Irgendwann knickt jeder ein, auch der Stärkste. Und gerade die haben es dann besonders schwer, weil ihr gesamtes Selbstbild in sich zusammenfällt."

„Und Sie meinen, das sei bei Schwameyer der Fall?" Der Kriminaldirektor sah mit einem Mal besorgt aus. Offenbar hatte er die Sache noch nie aus diesem Blickwinkel gesehen.

„Hanna Hülsmeier scheint dieser Meinung zu sein. Ja."

Nachdenklich spitzte Wende die Lippen. Es war ganz offensichtlich, dass er intensiv über das Gesprochene nachdachte.

„Okay", sagte er schließlich. „Ich werde mir das psychologische Gutachten genau anschauen. Und wenn es so ist, wie Sie sagen, wird es im unvermeidlichen Disziplinarverfahren eine wichtige Rolle spielen. Bei uns wird niemand in die Pfanne gehauen."

Sommer zog die Augenbrauen hoch. Dein Wort in Gottes Ohr, dachte er.

„Aber was sagen wir den Journalisten?"

„Am besten gar nichts. Außer: Die Fürsorgepflicht des Dienstherrn gebietet es, über diese Angelegenheit im Interesse des Betroffenen zu schweigen. Der Kollege hat sich krankgemeldet und genießt aufgrund seiner großen Verdienste aus über fünfundzwanzig Dienstjahren unser vollstes Vertrauen. - So, oder so ähnlich würde ich das machen."

„Muss ich mich dabei nicht mit der Polizeipräsidentin absprechen?"

„Tun Sie das, wenn Sie das meinen."

Wende verzog erkennbar den Mund. Sein Unbehagen bei der ganzen Sache war ihm mehr als deutlich anzusehen.

„Ich schreib ihr eine Mail mit der Bitte um schnelle Antwort. Im Übrigen", wechselte er das Thema, „werden Sie Schwameyer demnächst besuchen?"

„Ja, das habe ich vor. Leider bin ich wegen der Ereignisse der letzten Zeit noch nicht dazu gekommen. Aber Anna Tomczyk hat Kontakt gehalten."

„Ja, besuchen Sie ihn und richten Sie ihm meine Grüße aus, persönlich und als Dienstvorgesetzter. Ich werde mich auf alle Fälle für ihn einsetzen. Schließlich war er über viele Jahre einer der besten Mitarbeiter. Das dürfen wir nicht vergessen."

Anfang 2013 berichtete der „stern" (Ausgabe 6/2013) über einen Fall, bei dem es nur der Aufmerksamkeit eines jungen Kommissars zu verdanken war, dass ein als Suizid durch Erhängen getarnter Mord aufgeklärt werden konnte. Er war soeben von einem einschlägigen Fortbildungsseminar gekommen und deshalb sowohl motiviert als auch geschult, solche Fälle zu erkennen. Insgesamt, so der „stern", sei pro Jahr in Deutschland mit circa 1200 Tötungsdelikten zu rechnen, die sich hinter Suiziden oder Unfällen versteckten.

Fast gleichzeitig wurde in den Medien von einem spektakulären Fall eines erweiterten Suizides berichtet, bei dem ein Vater sich als Geisterfahrer auf der Autobahn das Leben genommen hatte, nachdem er zuvor seine beiden Kinder erschlagen hatte. Im Hintergrund dieser Tat stand offenbar ein jahrelanger zermürbender Ehestreit. Dass dies kein Einzelfall war, zeigen immer neue Ereignisse dieser Art, über die die Medien berichten.

In der Regel sind es spektakuläre Fälle, wenn Frauen oder Männer ihre Kinder mit in den Tod nehmen. So etwas stößt in der Öffentlichkeit immer auf Entrüstung und Unverständnis. Warum geschieht das? Was steckt dahinter? Gibt es Anzeichen dafür, die ich als Außenstehender erkennen kann?

Anders als bei den beiden ersten Büchern dieser Reihe, gaben also konkrete Ereignisse den Anstoß zur Erfindung dieser Geschichte. Gerade deshalb lege ich aber größten Wert darauf festzustellen, dass die konkrete Handlung sowie alle agierenden Personen in diesem Roman frei erfunden sind.

Eingebettet ist die Geschichte in Örtlichkeiten und geographische Gegebenheiten, die der Realität entsprechen. Das gilt sowohl für die Teile des Buches, die in Bielefeld und Ostwestfalen spielen, als auch für die Ereignisse, die ich in Göttingen und im Harzvorland angesiedelt habe. Sollte es dabei trotz intensiver Recherche zu kleineren Ungenauigkeiten gekommen sein, so bitte ich, mir das nachzusehen. Im Übrigen müssen in einem Roman die Entwicklung der Handlung und die Zeichnung der Personen im Vordergrund stehen. Es ist und bleibt ein fiktionaler Text und kein Reiseführer. Aus diesem Grund verzichte ich auch diesmal wieder konsequent darauf, zusätzlich zu realen Straßennamen auch Hausnummern zu nennen. Die Leser wünschen sich ihnen bekannte und wiedererkennbare Örtlichkeiten, die jeweiligen Anwohner der genannten Straßen haben aber ein Recht darauf, nicht mit den erfundenen Menschen und Geschehnissen im Roman verwechselt zu werden.

Zum Schluss möchte ich Dank sagen, und zwar zunächst zwei Personen, die mir bei den verschiedenen Recherchen zu diesem Buch sehr geholfen haben.

Mein erster Dank gilt der Rechtsanwältin Katrin Schmitt aus Halle in Westfalen. Als Strafverteidigerin war sie mir eine große Hilfe bei der strafrechtlichen, aber auch gerichtspsychiatrischen Bewertung von erweiterten Suiziden. Ohne die mir von ihr zur Verfügung gestellten Materialien wäre dieses Buch nicht möglich gewesen.

Des Weiteren danke ich Lars Kozian, Einrichtungsleiter des Pflegeheimes „Haus Elim" der „von Bodelschwinghschen Anstalten Bethel" in Bielefeld-Eckardtsheim. Bei einem persönlichen Gespräch mit ihm und einem Rundgang durch die Station für Menschen mit erworbenen Hirnschäden bekam ich einen hervorragenden und mich tief bewegenden Einblick in diese schwere und liebevoll geleistete Arbeit, die den meisten Menschen, auch mir bis dahin, weithin unbekannt sein wird.

Des Weiteren danke ich einigen Erstlesern, die mir wertvolle Hinweise gegeben haben, besonders Stefan Adamsky und Ulf Soldan aus Werther.

Ausdrücklich erwähnen möchte ich auch meinen Verleger, der nicht locker gelassen hat, um der Geschichte die richtige Fahrt zu geben, weshalb ich mich besonders bei ihm für das in mich gesetzte Vertrauen bedanke.

Mein letzter und größter Dank aber gilt meiner Frau Irmela für ihr Verständnis und ihre Unterstützung auch in schwierigen Phasen.

Werther (Westfalen), im Frühjahr 2015
Rolf Düfelmeyer

Im Verlag CW Niemeyer bereits erschienen ...

Nina Morettis sechster Fall

Die Aufführung von Romeo und Julia in der Betzdorfer Stadthalle ist ein voller Erfolg. Als der letzte Vorhang fällt, ahnt niemand, dass dies tatsächlich das Ende des jungen Romeo ist, dessen Leiche am nächsten Morgen in dem Sarg der Bühnenrequisite gefunden wird.
Kommissarin Nina Moretti wird schnell klar, dass der junge Schauspieler, der Sohn eines neapolitanischen Paten, nicht nur Freunde besaß. Auch die Vergangenheit ihrer eigenen Familie scheint sie einzuholen. Ist Antonio, der smarte Commissario aus Neapel, wirklich der Mann, für den er sich ausgibt?

Micha Krämer. Romeo
416 Seiten. Paperback. ISBN 978-3-8271-9525-8
E-Book 978-3-8271-9664-4 (Pdf)
978-3-8271-9862-4 (Epub)

Krimis finden Sie unter ...

Im Verlag CW Niemeyer bereits erschienen ...

Eine Vermisstenanzeige macht Hauptkommissar Alexander Rosenbaum zu schaffen. Er glaubt nicht an eine Entführung und auch nicht daran, dass Oswald Zehner plötzlich untergetaucht sein könnte. Sein Bauchgefühl sagt ihm, dass der angesehene Geschäftsmann ermordet worden ist, aber sein angeschlagenes Nervenkostüm behindert ihn bei seiner Ermittlungsarbeit. Als Naturfreund Walther Siekmeyer eine Leiche im Moor findet, bestätigt sich Rosenbaums Vermutung. Zehner, dessen Firma ehemalige Sowjetrepubliken mit Medizintechnik versorgt, ist das Opfer unseriöser Geschäfte und krimineller Machenschaften geworden.

Andrea Gerecke. Tödliche Begegnung im Moor
336 Seiten. Paperback. ISBN 978-3-8271-9428-2
E-Book 978-3-8271-9668-2 (Pdf)
978-3-8271-9868-6 (Epub)

Krimis finden Sie unter ...

www.niemeyer-buch.de